판사 정치상

판사 정치상

발행일   2019년 10월 25일

지은이   정치상
펴낸이   손형국
펴낸곳   (주)북랩
편집인   선일영   편집   오경진, 강대건, 최예은, 최승헌, 김경무
디자인   이현수, 김민하, 한수희, 김윤주, 허지혜   제작   박기성, 황동현, 구성우, 장홍석
마케팅   김회란, 박진관, 조하라, 장은별
출판등록   2004. 12. 1(제2012-000051호)
주소   서울시 금천구 가산디지털 1로 168, 우림라이온스밸리 B동 B113, 114호
홈페이지   www.book.co.kr
전화번호   (02)2026-5777   팩스   (02)2026-5747

ISBN   979-11-6299-928-8 03810 (종이책)   979-11-6299-929-5 05810 (전자책)

이 도서의 국립중앙도서관 출판예정도서목록(CIP)은 서지정보유통지원시스템 홈페이지(http://seoji.nl.go.kr)와
국가자료공동목록시스템(http://www.nl.go.kr/kolisnet)에서 이용하실 수 있습니다.
(CIP제어번호: 2019042394)

(주)북랩 성공출판의 파트너

북랩 홈페이지와 패밀리 사이트에서 다양한 출판 솔루션을 만나 보세요!

홈페이지 book.co.kr   •   **블로그** blog.naver.com/essaybook   •   **출판문의** book@book.co.kr

정치상 장편소설

그래 니 마음대로 해 ❷

판사 정치상

북랩 bookLab

CONTENTS

가나다나

 18시 02분 10초. 저녁 재판 시작. 극악무도한 악마의 등장이 세상에 밝혀진다.

재판장에서 판사 정치상이 선고를 한다.

"벌금 2천만 원, 집행유예 5년, 사회봉사 500시간. 다음 사건 준비하세요."

검사가 사건 내용을 설명한다.

"피고인은 알고 지내던 여성을 성폭행한 후 손가락 마디마디부터 손목, 팔꿈치, 어깨를 부위별로 절단하고 발가락 마디마디부터 발목, 무릎, 골반을 절단하고 숨을 거둔 피해자 여성의 유방 양쪽 부분을 도려내고 마지막으로 목을 잘라서 대형비닐 봉투 5장으로 밀봉한 후 호텔 프런트 데스크 앞에서 체크아웃하고는 홀로 호텔을 빠져 나가 시신을 유기한 혐의입니다."

판사 정치상 선고한다.

"피의자 정치상 씨는 극악무도한 범행으로 사회와 격리가 필요하므로 무기징역을 선고합니다."

범행 당일로부터 약 5년 전, 정치상은 친구로부터 글로벌 기업 김바파 회장의 열여섯 자녀 중 열세 번째 딸을 소개받았다.

호텔 커피숍에서 첫 번째 어색함이 이어졌다. 서로가 가벼운 인사를 나누고 눈이 마주치면 서로 웃기만 하였다. 가벼이, 아주 가벼이 정치상은 졸릴 때 무겁디무거운 눈꺼풀을 들어 올리듯 언변이 시원찮은 그의 입술을 열어본다.

"드라이브 좋아하세요?"

그녀 또한 마찬가지 수줍게 대답한다.

"네. 가끔씩 친구랑 동해나 남해 바다 한 번씩 가요. 친구가 안 된다고 하면 혼자서 가기도 하고요."

나는 그녀와 드라이브를 할 수 있다고 생각하면서 회 한 접시를 떠 올린다.

"혼자서도 드라이브 다니신다면 여행 마니아 혹은 박사시겠는데요."

"꼭 그렇지도 않고 가끔이에요. 특히 지금 같은 추운 겨울에 시원함과 상쾌함은 최고인 것 같아요."

속으로 생각한다. 연일 한파라고 난리인데 시원하다니….

"이 한겨울에 시원하다니 추위를 안 타시나 봅니다."

그녀는 배시시에서 긴장감을 조금 내려놓고 환한 웃음을 지으며,

"저 추위 엄청 타요. 치마 입지 않을 땐 내복도 입어요~."

얘는 천사인가? 푼수인가? 처음 만난 나에게 내복이라니…. 갸우뚱거리지만 내게 있어 천사와 푼수는 똑같다. 나와 같은 류구나…. 그녀의 웃음과 내복에 대한 발언에 나 역시 긴장감이 풀려 기분이 좋다는 반증으로 입꼬리가 귀에 걸렸다. 나의 웃음은 더욱 가벼워졌다.

"그럼 점심은 동해 가서 드실래요?"

내가 항상 추파를 던지는 멘트이다. 성사될 확률은 5% 이하에서 제로까지일 것이다. 그러나 그녀는 나 같은 부류일 것 같아서 혹시나 하는 마음에, 우수에 찬 눈빛으로 기대하지 않는 듯 그녀의 앵두를 주시하고 있다.

"동해요?"

시계를 본다. 지금 시각 오전 11시 10분.

"그럼 점심이 늦을 것 같은데요."

엥? 설마 가도 된다는 말인가? 가자는 말인가? 꿈은 이루어지는가?

"시장이 반찬이라고 하지 않습니까? 진수성찬을 대접하지요! 도착하면 두시 전후쯤 되겠네요."

아뿔싸! 일주일째 세차를 하지 않았는데 먼지가 많지 않았으면 좋겠구나.

"차 가지고 오셨어요? 제가 모시도록 하겠습니다."

그녀의 차는 호텔 주차장에 두고 내 차에 올랐다. 운전석으로 발길을 옮기다 아차 하고는 조수석 쪽으로 다급히 이동하여 신사인양 문을 열어 주었다. 그리고 벨트를 채워주는 것은 노골적일 것 같아서 벨트를 조금 당겨서 그녀의 오른손에 건네주었다. 그녀가 웃는다. 귀엽다. 예쁘다. 아름답다. 잠깐 보아 예쁘고, 처음 보아 아름답고, 곁에 있으니 향기롭구나. 나도 서둘러 돌아서 운전석에 탑승했다. 오른쪽 주머니에서 2킬로그램은 될 법한 열쇠꾸러미를 들어 가장 큰 차 키를 잡고는 나머지 열쇠는 차르르 떨구어 흘려보냈다. 그녀는 '저렇게 많은 열쇠는 다 뭐지?'라고 묻진 않았다.

사소한 얘기를 나누는 중에 우리는 도심에서 벗어날 수 있었다. 여기는 시속 80킬로미터로 달릴 수 있는 길이다. 이렇게 추운 겨울 가로수들이 너무나도 녹음져 있구나. 시대가 변해도 아주 많이 변했다. 한파와 청록이라. 어떤 기술적인 영향을 미쳤는지는 모르나, 어쨌든 세월의 특혜를 받는 나라라고 생각한다. 다시 마음의 준비를 한다. 친구가 그런 멘트는 하지 말라는 충고를 잊은 건지 무시하는 건지. 입천장과 혀 사이, 윗니와 아랫니 사이, 인중이 있는 윗입술과 몇 가닥 수염이 받치고 있는 아랫입술 사이로 비집고 나온다.

"가나 씨, 제 차는 어떤 소리가 나는지 아세요?"

"글쎄요."

나는 내가 박명수, 정준하보다 더 웃긴 놈일 거라고 생각하면서 말문을 연다.

"바릉 바른 바른 바른 바른 바른 바릉."

가나 씨는 웃고만 있고 내가 설명회를 한다.

"제가 바른 사람이거든요. 바른 사람이 운전하는 차는 '바른 바른 바른 바른' 그래요."

조숙하게 웃고 있던 그녀는 순간 광녀처럼 웃었다. 미안하오. 광녀보다 한 등급 낮은 표현으로 하리다. 백치녀?

"미안해요. 내가 너무 웃었죠? 치상 씨 너무 재밌어요. 여자들한테 인기 많을 것 같아요."

"아니요 별말씀을요. 가나 씨가 웃어주니까 내 기분이 너무 좋군요. 아부성 웃음은 아니겠죠? 사실, 저 남자한테 인기 많아요."

이런이런. 본능적으로 사실을 입 밖으로 토해 버렸다.

"을를이와는 어떻게 아는 사이에요?"

사실 을를에게는 이 사람에 대해서 들은 게 별로 없다. 들은 내용들 또한 자체 삭제하였다. 알고 있어도 모르는 척하는 것이다. '모르는 척함. 모르는 척했다. 모르는 척하였다. 모르는 척하였었다. 모르는 척하였습니다. 모르는 척하였었썼습니다?' 정도로. 대화를 늘리려고 하는 방법이려나 나 혼자 생각해 본다.

"정 프로님께서 말씀 안 하시던가요? 아주 친한 친구라고 그러던데요."

"회장님 딸이라고만 소개받았지 정 프로한테 레슨 받는지는 몰랐네요. 볼은 잘 맞으세요?"

"이제 시작한지 6개월 됐는데 너무 힘든 것 같아요. 몇 달 전에 늑골이 나가서 좀 쉬다가 다시 시작한 지 얼마 안 됐어요."

"늑골이요? 보통 여성분들은 늑골이 잘 안 나가는데요."

"제가 욕심이 많아서요. 하다 보니 만만하게 생각해서 무리한 것 같아요. 이제는 정 프로님 말 잘 듣고 있어요."

"하하하 저의 전철을 그대로 밟으셨군요. 저도 처음에는 마음대로 해보려고 했죠. 하다 보니 쉽게 되는 것 같아서 혼자서 진도 나간다고 무리하게 했더니 늑골 2개에 금이 갔어요. 그리고는 그 친구가 시키는 것만 했죠. 그나저나 필드는 나가 보셨어요?"

"열 번 정도 나간 것 같아요."

놀라며 되묻는다.

"네? 열 번요? 6개월 정도의 구력이나 부상으로 2달 정도 휴식하셨고 일주일에 한두 번 정도 나가셨겠네요?"

아무것도 모르는 눈을 하고는 백치미 있게 대답한다.

"그 정도 되는 것 같아요."

정 프로 이 녀석, 선수를 만들려고 그랬나?

"골프 잘 치시겠는데요?"

"아직 아무것도 모르겠어요."

"부상 회복하면 한번 나가요."

"네 부상보다 봄이 와야 나갈 것 같아요. 이렇게 추운 날은 아무것도 못 하겠더라고요."

"그건 저도 그렇군요."

재미있는지 따분한지 몰라도 동해까지 왔다. 좌회전 신호가 딱 걸렸다. 내 옆에서 지나가던 오토바이는 아슬아슬하게 신호를 준수한 듯 위반한 듯 좌회전을 하면서 바로 인도로 진입하여 우회전한 후 횡단보도를 중앙쯤 건너고 다시 좌회전을 하는, 위험천만하게 보이는 곡예 운전을 하면서 유유히 사라졌다. 그 순간이 위험하게도 느껴졌고 영화처럼 멋있게도 보였다. 내가 멋이라고 하는 것은 고등학생들이 담배를 피는 것, 불량배들이 담배를 피는 것 등을 멋있게 생각한 것과 비슷할 것이다. 전혀 멋있지 않은 것이다. 영화 같은 액션신이라서 멋있게 보인 것이다. 더 직접적인 표현은 날라리나 양아치가 더 가까울 것이다.

"저거 위험한데요."

"네. 그러게요."

"가나 씨. 오토바이가 얼마나 위험한지 아세요?"

"글쎄요. 잘 타면 문제없겠지만 폭주하면 위험할 것 같아요."

"네. 오토바이 한 대 만들 때마다 한 명씩 사망한다고 해요. 그만큼 위험한 게 오토바이죠."

그녀가 미소를 짓는다. 이리하여 바다가 보이는 횟집의 자리를 하고 앉기 전, 민족 의학 박사님께서 하신 말씀을 떠올리며 물을 두 잔 들이키고 화장실로 먼저 향하려 했다.

"잠깐 화장실 좀 다녀올게요."

백치녀인 그녀도 한마디 한다.

"아, 제가 먼저 다녀올게요."

나는 양보한다. 그러는 동안 나는 몇 걸음 서성이며 바다를 주시하고 있다. 임무를 교대하듯 화장실에 들어간 나는 엉거주춤 쫘로(태권도 앞굽이, 헬스장에서의 스쿼터, MTB 산악자전거에서 웨이트 백 등의 자세) 볼일 중이다. 남자 손님 세 명이 바로 들어온다. 세면대 앞에 서서 내 자세를 본다.

'저 녀석은 뭐하는 놈이지? 또라이 인가? 덜떨어진 놈인가? 볼썽사납구먼.'

곁눈으로 남자들의 표정을 보고 나도 한마디 한다.

'내가 결백증 환자라 이 자세로 소변을 보는 걸세. 이렇게 저자세로 하면 암모니아수 튀는 걸 최소화할 수 있지. 자네도 집에 가서 해보게나.'

소변을 본 후 지하철역 화장실에 붙어 있는 안내 문구에 따라 손을 6단계로 꼼꼼히 씻고는 그녀 앞에 앉는다.

"여기 너무 좋아요. 아름다운 당신과 아름다운 풍경을 함께 하니 제가 살아 있음을 느끼네요."

그녀가 웃는다.

"첫 만남에 멀리까지 오긴 왔지만 저도 상당히 만족합니다. 눈도 목도 가슴도 뻥 뚫리는 것 같아요."

억지로 오자고 해도 와서 이렇게 즐거워하니 나도 한결 마음이 편안해진다. 푸짐하게 주문을 하고 소주와 맥주를 시킨다. 의사를 물어보지 않고 조금 무리수를 두는 것 같았는데, 백치 그녀도 아무 말 없이 찬성하는 듯하였다.

"갈증을 해소할 정도만 마셔요. 괜찮으시겠죠?"

"네. 조금 마시고 술 깨고 가면 되죠. 근처 산책로 갔다 가요."

이 애 봐라? 나는 믿기지 않는 듯 눈을 크게 떴다. 이거 내가 당하는 거 아니야? 나는 두려워하는 척 좋아한다. 우리 둘은 소맥 첫 잔을 시원하게 원샷했다. 잠깐의 커피 한 잔, 서울에서 동해까지의 드라이브, 소맥 한 잔이 서로를 조금 더 편안하게 만들어주었다. 그래서 같이 나온 소리가 약간은 오버스러운 "캬~!"였다. 친구 을를이나 이곳 동해바다에 대한 것 등을 이야기하며 잔이 오고갔다. 사실 나는 절제하였다. 그녀는 거침이 없었다. 그리고 그녀는 무너졌다.

"오빠라고 불러도 되지요?"

"그럼요. 제 조카가 저보다 한 살 나이가 많아요."

그녀의 목소리는 애교 더하기 100, 취중 곱하기 100이었다.

"오빠~ 나쁜 사람 아니죠?"

"제가 왜 나빠요. 저 나쁜 사람 아니에요."

"오빠. 이리 와 봐요."

상태가 이 정도까지 진행되니 나도 겁이 났다. 불안감과 유혹을 함께 생각하며 그녀 옆으로 갔다.

"오빠 진짜 나쁜 사람 아니죠?"

"제가 왜 나빠요. 저는 나쁜 사람이 아닙니다."

뭔가 일이 커지고 있다. 인사불성이 된 그녀가 울기 시작한다. 주변에 사람도 많은데 통곡을 한다. 내 얼굴이 빨갛게 달아오르고 있다. 이해할 수 있는가? 김태희가 전지현이 되고, 이영애가 전지현이 되고, 전지현이 엽기적인 그녀의 전지현이 되는 것을.

"오빠, 안아주세요."

"네. 괜찮아요. 울지 마세요."

모두의 시선을 등으로 받은 채 나는 양반다리 한 그녀를 무릎 꿇고 엉거주춤 안고 있다. 나는 생각한다. 백치미가 아니다. 또라이 수준이다. 약간 겁이 난다. 얼마간 안아주고 진정되어 식탁 반대편 내 자리로 갔다. 그녀는 알아듣지 못할 말을 쉴 새 없이 남발한다. 아뿔싸, 큰일이다. 그녀가 울며 창문을 연다. 분위기가 심상치 않다.

"오빠 저 잡아주세요. 창틀에 올라가 보고 싶어요."

나는 진땀이 나며 피곤해지기 시작했다. 하지만 그녀를 2층 창문 밖으로 걸어 나가게 할 수는 없었다. 나는 그녀의 허리춤을 잡아주고 그녀는 평행봉, 아니 평균대 위에서 곡예를 하였다. 그 순간은 광녀가 아닐 수 없었다.

"오빠 너무 좋아요. 저 여기서 뛰어내리고 싶어요."

나는 계속해서 낑낑대며

"안 돼요. 위험해요. 이제 내려오세요."

위험천만한 시간이 지나고 겨우 그녀를 앉힐 수 있었다. 그녀가 다시 한번 묻는다.

"오빠, 나쁜 사람 아니죠?"

재생 반복에 나 역시로 재생 반복하고 있다.

"제가 왜 나빠요. 나쁜 사람 아니에요."

그녀가 계속해서 나를 나쁜 사람이 아니냐고 묻는 것은 오늘을 함께 하자는 것인가 혼자 지레짐작하였다. 술이 깨고 물어본들 진심을 답변해줄 것 같지는 않다. 취기로 인해 폭풍우 같은 첫 식사가 지나고 다시 차로 이동했다. 그녀의 손가방을 차에 두고 해안가를 느린 속도로 다니며 주변을 둘러보았지만 숙박업소는 보이지 않았다. 그녀는 횡설수설하였다. 나는 두근거리는 마음으로 용기를 내서 말을 걸었다.

"가나 씨, 우리 잠깐 쉬었다 갈까요?"

"어디로 갈 거예요?"

비틀거리며 대답하는 그녀.

"멀리 가지 말고 저기 호텔에서 쉬었다 가요."

이 멘트를 하는 동안 내 심장 맥박 수는 이미 정상이 아니었다. 고장 또는 과부하였다.

"호텔요? 우리 처음 만나서 이러면 안 되는 거 아니에요?"

뭐지? 이 제정신인 듯한 멘트는….

"아니, 잠깐 술 좀 깨고 갈 수 있도록 해요."

"대리운저언~ 부르머언~ 되자나요~."

비틀거린다. 혀가 꼬부라진다.

"아. 예~."

지금은 아니구나. 서두르지 마라. 호텔을 접고 우리는 조금 더 산책을 하였다. 이제 나는 지쳐 간다. 피곤해진다. 바로 집에 가고 싶다. 씻지 않고 바로 자고 싶다. 낙담한다.

취기가 어느 정도 가시고 우리는 차량으로 자리를 옮겨 드라이브라고 해야할지, 숙박업소 수색이라고 해야 할지 모를 행동을 하며 저속으로 조금씩 이동했다. 몸도 마음도 지쳐가는 중 그녀가 의식을 하고 있었는지 반복 재생한다.

"오빠 나쁜 사람 아니죠? 그럼 우리 조금만 쉬었다 가요."

포기하고 있었던 상황에서 그녀의 한마디는 내 삶의 활력소가 되었다. 삶이라니, 너무 큰가? 오늘의 활력소가 되었다. 나는 다시 주변을 둘러보았다. 이때 그녀가 쓰러질 듯한 다급한 목소리로

"오빠. 저 화장실 가고 싶어요."

에?

"네. 조금만 기다려요."

울먹한 목소리로 다시 건넨다.

"지금요…."

다급함을 직감하고 깜빡이를 켜고 핸들을 돌리는 순간 그녀는 애처롭게 나를 부른다.

"오빠…오빠…."

화장실은 없지만 한적한 곳으로 안내하기 위해 한쪽에 정차하고 재빨리 조수석으로 향해 문을 열어 주었다. 그런데 조금 전까지의 다급함은 없었다.

"아니에요. 괜찮아요. 그냥 가요."

치상둥절. 두 눈을 깜빡이며 돌아와 다시 운전대를 잡고 호텔을 찾았다. 머

무르기 최상의 호텔을 찾아 잘 주차하고 그녀를 부축했다. 엉거주춤 그녀를 안고 호텔로 들어서 안내데스크를 빠져나가는데 안내직원이 말끝을 흐리며 부른다.

"저기. 손님… 아닙니다…."

그녀의 뒤태가 볼 만했으나 그냥 보내는 게 나을 거란 판단에 우릴 부르고 그냥 보냈으리라 생각한다. 차 안에서 화장실을 찾다가 이내 됐다고 한 이유는, 이미 역사를 치렀기 때문인 것이다. 나는 침대에 그녀를 누이고서야 알았으니 그녀의 뒤태를 본 사람들은 적잖이 황당하였을 것이다. 침대에 누운 그녀는 아주 약한 가스레인지 불 위에 올라간 오징어처럼 조금씩 조금씩 허우적대고 있었다. 나는 오징어를 바라보면서 한동안 서 있다가 섹스머신의 전원 장치를 켰다. 침을 흘리며 아주 야만적으로, 오줌이 흥건한 그녀의 바지를 양의 눈빛을 한 채 무장해제하였다. 양의 눈빛으로 어렵사리 윗옷마저 해제시키고 나는 물을 받았다. 한동안 움직임이 없어 죽은 줄 알았던 그녀가 외마디 던진다.

"오빠, 우리 처음 만났는데 이러면 안 되는 거 아니에요?"

뜨끔하다.

"하지만 옷이 다 젖어있어서 어쩔 수가 없어요."

이 변명으로 모면한 거 같다. 아담은 이브를 부축하고 욕조 안으로 들어갔다. 그녀는 계속해서 나쁜 사람이 아니냐고 물었다. 이래도 되는 거냐고 물었다.

"오빠 나쁜 사람 아니죠? 우리 처음 만났는데 이러면 안 되는 거 아니에요?"

나는 이제 이 말을 무시하기로 했다.

"괜찮아요. 제가 왜 나쁜 사람이에요? 괜찮아요."

수족관에서 오징어의 백 포지션 자세에서 머신은 설·완·수(허·팔·손) 1단 작동 중이다. 그녀는 말이 없다. 설은 주변을 끊임없이 회전 작동 중이고 수는 상면에선 수축이완을 하변에선 저속이었다가 고속 이었다가를 반복하며 피스톤 작동 중이다. 그녀는 혼수상태다. 외마디 비명을 지른다.

"오빠, 우리 처음 만났는데 이러면 안 되는 거 아니에요?"

무시다. 로봇의 입이, 팔이, 손이 과부하다. 지친다. 힘들다. 지겹다. 오징어를 들고 나간다. 물기 제거를 한다.

"오빠, 안아주세요."

이건 뭔가? 내 품에 안긴 그녀는 대성통곡을 하며 운다. 나는 양으로 변신하여 위로한다.

"왜 울어요. 울지 마요."

다독거려준다. 그렇게 이브는 아담의 품에 안겨 한참을 울고 나의 전원은 2시간 후에 꺼졌다. 늦은 오전이다. 나는 먼저 일어나 머리가 헝클어질 대로 헝클어진 그녀를 가만히, 아주 빤히 쳐다보았다. 예쁘다. 너무 예쁘다. 아름답다. 아름답다 곱하기 백이다. 살며시 침대를 내려와 창가 쪽으로 이동하여 창밖의 끝없는 바다를 보았다. 수평선의 경계가 보이지 않는 파란 하늘과 파란 바다였다. 나의 목덜미 뒤에서 나즈막한 신음소리가 들린다. 나는 층간소음을 의식하는 듯 그녀가 있는 침대 쪽으로 이동했다. 그녀가 힘겹게 눈만 뜨고는 나를 주시한다. 한참을 서로 바라만 보았다. 나의 거친 손이 그녀의 부드럽고 헝클어진 머리를 귓볼 뒤로 넘겨주며 나지막히 아침 인사를 건넨다.

"잘 잤어요?"

옅은 미소를 지으며.

"네. 근데 오빠 우리 처음 만나서 이러면 안 되는 거 아니에요?"

나는 그냥 웃었다. 왜? 그녀의 질문은 최소한의 양심이었기 때문임을 알기 때문이다. 기계는 한 시간 동안 더 작동하였다. 동해에서의 꿈만 같은 1박 2일을 보내고 서울로 향했다. 고속도로 위를 달리고 있는 나의 자동차뿐 아니라 모든 차는 자율주행의 기능과 딥 러닝 인공지능이 탑재되어 있다. 아직은 고속도로에 한해서다. 10년 전을 회상하며 말을 건넨다.

"세상 많이 좋아졌습니다. 10년 전에는 200㎞/h로 달리는 차들도 많았어요. 그래서 제가 100㎞/h로 달릴 때면 저를 추월하는 차들이 많았어요. 그 당시 과속을 하게 되면 1차 단속 시 200만 원, 2차 단속 시 1,000만 원, 3차·4차 단속 시 세속해서 5배씩 늘었죠. 그래서 돈 있는 사람들은 과속을 심심찮게 해서 몇백억 대의 과태료를 납부하는 경우가 많았어요. 정부에서는 이 정책을 시행했지만 과속이 줄지 않자 지금처럼 100㎞/h로 강제 제한하게 되었어요. 정부에서 내심 아쉬워한다는 이야기도 많이 나왔지요. 과태료 수입이 없어지니. 그 대신 이젠 고속도로 위에서 교통사고는 옛말이 되었죠."

과거의 교통 상황을 듣고는 놀라고 신기한 듯 두 음절 뱉어낸다.

"아~ 네~."

"가나 씨네 도시는 어때요?"

"우린 그런 과태료 없어요. 아무것도 없어요. 가끔 저도 과속을 하고요. 안전하다 싶으면 유턴이나 역주행도 가능합니다. 안전이 보장되었다는 전제하에서지만요. 언제 한번 우리 도시에 놀러 오세요."

예쁘게 미소 짓는다. 서울에 도착하여 어느 사거리에서 신호 대기하던 중 나는 친구에게 전화를 한다.

"친구야, 잘 지내니? 다름이 아니고 이곳 사거리에 대기 차량 인식 시스템이 적용되지 않은 것 같은데."

친구가 어디냐고 묻고 내가 어디라고 대답한다. 거의 모든 사거리의 신호 체계는 신호등에서 100m~500m까지도 존재하는 차량을 인식하여 대기 시간을 최소화 또는 아예 없애기도 한다. 우린 어제 떠났던 호텔의 주차장에 도착하였다. 그녀의 빨갛고 납작한 차를 보고 나는

"가나 씨 차로 여행할 걸 그랬어요."

"아뇨, 오빠 차도 좋았어요."

백치미 있게 웃는다.

"어제와 오늘 너무 좋았어요. 또 연락할게요."

"네, 저도요."

그녀는 내 입술에 쏜살같이 키스를 하고는 차를 타고 떠났다.

바릉바릉바릉.

며칠이 지난 다음 휴일. 을를과 다나를 스키장에서 만났다. 다나는 어릴 적 동창인데 여성스럽게 외모를 꾸민 것과 달리 우리와 잘 어울리는 털털한 성격이다.

"다나야, 네 아들 스카우트 제의 왔다면서?"

"응. 학업성적이 우수하고 천재적인 자질이 있어 몇 군데 제의가 오긴 왔어. 근데 지금 11살인데 초등학교는 졸업하고 가야 하지 않을까 남편하고 상의 중이야."

"이야~ 우리 때는 빨라야 고등학교 졸업 전후였는데 요즘은 초등학교 때부터 기업에서 스카우트 경쟁이 치열하게 진행되는구나."

"격세지감이지."

"예전 바둑에서 영재들이 일찍 프로로 전향하고 골프에서도 프로 입문이 빠르니 기업에서도 영재들을 미리 스카우트하는 경우가 많아졌지."

을를이 말을 거든다. 그녀의 주제는 핵심 사안으로 잠시 뜸을 들이고자 어제 밤에 있었던 축구 경기의 상황을 이야기하였다.

"어제 축구 경기에서 새로운 룰을 발견했어."

자기 아들 얘기를 하다 딴소리를 하니 냉소적인 반응으로

"뭐 어떤 거?"

"선수들이 다 벙어리장갑을 끼고 왔더라고. 그냥 벙어리장갑도 아니고 손가락을 사용할 수 없도록 만든 벙어리장갑이었지. 이런 벙어리장갑이 나온 이유가, 예전 경기 중 골문 앞에서 도움을 준 선수가 그 과정에서 손으로 상대방 수비수의 유니폼을 잡아당겼고, 골은 들어갔지만 비디오 판독으로 인해 도움을 준 선수의 반칙이 인정돼 골이 무효가 된 적이 있었나 봐. 그때를 계기로 손을 쓸 수 없도록 장갑을 착용하고 경기에 나오도록 한다고 해설하

더라고."

을를이 묻는다.

"드로잉은 어떻게 하나?"

"예전처럼 드로잉을 하는 게 아니고 이제는 긱을 하더라고."

"그것도 볼만하겠다."

다나가 윽박지른다.

"야야야, 여자들이 군대 얘기와 축구 얘기 제일 싫어하는 거 알아 몰라?"

"네가 여자냐?"

"난 여자는 아니지만 축구는 재미없더라고. 그건 그렇고 너 저번에 만났던 여자애 어떻더냐?"

"뭐 그냥 연락만 하고 있지."

"처음 만나서 뭐 했어?"

"첫날 호텔에서 커피 한잔하고 바로 동해로 갔지. 동해에서 싱싱한 회에다가 점심하며 한잔했고."

"한잔했으면 끝난 건데? 크크크."

"끝나긴 끝났는데 그 애가 보통이 아니더라고. 술을 마시니까 완전히 필름이 끊기더라니까. 처음엔 얌전하고 고상한 척하더니 한잔하니깐 똘끼가 가득하더라고. 난간에서 뛰어내린다고 하질 않나, 사람 많은 데서 안아 달라고 하질 않나. 그리고 최고는 차에서 앉은 채로 소리 없이 소변을 봤다는 거 아니냐. 즐겁고 기뻤지만, 힘든 하루였다. 아니지. 1박 2일이었지."

"대박인데. 그래서 계속 만나는 거야?"

"그렇게 첫날 보내고 지금까지 문자 메시지만 주고받고 있지. 조만간 또 만나기로 했어."

"전화통화를 하면 했지 문자로 무슨 말을 하나?"

"하하하. 네가 몰라서 그러는데 문자로도 우리는 성행위를 한다고. 내가 벗으라 그러면 '벗었다' 그러고, 씻으라 그러면 '씻었다' 그러고. 웃기고 재미있다니까. 비유를 하자면 포르노 영화보다는 야설이라고 할 수 있지."

"문자 한번 보자."

문자 내용을 보여준다.

- 내 손은 어디일까요?

- 글쎄요? 어디까지 왔나요?

- 동산에서 춤을 추고 있지요.

- 동산이 작은 거는 아니죠?

- 이제는 평야에서 놀아요.

- 거기는 동산 같은 거 없죠?

- 네 지방산은 없네요. 이제 계곡으로 물놀이 왔어요.

- 아직 가뭄이라 물이 없을 텐데…

- 열심히 기우제 중이에요.

문자 내용을 보고는 둘이 같이 내뱉는다.

"아주 쌍으로 놀고들 있네."

가나 씨도 아버지께 만났던 나에 대해 이야기를 했단다.

"아버지. 사실 저번에 정 프로 소개로 한 명 만났어요."

"그래, 어떤 사람이니?"

"정 프로의 동갑내기 검사인데요. 저를 아주 좋아하는 것 같아요. 저도 마음에 들고요."

"이제 막 만났는데 사랑하는 건 아니겠지?"

"아직 사랑이라고 할 수는 없지만 좋은 감정은 충분해요."

"서로 마음에 들어 한다고 하니깐 다행이구나. 언제 한번 같이 보도록 하자."

"그렇잖아도 범죄 없는 우리 도시를 한번 방문하고 싶다고 하더라고요. 그래서 시간 되면 한번 초대하려고요."

"너를 좋아한다니 참 의외구나."

"아빠도 참."

오늘은 지하철로 퇴근하였다. 나는 피곤하지 않으면 에스컬레이터 대신 계단을 이용한다. 무의식중에 중앙으로 가나가 오른쪽 세난 수직년에 '우측통행'이라는 문구를 보고 조금씩 우측으로, 우측으로 이동했다. 열어덟 계단쯤 올라왔을까? 친구 녀석이 항상 5,000원짜리 담배를 사고 맨 처음 하는 행동에서 나오는 쓰레기. 담뱃갑의 맨 윗부분 개봉하는 비닐이 버려져 있었다. 나는 그것을 조심히 주워 지하철 경찰대에 신고했다. 쓰레기 투기자에게 초범의 경우 200만 원, 재범에게 1,000만 원, 3범과 4범의 경우에는 각각 5천만 원, 2억5천만 원의 벌금이 부과되고부터 거리에 쓰레기가 현저히 줄어들었는데 이렇게 비닐 조각을 버린 이의 이력이 궁금했다. 초범이라면 몰라도 재범이거나 3범, 4범이라면 안타까운 마음이 들 것 같아서이다. 과태료 납부도 안타깝지만 국민 의식 변화의 미흡함도 안타까운 것이다. 경찰은 저 비닐 조각을 투기한 범인을 첫째 DNA 대조, 둘째 지문 확인, 셋째 구입처에서 구입자 기록을 찾아 비닐에 있는 원자 번호와 기호로 추적한다. 이런 법안이 통과됐을 초기에는 불만도 많았지만, 이제는 모두가 수긍하고 찬성하고 있다. 이는 가나 씨의 아버지께서 범죄 없는 도시를 기획하고 정부가 특정 지역뿐 아니라 전국을 범죄 없는 국가로 만들고자 하는 의도에서 시작되었다. 실로 김바파 회장님은 신적인 존재라 생각한다. 나의 장인어른이 될지도 모르는 인물이기도 하고.

집에 도착하여 모든 허물을 벗어 세탁기 안에 집어넣고 샤워를 하기 전 앞굽이 자세로 소변을 보았다. 시원하게 샤워를 끝내고 TV 시청을 하니 토론 방송을 하였다. 첫 주제가 '살인은 해도 되느냐 안 되느냐'였다.

"뭐 저런 걸 문제로 삼고 있어?"

시원하게 맥주 캔을 들이키며 시청했다. 해도 된다는 이의 주장을 보니 일반적인 상황이 아니었다. 전쟁터에서 사람을 죽이는 경우거나 살인자의 위협에서 벗어나기 위한 정당방위이니 이런 특수한 상황에서는 해야 한다는 이의 주장이 힘을 얻다가, 일반적인 상황에서의 살인이라는 사회자의 설명에는 바로 안 된다는 쪽으로 입장을 바꿨다.

다음 논제는 폭행이다. '폭행은 해도 된다 하면 안 된다'

여기서도 폭행을 해도 된다는 토론자는 특수한 상황을 이야기하였다. 집단구타를 당하고 있을 때는 정당방위로서 폭행은 해도 된다고 한다. 사회자가 일반적인 상황에서의 폭행이라고 하니 또 쉽게 안 된다라 수긍하였다.

그러나 세 번째 논제가 재미났다. '담배꽁초는 투기해도 되나 하면 안 되나'

오늘 토론의 핵심 주제는 이것이었다. 해도 된다고 생각하는 토론자는 이 논제에 있어서만큼은 뜻을 굽히려고 하지 않았다. 그는 하면 안 된다는 토론자와 사회자의 일반적인 금연구역에서라는 설명을 듣고도 버려도 된다고 열변을 토하고 있었다.

"지금 담배꽁초 투기를 하는 것은 경범죄로써 벌금이 정해져 있지 않습니까? 내가 담배꽁초를 버리고 벌금을 내서 국가에 보탬이 되고자 하는데 왜 담배꽁초 투기를 반대하는 것입니까? 그리고 내가 담배꽁초를 버리지 않는다면 담배꽁초 투기 신고자들의 직업을 없애는 일 아니겠습니까? 그래서 저는 벌금을 납부할 능력이 된다면 담배꽁초는 버려도 된다고 생각합니다. 참고로 제가 담배꽁초 버린 횟수는 정확히 공개할 수 없지만, 맥시멈 벌금인 10억을 6회나 납부하였습니다. 그것은 나의 능력만큼 투기를 하여 국가와 담배꽁초 투기 신고자들을 위하고 있기 때문입니다."

나뿐 아니라 토론장에 있는 많은 이들이 그럴 수도 있겠구나 하는 표정이었다. 당장 저 토론자의 주장에 찬성하는 것은 아니지만, 재해석할 필요는 있다고 생각했다.

TV토론이 끝나갈 무렵 전화가 울렸다.

"웬일이야?"

"야. 나 너희 집 근처에서 공사 끝내고 갈 테니깐 조금 이따 전화하면 소주하고 라면 준비해 놔."

"내가 라면요리를 준비해 주지. 알았다."

한참 공사 중인 다나. 다나는 시간에 구애받지 않고 배관에 관계된 모든 작업을 한다. 보일러, 에어컨, 수도, 도시가스 등의 전문가이다. 30살 전후의 또래 남자고, 홀로 남의 집에서 공사를 하고 있다고 연락이 온 것이다.

"지난번에는 화장실이 고장이더니 오늘은 어디에 문제가 생긴 겁니까?"

그러자 남자가 화색을 띠면서 대답한다.

"싱크대 배수구가 문제가 있는 것 같아요. 물이 내려가지 않아 설거지도 화장실에서 했어요."

다나는 싱크대 쪽으로 이동하여 배수관을 확인한다. 그녀의 옷차림은 배관 수리공이 아니다. 핫팬츠에 배꼽티보다 조금 더 긴 민소매를 입고 있는 그녀의 고객은 80%가 남성 단골이라 봐도 된다. 싱크대 앞에서 긴 머리를 묶어 올리며 작업 준비를 하자 남성이 주섬주섬 옆에서 조수를 자처한다. 바로 누운 다나의 상체가 싱크대 밑으로 들어가고 드러난 배꼽과 허리는 실룩거리며 양 무릎은 90도로 벌렸다, 180도로 벌렸다 반복하며 열심히 배관을 만지고 있다. 남자는 침을 꿀꺽이며 그녀의 무릎과 무릎 사이를 주시한다. 침이 계속 넘어간다.

"저기요, 이쪽으로 와서 이 공구 좀 잡아주세요."

남자가 놀라며 득달같이 달려가 심장이 요동치는 것을 들키지 않기 위해 태연한 척하고 있다. 한쪽 무릎을 꿇은 남자의 다리가 그녀의 무릎과 무릎 사이에 깊숙이 올라와 위치해 있다. 그녀가 한참을 낑낑대며 혼신의 힘을 다하고 있다가 마지막 기합을 넣어 몸을 비틀며 무릎을 걷어 올리다가 그 남자의 가랑이 사이를 '빠직'하고 말았다. 남자는 비명을 지르며 두 손을 곱게 모아 낭심을 감쌌다. 얼굴은 좌우로 마구 흔들어 댔다. 그렇게 남자가 얼굴을 비빈 곳은 그녀의 핫팬츠 위였다. 남자가 고통이 줄어들었는지 가랑이 사이에 얼굴을 묻고 움직임이 없다.

"죄송해요. 괜찮으세요?"

남자가 말이 없자 그녀는 양쪽 허벅지로 남자의 머리를 압박한다. 남자는 그제야 신음 소리를 내며

"네. 좀 괜찮아졌어요."

"그럼 이쪽으로 와서 이것 좀 잡아주세요."

남자는 몸을 일으켜 싱크대 밑으로 들어가 그녀와 나란히 눕게 되었다. 그녀의 지시에 따라 남자는 옆으로 비스듬히 누웠고 서로 마주 보며 밀착하고 움찔움찔하더니 남자가 그녀의 가랑이 사이로 포개져 움찔거리다 이제 다나가 남자 위로 올라와 앞뒤로 씰룩거리기를 반복하였다. 그렇게 30여 분을 고객의 도움을 받아 마무리를 하고 남자에게 질문하였다.

"낭심은 괜찮으세요?"

"네. 아까는 이성을 잃을 뻔했는데, 지금은 숨은 쉴 수 있을 것 같아요."

"바지 한 번 내려 봐요!"

"네? 괜찮아요. 비뇨기과 한번 가보죠."

"이봐요, 제 전공이 비뇨기과예요. 부전공이 배관이라고요."

남자는 열중쉬어 자세를 한 채 바지를 내렸고, 그녀는 빠히 쳐다보고 고개를 갸웃갸웃하더니 손으로 고환과 남근을 확인했다. 남자는 고통을 느끼면서도 힘껏 부풀어 올랐다.

"진료 끝. 이상 없습니다. 이렇게 왕성하면 저 말고 여친을 불러야 될 것 같아요. 하하하."

그녀가 호탕하게 웃는다. 남자는 좋다가 아프다가 기대하다가 실망하다가를 반복한 뒤 수리비가 얼마냐고 묻는다.

"수고하셨습니다. 얼마예요?"

"250만 원입니다."

"네? 조금 깎아주세요."

"그럼 200만 원만 주세요."

"네. 오늘 도와주서서 고맙습니다. 다음에 문제가 생기면 또 부탁드립니다."

다나는 자유분방하면서도 고소득자다. 직업이 끝나고 우리 집으로 왔다. 우선 씻어야겠다며 샤워실로 이동하는 그녀와 술자리를 준비하는 나. 샤워를 마치고 젖은 머리카락에 민소매를 입은 그녀의 상반신이 아찔하다. 브래지어는 하지 않았다. 자신이 sns에 처음 올린 사진을 몇 초 만에 삭제한 건으로 우리나라에서 이슈가 된 장본인이다.

우리는 식탁에 앉지 않고 바닥에 앉아서 소주를 마셨다.

"아. 개운하구나. 아까 일하면서 얼마나 힘을 썼던지 속옷이 다 젖었지 뭐야. 이제 살 것 같다."

"야. 그럼 아래위 전부 속옷을 안 입었다는 거야?"

"나 외출할 때 말고는 속옷 안 입는데. 외출할 때도 기분이 상쾌하거나 기분을 내고 싶다면 노브라로 나가는데."

'얘를 남자로 봐야 되나? 여자로 봐야 되나?'라는 생각을 하게 만드는 녀석이다. 그녀가 안주를 집을 때 탱글한 가슴이 적나라하게 드러났다. 나는 힐끔힐끔 그녀의 민소매 속을 안주로 삼았다.

"야, 너 어디 보냐?"

"보긴 뭘 봐?"

"야, 임마. 딴 데 보지 말고 안주를 봐. 안주를. 이 자식아."

"야야야. 너 볼 게 뭐 있다고? 야! 그럼 주위에 시선이 따갑지 않니? 주변에서 네가 노브라인 거 모를까?"

"야! 시선 강간하지 말라 그래. 그리고 솔직히 그런 시선을 느껴. 내가 초미니를 입을 때도 T팬티를 입는 이유는, 안 입은 듯이 하려는 거야. 내가 옷을 선택하고, 내가 거울 보고, 스캔하고, 맘에 들면 나가는데 그런 주변의 시선은 예견된 것이라 생각하지. 그냥 우리의 사상이 그러하니까 보지 않은 척하는 거지. 친구들끼리 있으면 별 얘기 다 하는데 뭘. 안주 보라고, 이 자식아. 쫌!"

그녀의 충고에 아랑곳하지 않고 내 눈은 그녀의 얼굴과 가슴과 허벅지 사이를 교차하고 있다. 천장에 매달린 굴비가 따로 없다. 소주병이 5~6병을 넘어서고, 입가심을 하기 위해 맥주를 가지러 가던 나의 바지를 다나가 낚아채 나의 빨간색 팬티와 엉덩이가 드러나 색깔을 확인시켜 줬다.

"야야. 뭐니?"

"맥주하고 소주도 더 가지고 와."

"알았으니 옷을 놔."

나는 걸어가며 주섬주섬 바지를 올려 입고 맥주와 소주를 가지고 다시 자리로 와서 앉을 자리를 확인했다. 그 뒤 나의 시선은 그녀의 가슴골로 향했다. 순간 못된 생각이 들어 가슴이 두근거리기 시작했다.

"조금 쉬었다 마시자."

그녀는 누울 자리를 확보하고 그대로 벌러덩 드러누웠다.

나는 눕자마자 뻐근해지는 등을 느끼고 그에게 마사지를 주문했다.

"너 마사지할 줄 아냐?"

"마사지? 그냥 누르면 되는 거 아니야?"

"이리 와서 등하고 어깨 좀 주물러 봐."

"오늘 공사 몇 건 했냐?"

"오늘 네 건 했어. 보통 하루에 한두 건 하는데 내일부터 일주일 쉰다고 좀 더 예약을 받았지."

그는 나의 옆구리 쪽으로 와서 무릎을 꿇고 등을 문지르기 시작했다.

"치상아, 애무하니? 등에 올라와서 너의 체중을 좀 실어야 할 거 아니야. 간지럽기만 하다 야."

그가 나의 허리 위로 올라가 다리를 벌리고는 무릎 꿇고 앉았다. 그가 등을 누를 때 가슴이 바닥의 압박되어 나도 모르게 약간의 오르가슴을 느꼈다. 마사지를 받으면서 태연하게 대화를 이어갔다.

"너 요즘 소설 쓴다고 하더니 잘 되고 있니?"

"그냥 도전해보고 있는데, 문학에 대해서 아무것도 모르는지라 생각처럼 쉽지는 않더라고. 그런데 신기한 걸 경험하고 있어."

"어떤 거?"

"살인하는 장면을 떠올리니까 공포가 생기고, 사랑하는 장면을 떠올리니까 설레기도 하고. 그래도 가장 흥분했을 때는 섹스 신과 여성의 몸을 탐닉하는 상상을 할 때였지. 도파민 성분이 생기는 거 같더라고. 내가 글을 쓰면서도 아주 이색적인 경험이었지."

"그래? 나도 소설에 도전해 봐야 되겠구먼."

내가 조금씩 오르가슴을 느끼고 있는데, 나의 등과 허리에서도 약간의 오르가슴이 느껴졌다. 녀석의 아랫도리가 아까부터 조금씩 부풀어 오르는 것을 느꼈다.

'요놈 봐라? 오늘 여기서 자고 가야 되겠다.'

"야, 엉덩이하고 허벅지도 주물러라."

"엥? 엉덩이?"

"너 이상한 거 생각하는 건 아니지?"

"아니야. 이상한 생각은 무슨."

이상한 생각은 내가 하고 있었지만, 녀석 또한 이상한 생각을 하리라 생각한다. 아니더라도 내가 오늘은 너를 접수해야 되겠다. 녀석의 손길이 닿자 아프면서도 간지러워서 참을 수가 없어 그만 웃음을 터뜨렸고, 결국 자지러지고 말았다.

"으하하하하. 잘 좀 해. 웃겨서 못 받겠잖아."

"헤헤헤! 그럼 어쩌라고!"

우리는 웃음을 멈추지 않고 한동안 킥킥거렸다. 그리다 다시 내가 엎드리고 그가 마사지를 했다.

"야, 안 되겠다. 엉덩이 생략하고 허벅지 주물러."

"너 주문이 너무 많은 거 아냐?"

"보답으로 다음 달에 있는 이돌환 대 마창리제 경기 티켓 끊어줄게. 그거 입장료 비싼 거야."

"좋아. 가나 씨하고 가야겠다."

허벅지를 지나 종아리를 주문하고 발바닥을 주무르라고 시키니 불만을 토로했다.

"발바닥은 생략하자."

"야야. 나 씻고 왔잖아. 깨끗해, 이 새끼야!"

"야, 김다나. 너 피곤한가 보다? 잠깐 기다려봐. 스포츠마사지용 오일 있으니까."

녀석은 촐랑촐랑거리며 방에서 오일을 가지고 와 듬뿍 짜더니 발바닥에 흥건하게 바르고는 양이 많다며 종아리와 허벅지까지 바르기 시작했다. 녀석의 꿍꿍이인지도 모른다. 헤헷.

"바둑 티켓에 사람이 이렇게 변해도 되는 거야?"

"야, 그것 때문이 아니고 발바닥만 하려고 하는데 많이 나와서 그래."

발가락 사이사이와 발등, 발바닥을 제법 시원하게 마사지하고 종아리 역시 잘 주물러 주었다. 검사라 공부만 한 줄 알았더니 마사지도 배웠나 의문이 드는 순간이었다.

"반대로 반듯하게 누워 봐."

오라~ 이 새끼 봐라? 이제 발톱을 드러내는구나. 나는 나의 까칠한 성격을 드러내지 않은 채 시키는 대로 응하였다.

"너 마사지 배운 적 있냐?"

"배우기는. 예전 태국에서 마사지를 받을 때 너무 시원하더라고. 그래서 인터넷으로 조금 봤지. 그게 다야. 뭐 그냥… 흉내만 내는 거지."

녀석은 다시 오일을 짜서 듬뿍듬뿍 나의 허벅지 위에 올려놨다. 녀석의 손길을 계속해서 느끼고 있음은 내가 까칠함을 내려놓고 고분고분해진 것으로 확인할 수 있었다. 우린 점점 말이 없어졌다.

"나리 벌려 봐."

나는 아무 말 않고 다리를 벌렸고, 그는 다리 사이로 들어와서 왼쪽 허벅지 위 안쪽을 몸무게를 실어서 중후하게 눌러줬다. 아주 시원했다. 이미 녀석의 왼손 약지와 소지는 나의 그곳 위에 위치한 지 오래였다. 고분고분해진 것이 암묵적으로 허락을 한 것이 되었다. 양쪽 허벅지를 시원하게 마사지하고 그는 나의 복부와 옆구리를 주무르더니 내 배 위에 올라타 나의 가슴을 마사지한다는 말도 안 되는 소리를 하고 쥐락펴락하기 시작했다. 결국 우리는 하나가 되었고, 녀석은 2시간여를 기계 행세를 하였다. 나는 남편에게서는 느끼지 못한 이상야릇한 감정을 느꼈다.

"우리 이래도 되는 거야?"

"뭐? 다 하고 그 질문은 뭐냐?"

"이러면 안 되는데 이렇게 되었으니 걱정이 되어서…."

이 녀석, 그걸 말이라고 하는 거야?

"이러면 안 되는 걸 알면서도 했다는 건 말이니 발이니? 우린 동전의 뒤를 행했을 뿐이야. 사회는 도덕과 윤리로 이뤄져야 하지만, 지금 우린 두 마리의 짐승이었던 거야. 방금 전 우리의 모습은 무덤까지 가져가는 거야. 일부 바람 피우는 이들이 문제가 되는 것은 서로가 원하지 않는다는 거야. 과거 타락한 여인을 심판할 때 돌 던진 이가 아무도 없었던 걸 보면 세상의 이치는 그런 거야. 알겠냐? 알겠니? 알겠어요? 아시겠나이까? 왕자님."

나도 모르게 설교 아닌 설교를 하게 되었다. 죽어서는 지옥에 가지 않길….
부드럽게 키스하며 잠을 청했다.

판사 정치상

바둑 경기

"다음 사건, 검사 측 구형 하세요."

나는 정확한 발음과 다소 높은 어조로 사건 내용을 읊어 나갔다.

"피고자 패용팔 씨가 자신의 방에 있는 침대가 좋지 않다며 모친에게 투정을 부리다가 만류하며 나무라는 누나에게 둔기를 휘둘러 숨지게 하고, 이에 정상적인 사고를 하지 못하는 상황에서 자기 어머니마저 동일한 둔기로 수십 차례 구타하여 숨지게 한 사건입니다. 이 패륜적 행동은 이후 어떤 대상에게도 행해질 수 있다 생각해 최고형인 사형을 구형합니다."

"당 사건에 대해 선고합니다. 피고인 패용팔은 인류을 저버린 행동으로 사형이란 형벌을 내리고, 사형이 집행되기 전 필히 죄를 뉘우치고 간접적으로 사회에 이바지할 수 있도록 주어진 임무를 완수해야 한다. 사형 집행 시기는 공개하지 않는다. 검사, 다음 사건 구형 하세요."

"다음 사건은…."

오늘 일을 마치고 가나 씨를 한강공원에서 만났다. 가벼이 산책을 하고 있는데 추워져서 차 안으로 이동했다. 우린 뒷좌석에 자리를 잡고 3시간 동안 사랑을 나눴다. 뒤엉켜 키스를 하는데 혀끝, 혀 중간, 혀뿌리 모두 다른 느낌이다. 서로 흐르는 침을 핥아주며 에피타이저를 즐기고, 배고픔에 사 온 햄버거를 먹었다.

"가나 씨, 우리 햄버거 키스해요."

"햄버거 키스요? 그게 뭐에요?"

"예전 사탕 키스가 유행한 적이 있는데, 아세요?"

"네. 그 유명한 명장면은 알고 있지요."

"네. 그것입니다. 햄버거를 먹고 서로 주고받는 것이지요."

"네. 그럼 한번 해볼까요?"

어색했지만 우린 여지없이 햄버거 키스로 분위기를 고조시켜 더더욱 올라가는 쾌락의 마중을 나갔다. 우유를 마시면서 우유 키스도…. 이렇게 일심동체가 되어 서로의 옷깃을 허물고 서로를 공략하여 서로를 성취하였다.

사랑은 일방통행이 아닌 쌍방과실이다. 성폭행 사건의 경우, 피해자가 느끼건 안 느끼건 의사는 일방통행이다. 재판 후일담 중에 신고한 이와 피의자가 결혼한 경우도 있는 걸 보면, 섹스 중에는 말로는 표현하기 힘든 좋은 감정이 몇 %는 존재하지 않나 생각한다. 그렇지만 사회가 만들어놓은 피해자, 수치심, 주변의 시선 같은 것들의 영향으로 '좋다.'라는 감정은 철저히 묻히고 만다. 물론 많은 피해자에게 수치심과 주변 시선의 따가움이 더 큰 게 사실이지만, 포르노 산업에서 성폭력 연출을 하는 것을 보면 '글쎄?'란 의문이 든다.

우린 햄버거 키스와 우유 키스를 하고 이내 딥키스로 이어갔다. 그러던 중 그녀가 기침을 한다. 콜록이는 그녀의 파편이라 표현하고 싶지 않은 애정과 유혹을 나는 들이키고 있다. 그녀는 미안한 듯 고개를 돌려 기침하고자 하나 나는 거절하고 그대로 그녀의 모든 것을 받아낸다. 이 또한 사랑이니라. 이 또한 오르가슴이로다. 그렇게 그녀의 기침을 다 받아보니 내 입안과 폐까지 사랑으로 가득 찬 느낌이다. 기침 키스라 하자.

지금 시간은 7시 3분 13초. 나의 폐는 그녀의 사랑스러운 기침으로 인해 썩어가는 것인지도 모른다. 아니 사랑스럽게 익어가는 것인지도 모른다. 두 대의 머신은 그렇게 2시간을 작동하고 전원이 꺼진다.

7시 9분 7초. 누워 있다. 이렇게 편안하게 누워 있노라니 어머니 품이 생각났다. 어릴 적 어머니 허벅다리를 베고 누워 잠들기도 하고, 배가 아플 땐

"엄마 손은 약손."이라고 하시며 나의 배를 쓰다듬어 주시면 거짓말처럼 낫곤 했다.

요즘은 없어진 풍습이지만, 예전에 어머니께서 잔칫집에 다녀오시면 언제나 한 움큼 간식거리를 싸 오셨는데 그 상황만 생각해도 목이 메어온다.

새끼를 생각하는 마음에 소중한 음식을 싸 오심에 나는 집 지키고 있는 강아지처럼 엄마만 기다리고 있었다. 엄마가 오셨을 때 느끼는 기쁨은 기다리던 택배가 왔을 때의 기분 곱하기 100 정도 될 것이다. 그때 아마 엄마보다는 음식을 기다렸을 것이다. 엄마께는 죄송하지만. 분명 엄마도 알고 계실 거라 생각한다. 지금 이렇게 편하게 있을 때 엄마가 생각나는 것은, 편안함은 엄마고 엄마는 편안함이란 공식을 증명해주는 것이라 생각한다. 엄마가 산나물에 갖은양념을 버무려 낸 나물 반찬은 최고의 보약이었다. 함께 산을 가노라면 잔치 다녀오실 때의 엄마와 산에서 따라다닐 때의 엄마가 다르게 느껴지는 건 내가 그때 어려서라고, 철부지여서라고 핑계를 대고 싶다. 그것밖에 없으리라. 생각해 보면 산을 좋아하는 내가 그때도 좋았을 것이라 생각하고, 또 어렸을 땐 힘든 것을 싫어했던 것이라 생각한다.

그리고 어머니 아버지가 제일 생각났을 때는 서로 연락할 방법이 집 전화밖에 없을 때였다. 나는 진주에서 함양으로, 부모님께서는 함양에서 진주로 그렇게 엇갈려가 오고 간 적이 있는데, 내가 그 사실을 알고 다시 진주로 가는 길에 너무나 부모님이 그리웠다. 비록 짧은 시간이지만 내가 부모님 생각에 그렇게 울어 보았던 건 살아생전 처음이었다. 그날 흘린 눈물은 분명 사무치는 그리움의 눈물이었을 것이다.

부모님의 생각에 잠깐 슬픔이 밀려왔다.

난 슬픔을 좋아한다.

아~ 슬프다. 그래도 가나 씨가 옆에 있어 기쁘다.

오랜만에 치상과 다나, 가나 씨를 만났다.

"가나 씨, 치상이가 잘해 주나요?"

"네. 아주 잘해줘요. 그리고 저한테는 잘 안 해줘도 돼요. 제가 좋으면 그만이니까요."

"대단하신데요. 저도 그린 여자친구 만나고 싶어요. 친구 있으면 소개 좀 시켜주세요."

다나가 끼어들어 되지도 않은 밥에 재를 뿌리려 한다.

"소개시켜주지 마세요. 상처만 받을 거예요."

"왜요? 저는 정 프로님 좋던데요."

"가나 씨, 땡큐. 땡큐. 헤헤헤."

"그나저나 둘은 만나면 뭐 하고 놀아요?"

다나가 말을 이어간다.

"네. 정 프로 님. 친구 한 명 소개시켜 드릴게요. 그리고 우리요? 만나면 섹스밖에 안 한 거 같아요."

치상이가 얼굴이 빨개지며 당황해한다. 다나와 나도 의외의 답변이라 어색하게 웃어 보일 뿐이다.

"정 프로님과 다나 언니도 우리 도시에 오면 성에 있어서는 생각에 많은 변화가 있을 거예요. 우리 도시의 모든 가구에는 잠금장치가 없어요."

"강도나 도둑은 없어요?"

가나 씨의 이야기에 우리 셋은 집중한다.

"예를 들어 요즘처럼 차가운 날씨에 몸을 녹이려면 아무 집이나 문 열고 들어가요. 가서 주인이 있으면 몸 좀 녹이러 왔다고 말을 하죠. 주인은 구체적으로 안내를 해주거나 단답형으로 '네 쫌 쉬었다가 가세요.'라고 답하고는 자신의 볼일을 봅니다. 만약 사람이 없다면 내가 쉬고 싶은 대로 쉬었다가 나오면 돼요. 샤워를 할 거면 샤워를 하고, 탕에 물을 받아 목욕을 할 거면 목욕을 해도 되고, 배고프면 밥을 먹어도 되고, 밥이 없으면 밥을 해서 먹으면 되고…. 추위를 피하고 허기를 해결하고 내 집처럼 있다가 나오면 되요."

판사 정치상

우리의 눈은 두 배로 커졌다. 우리의 귀도 열 배는 더 커진 것 같다. 범죄 없는 도시의 존재는 알고 있었으나, 홍보대사인 가나 씨로부터 상세한 내용을 들으니 더더욱 놀랄 뿐이었다. 가나 씨는 태연하게 말을 이어갔다.

"아 참! 이용하고 집을 나올 때는 이용자가 생각하는 만큼의 대가를 놓고 나오면 되요. 내가 샤워를 했으면 일반 사우나 가격의 반이나 3분의 1 정도, 식사를 간단하게 먹었으면 2~3천 원, 냉장고에서 이것저것 꺼내 요리를 해서 먹었다면 1만 원. 당연히 식사 후 설거지는 해야 되고요. 잠자는 것은 가격을 설정하지 않아도 됩니다. 지금 제가 설명 드린 '아무 집이나 들어가서 나올 때 이용료를 내고 온다는 것'은 제가 우리 도시를 홍보하는 핵심 안내 멘트입니다."

"그런데도 범죄가 없다니 신기하네요. 아버지께서 도시를 건설하게 된 계기가 무엇인가요?"

"아버지께서 젊으셨을 때 영화 '범죄도시'를 보시고 영감을 얻어 범죄 없는 도시를 건설하셨습니다. 물론 도시가 바로 건설된 건 아니에요. 아버지께서 친분을 쌓고 신용을 쌓아서 연결 고리가 있는 분들의 투자를 받아 아파트 단지를 사신 거죠. 초기에는 거주자가 아닌 사람들의 단지 출입을 허용하지 않았다가 몇 년 뒤에 신분이 확인되면 출입을 허락했어요. 처음으로 입주하는 사람들은 철저히 지인의 지인으로 한정했다고 해요. 입주자를 받아서 돈을 버는 것이 아니었기에 범죄가 없는 사회가 가능하다고 여기는 사람들부터 입주를 하게 된 것이지요. 아버지와 투자자들 모두 그 부분에서는 이견이 없었어요. 지금은 도시가 형성되어 가격의 차이는 있어요. 말하다 보니 우리 도시의 홍보를 하고 있네요. 죄송해요."

"아니요 아주 흥미로운데요. 그리고 아까 말씀하시던 성에 대해 개방적이라는 것은 무슨 말이에요?"

"아까 아무 집이나 문을 열고 들어간다고 말했잖아요? 그때 남녀가 섹스를 하고 있어도 실례한다고 한 뒤 샤워하고 밥 먹고 자고 오면 되요. 만약 보고 싶다면 봐도 되냐고 물어보고 두 사람이 거부한다면 안 보면 되는 거예요. 반대로 봐도 된다고 하면 지겨울 때까지, 끝날 때까지 봐도 돼요. 심지어 같이해도 되냐고 물어봤을 때에도 'yes'냐 'no'냐에 따라 대처하면 되고요."

"파격적인데요."

"설문 조사에 따르면 80% 정도는 둘만의 사랑을 지향하는 경우가 많습니다. 열에 한둘 정도가 삼각관계나 사각관계를 인정합니다. 아~ 그리고 혼자 있는 사람에게 섹스를 제안할 경우에는 기분에 따라, 상황에 따라 성공률이 반반 정도라고 하더라고요. 그래서 우리 도시는 성에 있어서는 어떤 상황이든 기분 나빠하지 않고 서로서로 존중해요."

"저 조만간 반드시 방문할게요."

"꼭 오세요. 오시면 저와도 사랑을 나눌 수 있어요."

"에?"

"농담이에요. 아직 치상 오빠는 받아들일 수 없다고 하더라고요. 오빠의 의견을 존중하기 때문에 오시면 사랑하는 대신에 즐겁게 놀아요. 하하."

"야! 을를! 딴생각을 하는 건 아니겠지?"

"연습이나 해, 이 친구야!"

치상이 눈을 부라린다.

"물론물론. 그럼그럼."

자연스럽게 우리는 범죄 없는 도시에 대해서 조금 더 흥미를 가지게 됐다.

"범죄 없는 도시가 건설된 지 제법 시간이 흐른 걸로 알고 있는데, 진짜 범죄가 한 건도 없었나요? 경찰은 무슨 일을 하나요?"

"경찰은 노는 게 일이죠. 농담이구요. 일반 업무는 곳곳을 순찰하며 미아나 거동이 불편한 분들이 계시면 도와주는 거죠. 외부 경찰서와 협력하여 범죄자 이송, 수송, 구치소 관리 등을 하고 있어요. 범죄 없는 도시가 생긴 지 30년이 되었는데, 범죄 건수는 도시 이름에 걸맞게 아직까지 한 건도 발생하지 않았습니다. 제가 3살인가 4살인가 때 집밖을 500미터쯤 나간 적이 있는데 경찰 아저씨가 저를 집까지 데려다주셨어요. 3살인가 4살 때 전화번호와 주소를 다 외우고 있었지요. 대단하지 않아요? 호호호."

"30년 동안 범죄가 한 건도 없었다니 신기한데요."

"저는 오히려 우리나라에서 이렇게 범죄가 많이 발생한다는 것이 신기해요. 제가 우리나라를 다니면서 가벼운 교통 법규 위반이나 담배꽁초 투기 등 경범죄는 자주 목격하였으나 TV 뉴스나 인터넷 기사에 나오는 폭력, 살인, 성추행, 성폭력 같은 범죄는 왜 일어나는지 또 어디서 일어나는지 모르겠어요. 제가 지금껏 다녀봐도 이렇게 안전한 곳이 있나 싶을 정도인데 매일같이 그런 범죄 뉴스가 나오는 걸 보면 신기해요."

"가나 씨 이야기를 보니 그렇기도 하네요. 그런 목격하지 못한 범죄는 보통 밀폐된 장소에서 일어나기 마련이죠. 그래서 쉽게 목격할 수 없는 것이지요."

의문스럽다는 듯 고개를 끄덕인다.

"범죄 없는 도시는 언제 한번 구경 가기로 하고…. 치상이 너 바둑 경기 입장권 샀냐?"

"나는 한 달 전쯤에 사놨지. 우리 먼저 들어가서 잘게. 가나 씨 가요."

나와 다나가 조금 더 마시자고 재촉했지만 치상과 가나 씨는 방으로 이동하여 역사를 이룩하고 사랑을 나눴다.

"우리도 자러 갈까?"

나와 다나도 함께 역사를 이루었다.

친구의 역사.

오늘은 결전의 날이다. 바둑 경기 중 가장 큰 경기로 관심을 받고 있는 경기다. 각 대국자의 대국료만 5,000억 원에 이르게 된 배경은 세계 다수의 도박 업체가 경쟁을 펼쳤기 때문이다. 실로 어마어마한 바둑 경기인 것이다. 경기장은 축구장을 특설 무대로 개조하였고 두 대국자는 통유리 안에서 대국을 펼친다. 카메라는 바둑판, 대국자의 상반신, 오른손, 왼손, 테이블 밑에 있는

다리와 신발을 담고 있다. 현장 진행과 해설을 위해 8명이 원탁에 앉아 방송 중계를 하고 있다. 대국 전 사전 인터뷰에서 마창리제에게 우승 확률을 묻자 마창리제는

"이돌환이 이길 확률은 5%라고 생각한다."

이렇게 말해 경기장을 웅성거리게 만들었다.

인터뷰는 다음으로 이돌환에게 질문을 하였다.

"마창리제의 5% 발언에 대해 어떻게 생각하시나요?"

"자신감의 표현이라 생각해요. 어떤 때는 과격하지만 마창리제의 인터뷰는 바둑계의 신선한 화제라 생각합니다."

"요즘 아이돌 가수도 입대를 하는 경우가 있는데 이돌환 구단도 이제 군대 갈 시간이 되어 가잖아요. 오늘 대국료가 정확하게 군 면제금과 같은 5,000억 원인데 입대 계획이 있으신가요? 아니면 오늘 대국료인 5,000억 원으로 군 면제를 받으실 생각이신가요?"

"우선 저는 아이돌 가수처럼 입대를 생각하고 있습니다. 하지만 일각에서 군 면제금으로 대체하고 우리나라 바둑의 위상을 더 높이라는 응원을 해주시죠. 아직 시간이 있는 만큼 부모님과 주변 분들에게 상의를 해봐야 될 것 같아요."

"네. 두 분 오늘 멋진 대국 부탁드립니다."

"감사합니다."

"씨에씨에."

아~ 흥분되는 순간이 아닐 수가 없다. 대국자들이 자리로 이동하고 관중들은 괴성을 질러댄다. 10만 명이 앉을 수 있는 관중석엔 빈자리가 보이지 않는다. 두 대국자가 인사를 하고 첫 돌을 놓기 전, 흑인 마창리제의 얼굴이 메인 화면 오른쪽에 이돌환의 얼굴이 메인 화면 왼쪽에 위치했다. 메인 화면에는 19줄이 선명한 바둑판이 나오고 있다. 모두 숨죽인 채 유리 무대와 화면을 주목한다.

판사 정치상

"이렇게 많은 사람이 이렇게까지 조용할 수 있습니까?"

"보통 두세 수까지는 관중 모두가 대국자처럼 긴장하고 집중하는 경향이 있습니다."

해설자가 말을 계속 이어 간다.

"둘의 상대 전적은 41승 40패입니다. 초반에 이돌환 구단이 24승 6패로 앞서 가다가 전설의 10번기를 마창리제가 6승 3패를 하면서 이돌환 구단이 딱 한 경기 앞서 있는 상태입니다."

전광판 한쪽에 실시간 스코어는 아직 50:50을 가리키고 있다. 우상귀에서 작은 전투가 이어졌고 해설진의 불리해졌다는 말과 함께 실시간 스코어가 55:45로 변경이 되었으며 원정 관중석에서는 우레와 같은 함성이 경기장을 들썩이게 만들었다.

"많이 차이가 나는 것은 아니지만 지금은 형세가 좋지 않습니다. 좌하귀나 우하귀를 비롯한 하변에서 만회를 해야 합니다."

"아~ 이렇게 큰 시합에서 이겼으면 좋겠는데. 내가 너무 떨린다. 내가 마치 이돌환이 된 것 같아."

"야야야, 즐겨! 즐겨! 건배!"

나에게 긴장되고 떨림은 최고의 즐거움이다. 마약을 해보진 않았지만 취중보다 더 좋은 느낌이라고나 할까. 오늘 이 시합을 이긴다면 내 생애 최고의 바둑 경기가 될 것 같다.

"자 말씀하시는 대로 하기 위해서는 지금 두고 있는 우하귀에서 득점을 해야 될 것 같은데요."

"네 혹 세 집을 끊어서 잡는다면 확실하게 우상귀에서 손해 본 것보다 유리합니다. 이곳이 잘 마무리된다면 좌변 혹 진영에서 타개만 잘하면 될 것 같아요."

역전 분위기에 이르자 홈팬들이 점점 소리치기 시작했다. 축구로 비유한다면 전반전을 3대 1로 이기고 있다고 생각하면 되고, 후반전을 잘 막으면 되는 격이다. 해설자가 말한 좌변 혹 진영에서 침투하는 돌이 살아만 나가면 된다는 것이다. 지금 실시간 스코어는 35:65로 앞서있다.

"이돌환 구단, 좌변을 들어가야 되는데 어떻게 들어가야 될지 모르겠네요. 먼저 붙이는 게 있고 좌상 쪽 엷은 곳에 잡힌 백 한 점을 활용하는 수가 있는데요. 지켜보겠습니다."

몇 수가 더 진행되고 다시 불안한 멘트들이 이어진다.

"저 수로 살 수가 있나요? 저 수로는 반도 살아나오기도 힘들 것 같은데요. 아~ 이돌환 9단, 실수 같은데요."

"저 수를 두자 실시간 스코어가 다시 역전됐습니다. 다시 55대 45가 됐네요."

"네 그렇습니다. 이제 둘 수 있는 자리가 좁아져서 묘수가 나오지 않으면 안 되겠는데요"

"안 돼! 저걸 못 살리나? 다시 승률이 동률 되나? 아~ 아깝구나."

아직까지 진 것은 아니지만 흐름이 좋지 않다는 해설진의 이야기로 홈 관중석 여기저기서 탄식이 터져 나왔다.

"좌변과 좌중앙에 있는 저 백돌들이 살아나오지 못한다면 승산은 없습니다."

갑자기 경기장이 떠나갈 듯 큰 소리가 터져 나왔다.

"네~ 실시간 스코어가 85대 15로 바뀌었네요. 아~ 그래도 끝까지 최선을 다해 주었으면 좋겠습니다. 예전에 김지돌 구단이 크머제 구단을 이겼을 때처럼 역전을 해줬으면 좋겠네요."

"그래도 이돌환 구단이 끝까지 두려고 하네요. 예전 한중일 바둑계에서는 기권하는 시기에 대해서 의견이 많았는데요. '중국은 너무 던지지 않는다. 일본은 너무 빨리 던진다.' 반대로 말하는 의견은 '중국은 끝까지 최선을 다한다. 또 일본은 최선을 다하지 않는다.' 이렇게 의견이 분분한 적이 있었죠. 우리나라는 그 중간이었고요."

"저는 개인적으로 철저한 결과론자인데요. 한 수의 의미는 최종적으로 좋고 나쁠 때 나오는 것이 보통이죠. 빨리 던지고 늦게 던지는 것은 흐름에 따라 달라질 수 있습니다."

"중앙의 백돌이 잡혀서는 어려울 것 같습니다. 안타깝네요."

"우승자에게는 우승 상금 3,000억 원이 더 주어지는데요. 이돌환 구단의 경우 우승 상금 일부가 본인이 운영하는 재단으로 가기 때문에 우리나라 바둑계에도 큰 힘이 될 텐데요. 팬의 입장으로서도, 관계자의 입장으로도 안타깝습니다."

이미 반대쪽 원정 관중석에서 축제 분위기다. 85대 15의 확률이면 축구에서 5분을 남기고 5대 0으로 지고 있는 상황과 같은 것이다. 원정 바둑 팬의 승리 분위기는 충분히 이해한다. 이때.

"어? 끼웠습니다. 저 수가 되나요? 저건 아무도 예측 못 한 수인데요."

해설판에 다시 돌을 놓아보는 해설진의 표정이나 분위기가 이상하게 흘러간다.

"만약 저 수가 된다면… 저거 신의 한 수인데요."

"갑자기 흥분되고 제가 떨리기 시작했습니다."

몇 수가 더 두어지는 과정에서 실시간 스코어가 70대 30, 60대 40, 50대 50까지 변하고 관중석의 분위기도 뒤바뀌었다. 원정팀은 조용하게 화면을 지켜보고 있고 우리 홈팬들은 흥분하여 웅성웅성 거리고 있었다. 그러다가 실시간 스코어가 단번에 10대 90으로 변했다.

"아까 그 신의 한 수로 완전히 역전되었습니다! 지금 실시간 스코어가 10대 90으로 바뀐 것은, 반칙패를 하지 않는 이상 이겼다는 뜻입니다."

"이제 이겼습니다."

모든 홈팬이 경기장이 떠나갈 듯 폴싹폴싹 뛰면서 즐거워한다. 몇 수가 더 진행되고, 결국 마창리제가 돌을 던졌다.

"이게 요즘 유행하는 말로 '이게 정말 실화?'인가요?"

드라마 같은 바둑 경기가 끝나고 가나 씨네 도시에서 저녁을 먹기로 한 우리는 상당히 기대를 했다. 소문만 듣던 범죄 없는 도시라는 게 도대체 어떤 곳일까. 다나네 가족과 을를과 그의 애인, 그리고 나는 흥분된 마음으로 가나 씨를 유치원생처럼 뒤따라갔다. 도로로 통하는 곳은 시민 차량의 경우 자동 인식이 되고, 방문 차량의 경우에는 톨게이트에서 본인 확인 후 입장이 가능했다. 가나 씨는 범죄 없는 도시민이지만 방문자가 있는 관계로 톨게이트에서 확인 절차를 밟았다. 다나의 남편이 질문한다.

"이곳 입장은 본인 확인만으로 가능한가요? 저는 절차가 아주 까다로울 줄 알았는데 상상 이상으로 너무 간단한데요."

"네, 그렇죠."

해맑게 웃는다.

"그럼 범죄자들이 범행 계획을 하고 방문하고자 할 수도 있겠는데요."

"네. 아버지께서 초창기에는 방문자 조사를 하였어요. 철저하게 조사가 이루어진 다음 방문 허락을 한 이후로 범죄 건수는 제로를 유지할 수 있었고, 이후 범죄 없는 도시가 홍보되면서 모든 절차를 본인 확인으로 대체했죠. 아버지 말씀으로는 범죄 없는 도시라는 걸 인식하는 순간, 범죄를 저지르면 안 된다는 생각을 먼저 하는 심리가 있다고 하시더라고요."

"아~ 저도 사실 오는 내내 그 생각을 하긴 했습니다. 이곳에 가까워지면 질수록 범죄하곤 심리적으로 벽을 쌓았다고 할까요? 제가 우리 동네에서나 일상에서 이렇게 확고하게 범죄를 저지르면 안 된다는 생각을 한 적은 없었던 거 같아요."

"저희 아버지께서 최종적으로 추구하시는 게 그것입니다. 아버지께서는 본인이 살아생전에 우리나라 전체가 그리 되지는 않을 거라고 예상하시지만, 적어도 제가 사는 동안에는 가능하리라고 믿고 계시거든요. 그래서 저도 열심히 홍보하러 다니고 있고, 제 아들이 살아갈 때는 전 세계가 범죄 없는 세상이 되기를 희망하고 있습니다. 희망이지만 확신이라고 말하고 싶네요. 자, 저녁 메뉴는 뭘로 할까요?"

판사 정치상

"저는 보신탕 할래요."

다나의 아들인 일현이 소리친다.

"오! 그래? 너 보신탕 먹어 봤니?"

"네. 딱히 좋아하는 건 없지만 보신탕과 멍게, 홍어정도요."

"째매난게 재미지네. 신동 소리 들을 만하네요, 다나 언니."

"그러게요. 고기도 먹어본 놈이 먹을 줄 안다고, 우리랑 다니며 먹은 게 그 것이니 당연하기도 하네요. 호호호."

"일현이가 멍게도 좋아한다고 해서 근처 단골 횟집에서 멍게도 시켰어요."

"가나 씨, 음식점에서 음식을 시키는 게 가능해요?"

"네. 물론이고 말구요. 메인 메뉴는 정하고 후식이나 기타 먹을 만큼 적당히 시키고, 많으면 이곳 사장님 드려도 돼요. 찾아오는 걸 고마워하시고 즐거워 하시거든요."

우리는 식사를 마치고 가정집 방문을 체험해 보기로 했다. 첫 번째 집, 두 번째 집에는 가족들이 식사를 하고 있는 중이어서 인사만 건네고 나왔고, 세 번째 방문한 집은 빈집이었다. 우린 그 집에 들어가서 어색하게 멀뚱멀뚱 서 있었고, 가나 씨 혼자 분주하게 커피를 찾고 있었다.

"오빠. 커피가 있나 한번 찾아보세요. 앉아서 커피라도 한잔하고 가야지요."

가나 씨의 말에 모두 주섬주섬 싱크대 문을 열고 찾았으나 마음은 편하지 않은 것 같았다

"찾았어요."

"아~ 왠지 너무 떨리는데, 하하하."

"그러게. 이런 건 내 집이 아니라면 도둑들이 하는 행동인데 우습네. 하하 하."

상황이 꼭 여기가 가나 씨의 집이고 우리가 가나 씨의 집에 놀러 온 것 같았 다. 어색한 분위기 속에서 커피물이 끓고 가나 씨와 나는 커피를 타서 테이 블로 가지고 갔다.

"오빠, 냉장고에서 애들 먹을 게 있나 보세요. 과일이나 과자가 있는지도요."

나는 과일주스와 쿠키 몇 개를 가지고 왔다. 이렇게 가나 씨의 지시에 따라 움직이는 게 이제 조금 익숙해졌다고나 할까.

"다른 집도 이렇게 그냥 들어가도 된다는 거죠?"

"네. 그럼요. 처음 입주하신 분들도 어색해하시지만 바로 적응하시고 이웃집에 가볍게 인사 다니고 있어요. 옛날 동네 마실 다니 듯이요."

우리는 마치 집들이 가서 집 구경을 하듯이 집을 둘러보고 여유 있게 커피를 한잔했다. 나와 을들이 설거지를 마치고 나올 때 가나 씨는 5만 원을 식탁에 놓고 왔다. 참으로 이색적인 경험이었다.

다음으로는 도로를 거닐어 보기로 했다. 우리나라의 도로와 골목도 많이 깨끗해졌지만, 이곳의 도로와 골목에서는 정말이지 먼지 하나 보이지 않았다. 나는 생각했다. 사람들이 이런 의식의 틀 안에서 생활한다면 담배꽁초를 비롯한 쓰레기 없는 도로가 가능하다는 것을. 언제고 회장님도 한번 뵈러 가야겠다고 다짐했다. 가나 씨와의 관계에 의한 것이 아닌, 내가 꿈꾸는 세상을 실현 해 놓으신 회장님을 존경하는 후배로서 말이다. 물론 그전에 장인 어른과 사위로서의 만남도 나쁘지는 않다. 세상에 범죄 없는 도시라‥. 똑같은 듯 다른 도시를 경험하고 나오자 정말 신세계를 경험한 듯 내 가슴은 계속해서 흥분하고 있었다.

아니, 여기는 신세계였다.

범죄 없는 도시.

"피고는 지금까지 세 차례 과속으로 인한 과태료 부과금을 납부하고 경고를 받았음에도 다시 과속을 하였습니다. 지난 3차 단속 시 5억 원의 5배인 25억 원의 벌금과 반성할 시간을 주기 위해 징역 1개월을 선고합니다. 이후 또 다시 과속을 한다면 지금의 5배에 달하는 벌금과 2년의 징역형이 선고될 것입니다. 불만 있습니까?"

판사 정치상

"없습니다."

"검사 다음 사건 구형하세요."

"피고는…"

화창한 주말 봄날 삼촌에게 안부 전화가 왔다.

"웅근이 뭐하니?"

"땅 파고 있지. 봄날이라 일하기 아주 수월하구만."

"너 삼촌한테 삼촌이라고 안 허냐?"

막내 삼촌은 엄마의 막내 동생인데 나랑 동기동창이다.

"알았어~. 무슨 일? 어쩐 일이야?"

"날 좋은 봄의 주말이니 한강공원에 가서 치맥이나 하자고 그랬지. 친척도 안 보면 남보다 멀어지는 거야."

"지금 일하는 중인데, 하면서 한강공원으로 갈게."

잠시 후 나와 삼촌은 한강고수부지에서 돗자리를 펴고 치맥을 하였다.

"요즘 일은 열심히 하고 있니?"

"입에 풀칠할 정도만 하고 있지. 예전엔 길거리에 껌딱지가 많이 있었는데 요즘은 예전 같지가 않아. 단속도 단속이지만 단속으로 인해 사람들의 인식이 많이 바뀌었어. 내가 껌딱지를 신고하면 과태료의 20%를 받는데, 한 번씩 로또 같은 게 생기지. 껌딱지도 5범 이상이면 벌금이 천만 원에서 기하급수적으로 늘어나거든. 그래서 간혹 이런 로또 같은 건수도 생겨. 그런 건 껌딱지 하나에 200만 원에서 천만 원까지도 떨어지곤 해. 근데 로또만큼 드물어. 하하하."

"그럼 일하는 거 말고. 퇴근하면 뭐 하나?"

"요즘 계속 나이트클럽 가서 놀아."

"누구랑 가냐?"

"내가 누가 있나? 혼자 가지."

"나 부르지 그랬어?"

"넌 가나 씨 있잖아."

"매일 보냐? 가끔씩 보지. 후에 가면 연락하라고, 조카. 하하하."

"그리하시요, 삼촌. 하긴 나야 여친 만든다고 가시만 너와 가나 씨라면 같이 가도 되지. 신나게 춤추는 것만으로도 기분전환이 되니까. 지금 가나 씨는 뭐하기에 나를 보러 왔냐?"

"오늘 출근한다는 애기 듣고 너한테 연락했지. 연락 한번 해볼까?"

삼촌은 전화기에 단축 번호를 누르면서 전화기를 귀에 대고 치킨 다리를 뜯고 있다. 참, 이 친구 공부만 잘했지 허당인데 가나 씨가 어떻게 좋아하게 됐을까? 통화가 되지 않자 전화기를 그냥 내려놓는다.

"제수씨가 너 어디가 좋다던?"

"나의 매력을 모르냐? 내 매력에 한번 빠져들면 헤어 나오지 못하지. 하하하! 그리고 사실 그녀도 또라이야. 똑같은 연놈끼리 만나는 거지."

"그러냐? 네가 그런 것까지는 애기 안했잖아."

"그 애긴 안했지, 후후훗."

"을를이도 부르고 다나네도 불러서 같이 한잔하자고 그래. 시간되는 사람들 불러보지?"

그리하여 근처 사는 선배님, 후배들, 친구들이 한강공원에서 봄기운을 받고 모였다. 이래저래 모이니 20명이나 되었다. 그리하여 왁자지껄 술 한잔하며 놀았다. 대인기피증이 있는 친구까지 와서 같이 즐기니 나의 영향력이 이만큼 대단하다고 자화자찬 하는 중이다. 나도 이 인맥으로 제2의 범죄 없는 도시를 건설하고 싶다.

우린 하나인 듯 따로 인 듯 한강을 만끽하고 헤어졌다. 집으로 가는 길에 친구에게 전화가 왔다. 어머니께서 돌아가셨다고. 나는 생각했다.

내가 바쁘군. 거리가 너무 멀군. 내일 일이 있군.

아니 갈 생각부터 하고 있었다. 그리고 다시 생각했다.

내 어머니께서 돌아가셨을 때 내가 연락을 취해야 하나? 아니 간만큼 연락
치 말아야 하나? 그때 그 친구가 아니 온다면 난 무슨 생각이 들려나? 바쁘
겠군. 너무 멀군. 일이 있겠군.

참 머릿속이 복잡하다. 복잡하다는 말을 할 것도 없다고 말해야 하려나? 하
지만 내 마음속 한편에 자리 잡고 있다. 그것을 내가 언제 꺼낼지는 모른다.
평생에 아니 나올 수도. 그러나 나의 일기로 기록되어 있는 그것. 비트켄슈
타인이 말한, 정의할 수 없는 것이 이런 것이 아닌가 생각한다.

낭만

"다음 사건, 구형하세요."

"다음으로 보험금을 노리고 노부모를 살해한 김들에 씨에게 사형을 구형합니다."

"피고는 사업자금 마련을 위해 부모와 다투기를 반복하다가 2년의 장기계획으로 생명보험에 가입하고 보험 적용일이 된 날 밤 비옷을 입고 노부모가 살고 있는 집으로 이동하여 무차별하게 흉기를 휘둘렀다. 부검이 이루어지고 부검 중 본인의 손톱이 식도에 걸려 있는 것을 발견해 더 이상 범행을 부인할 수 없을 때까지 자백하지 않은 것으로 미루어 볼 때 반성의 기미가 보이지 않고, 사회에서 어느 누구에게도 같은 일을 저지를 수 있다고 예견 되는 바 원심대로 사형을 선고한다."

"아니 이제 살인 같은 거 안 한다니까! 내가 안 죽였다고…!"

경찰관에게 연행되면서도 죄를 뉘우치지 못하고 있다. 이곳 법원에서도 범죄가 없어서 죄를 심판하는 날이 없어지기를 바래본다.

일을 마치고 유진이와 7시 9분 8초 10프레임에 도봉산 야간 산행을 하였다. 차를 두고 지하철로 도동산역으로 이동하고 산 입구까지 가서 간단하게 모닝커피와 모닝 빵으로 식사를 하였다. 카페가 나름 이색적이었다. 도심에 있지만 테이블을 식물과 선인장으로 장식하고 벽걸이 화분들로 산속에 있는 착각이 들었다. 다시 오고 싶은 카페였다. 며칠 전 인도네시아 여행한 얘기를 잠깐 들었다. 파푸아뉴기니 섬을 갔다 왔는데 그 파푸아뉴기니 섬이 파푸아뉴기니와 인도네시아로 나뉘었다는 사실도 이제야 알았다.

판사 정치상

"인도네시아 파푸아섬 의료봉사를 다녀와서 대략 있었던 일과 느낀 점을 얘기해 줄게. 병원을 개원한 지 올해로 10월이 되면 20년째이고 나름 처가 여행을 취미로 즐기는 정도를 넘어서 같이 엮이다 보니 세계 여러 곳을 둘러보게 되고 의료봉사를 하면서 안 가본 곳을 가는 것도 여행이라 생각되어 아는 병원을 주축으로 여러 협력단체가 3년 전부터 일 년에 2번씩 정기적으로 가는 의료봉사에 멤버로 참여해서 새로운 경험을 하게 되었지. 전에는 1997년에 사아 역 근처의 어느 병원 근무 시절 미얀마에 의료봉사를 갔는데 그때 무엇을 준비했는지 기억이 없었어. 아마도 경험이 풍부한 병원 간호파트의 노련한 물품 준비와 약품 준비, 미세한 부분까지 막힘이 없어 의료행위만 제공하면 되었던 느낌이었지. 20년도 더 지나서 기억이 흐릿하지만, 그때 병원장님이 같이 가자고 해서 동참했기에 어떻게 준비하는지 관심이 없었고 몸과 여권만 챙겨서 갔다 와서인 듯해. 여행을 가기 전에 느끼지만, 준비를 잘해야 갔다 와서도 만족도가 올라가는 걸 느낄 수 있잖아? 이처럼 대규모 인원이 그 많은 의료서비스를 제공하기 위해 준비를 한다는 건 웬만한 계획과 경험이 있지 않으면 엄두가 나질 않을 텐데, 다행히 나는 시키는 대로만 준비하면 되는 구성원이었지. 옆에서 어떻게 준비하는지 살짝이나마 관찰했는데, 인천공항에서 봉사팀이 출발할 때 '시작이 반이란 말이 바로 이런 것이다.'라는 생각이 들더군."

"그럼 우선 움직이면 되지. 그 움직이기 위해 사전에 얼마나 준비해야 하는지는, 해 보지 못했다면 느끼기 힘들겠지. 대단해, 친구."

"고마워. 이번 의료봉사 준비는 아는 병원의 의료봉사단장을 주축으로 의료사회사업팀장이 재무 지원의 핵심인 담당자와 긴밀히 협력해서 산부인과 인력은 여성재단에서 오신 세 분의 산부인과 전문의, 검사 장비와 세 분의 임상병리사를 파견해준 병원의 간호사 세 분과 소아과, 가정의학과, 흉부외과 각 한 분씩 모두 7명의 의료진과 7명의 진료 지원 인원, 그리고 통역과 번역을 하는 분까지 해서 열다섯 분이 구성되었고, 각종 물품과 약품 및 장비

등 준비해야 하는 것은 3년간의 경험을 토대로 착착 준비되었지. 먼저 4월 22일 오후에 병원에서 참여 인원의 첫 미팅이 있었고, 행사의 주요 일정과 현지 사정과 세 차례의 봉사활동의 결과와 평가에 대해 설명을 듣고 개인의 준비물, 예방접종 여부를 점검한 뒤 다녀오신 경험자의 설명을 자세히 집했지."

"음. 그렇군. 아무래도 경험자들의 설명을 들으면 조금이나마 그려지고 예상되겠지."

"어느덧 2개월 반 정도가 지나 7월 6일 아침 비행기로 자카르타를 행해 출발했지. 가루다 항공에서 제공하는 기내식과 수면을 반복하면서 무사히 입국 절차를 마친 후에는 현지인과의 원활한 소통을 위해 통역사분들이 아홉 분 합류했어. 인사 후 마치 패키지여행을 온 것처럼 현지 협력사 분들께서 가이드를 해주셔서 버스를 타고 이동했어. 식사와 적당한 음주 등도 불편함이 없도록 잘 대접해 주셨고. 밤 10시경 다시 로컬 비행기를 타고 새벽 1시경 마카사르에 도착했고 이어서 최종 목적지인 머라우케 공항에 아침 7시경 도착했으니, 약 하루 동안 비행기를 세 번이나 탄 거지. 그래도 그동안 여행 다닌 이력이 있다 보니 그럭저럭 버틸 만은 한 듯했지. 작은 간이역 같은 공항을 순식간에 빠져나오니 진료할 농장에서 마중 나오신 여러분이 환대해주셨어. SUV 차량에 3명씩 바로 탑승해 지친 체력을 보충할 식사와 수면을 현지 스위스벨 호텔에서 마치고 다시 4시간 반 정도의 차량 이동 후 최종 목적지에 도착했더니 현지 시간으로 오후 3시 정도가 되었지. 환영 인사를 하고 진료할 장소에서 진단 장비와 투약 및 진료 세팅한 후 7시경에 환영 만찬을 즐기고 다음 날 진료를 위해 편안한 숙소에서 10시경 취침을 하였어. 비행시간이 길거나 하면 자칫 컨디션 난조로 쉽게 감기나 소화불량 등에 빠질 수 있기 때문에 나 같은 경우는 최소한의 칼로리만 먹는데, 대충 기내식의 반 정도만 먹고 이번처럼 밤 비행기에서 제공되는 스낵이나 간식은 철저히 안먹고 물만 충분히 먹으면서 수면을 도와주는 짧은 반감기의 수면제와 멜라

토닌을 먹어 3~4시간이라도 자는 게 유리하다는 것을 여러 번의 여행에서 느꼈지. 대충 인도네시아는 5개의 가장 큰 섬이 주축이 되고, 약 30개의 큰 섬과 1만 3천여 개의 작은 섬이 있으며, 수도가 있는 자바섬에서 가장 동쪽에 있는 파푸아섬의 머라우케까지 약 5천 킬로미터지. 다시 섬의 동쪽으로 파푸아뉴기니와 국경을 맞댄 지역까지 4시간 이상 차량으로 이동했으니 여정이 긴 것이 당연하고. 다행히 일행 모두가 아무 문제 없이 이동했어. 덕분에 이번 일정은 순조롭게 진행될 거라고 생각하며 편안하게 잠을 청할 수 있었지. 다음에 기회가 되면 조수로 같이 가자고."

"그래? 나도 갈 수 있으려나? 나야 그런 거 좋아하지. 추후를 도모해 보지."

"첫째 날 진료는 진료 장소가 있는 B 지구 주민들 대상으로 진행되었는데 간단히 설명하자면 이곳 파푸아 주 울린린 지역은 서울 면적의 약 60% 정도 되는 광대한 면적에 처음 팜오일 재배지역을 A 지구라 하고 그 주변에 주민 거주 구역이 있고 이어 B 지구, C 지구가 순차적으로 건립되어 부락이 약 240여 개로 각각의 지구별로 보건소, 초등학교 등과 중심 관리사무소가 있는데 각 지구별로 거리가 있어 25~45분 정도 차량 이동이 필요하기에 지구별로 주민 이동 차량을 집중적으로 배치하여 진료를 보도록 하는 것이라고 해. 이 지역의 보건소장이라 할 수 있는 현지 의사가 내과, 외과, 근골격계, 소아과, 산부인과로 환자를 문진해 분류하고 30여 분의 자원봉사자들이 과거 병력 등 예진과 활력 증후 및 소변검사를 하여 각 과별로 보내면 진찰과 필요한 검사 및 처치, 투약 등의 원활해진 시스템으로 무리 없이 오전 진료가 마무리되었지. 처음부터 진료해온 단장님 등 주요 스텝의 얘기를 빌리자면, 더위와 황토 먼지와 싸우면서 불편한 진료 흐름으로 어떻게 그때는 진료했는지 모를 정도로 고생했는데 이젠 아득한 추억이 될 정도로 많이 개선되고 나아졌다고 해. 그때와 비교해서 평가하는데 내가 봐도 초반에 기초를 닦고, 시스템을 만들고, 진료 환경과 주변 여건을 잘 다듬기 위해 무척 고생했으리라 느껴지더군. 한 예로 첫 미팅에서 황토를 발바닥에 묻힌 상태에서 맨발로 입장하기 때문에 실내체육관에서 황토 먼지가 선풍기 때문에 날리고 양말뿐 아니라 실내화가 완전히 망가진다고 설명을 들으면서 왔는데, 요번에는 지원해주는 분들이 바닥에 먼지와 습기를 가두는 현관 매트 같은 것을 전체 체육관 바닥에 깔아서 먼지도 안 날리고 오히려 의료진이 맨발로 다녀도 될 정도였지. 전에는 여러 장비를 놓고 전기선이 바닥에 복잡하게 놓여 있어 발에 걸려 넘어지는 사고가 빈발했는데, 이번에는 매트 속으로 들어가서 너무 깔끔하게 정리되어 있어 다음 단계의 진료 개선을 위해 고민을 해야 하는 지경에 이르렀다고 해. 아무래도 한 번의 진료 봉사가 아닌 같은 지역을 지속적으로 방문해가면서 의료 서비스를 제공하는 과정이라 가능하고, 몇 년 후에는 이런 과정을 반복하면서 획기적인 개선이 이뤄질 것으로 기대되더라고."

"그럼 노하우가 쌓이는 게 당연하겠지. 넌 소중한 경험 하고 왔다, 야."

"그리고 저녁 6시가 넘어서 진료도 무리 없이 마무리되었어. 저녁을 먹은 후 각 파트별로 진료하는 중에 생긴 문제점과 개선할 점 등에 대한 회의를 진행했지. 그 뒤 이곳의 전체 일을 책임지는 법인장님과 간단한 음주와 토론을 이어나가면서 의견을 나누고 휴식을 취했다. 내가 맡은 근골격계 환자는 대체로 팜나무에서 익은 과육을 분리하고 이를 모아서 차량으로 옮기거나 차량 운전 등 단순 작업을 위주로 하는 환자였어. 허리, 무릎, 어깨 및 경추나 팔과 다리의 통증을 호소하는 증상이 대부분이었고, 투약과 간단한 마사지, 통증유발근주를 해주면서 운동이라든지 스트레칭을 설명했지. 사실 한두 번의 설명으로는 꾸준히 작업하면서 진행되는 근육염이나 인대 손상을 막을 수 없어. 그래서 더욱 건강하게 일할 수 있는 환경을 유지하기 위해 제안을 드렸다. 대체로 노동을 하면서 쓰는 근육은 정해져 있고, 노동이 끝나면 썼던 근육은 스트레칭과 마사지 혹은 가벼운 근력운동으로 풀어주어야 한다고. 그리고 노동할 때는 안 쓰던 근육 위주로 운동을 해줘야 균형 잡힌 근력을 유지할 수 있으므로 허리는 편안하게 펴고 빨리 걷거나 등 쪽 근육을 단련하는 반복 운동을 권했지. 그리고 앞으로 운동할 수 있는 환경이 더욱 나아지면 수영, 에어로빅, 요가 등 다양한 스포츠가 필요함을 설명해 드렸어."

"아직 그런 스포츠 시설은 없니?"

"지금은 그저 평화롭게 먹고산다고 할까? 이후의 변화가 올 거라 생각해."

"그렇군. 갑자기는 아니 될 테지."

"진료 둘째 날은 C 지구 주민 위주로 진료했는데, 지금까지 중 가장 많은 내원 인원을 기록했다고 해. 마지막 날까지 1,150여 명을 진료했는데, 마지막 날 평가에서 재진을 원하시는 분들이 많이 찾았기 때문에 의료봉사 횟수가 거듭될수록 초진보다 재진 위주로 진료하게 되고, 이는 제공되는 의료서비스 수준을 올려야 모두가 만족하는 결과를 얻게 되리라고 의견을 모았어. 예를 들어 신부인과에서는 처음 시작할 때는 위생과 감염성 질환을 위주로 봤다면, 요번에는 그런 분들이 5% 이하이며 불임에 대한 의료 지식이나 치료를 원하는 분들이 늘어났지. 내과에서는 혈액검사 등을 통해 대사증후군의 진행 여부를 확인하고자 하는 분이 많이 있어서 보다 나은 검사 수준과 검사 결과를 기록해야 했지. 이를 토대로 투약과 생활습관 개선을 위해 식이요법, 운동 등이 같이 진행되도록 도와야 할 거야. 셋째 날은 비슷한 방식으로 A 지구 주민을 진료하고, 넷째 날은 재진이나 여러 곳에서 못 보신 분들 위주로 오전에만 진료를 했어. 동시에 금연교육, 성교육, 소아를 위한 엄마 교육 등을 주제로 교육 프로그램을 진행하고, 점심식사와 곁들여 현직 보건소장과 의료진이 미팅하면서 특이한 환자나 추적관찰이 필요한 분들에 대한 인계, 잡담 시간을 가지면서 의견을 나누지. 어떤 날은 피부에 생긴 병소를 처음 봐서 당황했는데, 민물고기를 날로 먹어서 생긴 기생충이 만든 칼슘화된 병소, 손바닥에 지렁이가 기어간 모양의 병소 등 이곳 열대우림 지역에서만 볼 수 있는 피부질환에 대해 조언을 듣고 교감을 가진 값진 시간이었지. 이어서 가까이 위치한 B 지구 보건소를 찾아 입원실과 주사 및 응

급실 등을 구경하며 기념사진을 찍고 약 2시간 정도의 시간이 남아 3~4㎞의 주변을 돌면서 산책 겸 걷기를 하였지. 저녁에는 마무리 인사와 성대한 만찬을 준비해주셔서 즐거운 시간을 보냈고. 다음날 다시 머라우케로 출발하기 전에 열대우림 안으로 왕복 30분 정도 들어가 나큐로만 보던 야생의 장면을 직접 볼 기회가 있었고, 산불 감시소로 만들어진 4층 높이의 전망대에 올라 끝없이 펼쳐진 야자 농장을 조망하고 내려와 아쉬운 작별 인사를 했어. 순간 눈시울이 뜨거워지며 눈물이 나더라고."

"그래? 며칠이지만 그런 순수한 분들을 보면 나도 정화되는 기분이지. 암. 그렇고말고. 충분히 이해하네."

"다시 왔던 2차선 도로를 능숙한 운전으로 시속 90㎞로 4시간여를 달리니 머라우케가 가까워진 듯 인가와 잘 정비된 도로가 나왔어. 먼저 도심을 지나 해변가의 적당한 곳에 정차해 일몰을 구경했지. 적도가 가까운 만큼 정말 아름다운 장면이 펼쳐지더군. 보면서 모두 관광 모드로 잠깐의 순간을 즐기고, 저녁을 먹은 후 도착할 때 잠깐 들렀던 스위스벨 호텔에서 마지막 밤을 보냈어. 나와 같이 단짝을 맞추어 통역을 해준 통역사가 알려준 인도네시아의 가봐야 할 곳을 소개해볼게. 머라우케에서 자카르타로 갈 때 중간에 마카사르에서 내려 환승하는데, 이 도시는 슬라웨시라고 염색체 모양의 섬 좌측 하단에 위치해 있지. 여기서 내려서 차로 7~8시간 들어가면 토라자 부족이 사는 지역이 나오는데, 여기는 독특한 장례 의식으로 유명하며 물소를 10여 마리 잡아서 제물로 바친다고 해. 이 소들이 고인을 영혼의 땅 뿌야까지 모시고 간다고 믿고 있기 때문이래. 그런데 소의 가격이 장난 아니야. 흔한 검은 소가 3~400만 원이고 얼룩 물소는 600만 원 정도, 흰 물소는 천만 원을 호가하는데, 우리 물가 대비로 환산하면 1억 원이 넘으며, 권세와 자금력이 넘쳐나는 경우에는 30여 마리 정도 잡는다고 해. 그리고 장례식 이후 산속 절벽에 석관처럼 시신을 안치하고 미이라가 되면 다시 장례 의식을 치르는 등 매우 복잡한 과정을 거친다고 하더라고. 다음날 무사히 두 번의 비행을 거쳐 다시 자카르타에서 점심식사 후 발달한 지역의 고층 빌딩에 위치한 복합쇼핑몰에서 적당한 기념품 등을 쇼핑했지. 그리고 한식당에서 저녁을 먹고 정들었던 통역사와 작별한 뒤에 인천공항으로 가는 밤 비행기를 탑승했지. 다음 날 아침 8시경 집으로 돌아가는 리무진 버스에서 지난 8일간의 일정을 떠올리니 벌써 아득하게 느껴졌어. 그래도 모두 의지를 모으고 또 한마음으로 잘 협조한 덕에 앞에서 끌어주는 리더와 팀원이 값진 결과물이 만들어냈다고 생각해. 기회가 되면 다시 한번 가서 보고 느끼고 즐기리라 다짐했어. 아주 좋은 추억과 의미 있는 의료봉사였지."

"멋지다. 내 친구. 다음엔 나도 꼭 조수로 데려가라고. 내가 힘은 쓰잖니."

"그래. 기회 되면 시간을 맞춰 보지."

"엄청. 왕창. 대빵 기대된다."

우린 친구의 경험담을 듣고 다음 만남을 기약하며 손을 흔들었다.

어느 날 오후, 자산관리사인 이용이를 만나 커피숍에서 마주 앉았다. 일상 이야기를 나누던 중 어제 골프 연습을 무리하여 하였더니 온몸이 뻐근하다며 마사지를 가자고 했다. 그래서 우리는 마사지 샵을 찾아 나섰다. 이용이와 나는 뭉친 근육을 풀면서 이야기를 이어갔다.

"이용아, 축하해. 이돌환과 마창리제의 자산을 동시에 관리하게 됐다면서? 네가 공을 들인다는 얘기는 들었지만 이렇게 빨리 성사될 줄은 몰랐다."

"나도 믿기지 않아. 현재 가장 뜨거운 두 거물을 내가 관리하게 될 줄이야. 나름 엄청 노력했다고. 그리고 머니맨 매이워도 내가 관리하고 있어. 이 친구들은 확실히 돈에 대한 관점이 다르더라고. 우리가 생각하는 절약은 없는 듯해. 그렇다고 낭비하고 그런 것도 아니야. 할 건 하고 말 건 마니 낭비가 없을 수밖에. 특히 사치라는 것에 대한 생각의 차이가 있더라고. 고가품을 구입함이 경제를 활동적이게 한다 생각하고 구입함에 망설임이 없고, 부추기더라고 돈이 돌아야 된다면서. 그래서 돈을 관리하는 나도 돈 관리를 하는 중에 쇼핑을 해야 하는 경우도 있다니까."

사치를 경제 순환으로 생각한다라. 그럴 수도 있는 건가? 가진 자들이 돈을 푸는 격인가? 경제에는 문외한이지만 그럴 법도 하다는 생각이 들긴 든다.

한참 대화를 이어가다 마사지사의 손길이 나의 중심부에 있다 언저리를 맴도니 나도 모르게 발사 준비 태세를 갖추고 있네. 그녀의 손길이 기둥에 부딪히기를 반복하더니 이내 기둥을 감싸기 시작했다. 나는 애써 거부하려 하지 않는다. 우리는 침묵하고 잠깐의 쾌락을 느꼈다. 이내 마사지사는 마사지를, 우리는 대화를 이어갔다.

"물 좋은 나이트에서 일어난 사건은 사실이니, 찌라시니?"

"어. 지금 조사 중에 있어. 조만간 결과가 나올 텐데, 고위급 인사가 관련 있냐 없냐에 따라 파장이 클 수도 작을 수도 있을 거 같아."

"네가 볼 땐 어디에 무게가 많이 실리니?"

"알 수 없지만, 고위급 인사가 연루됐다면 아주 큰일이지. 가나의 얘길 들어보니 지금 범없시의 경계를 계속 넓혀가고 있는데, 그 인물이 핵심 인물이거든. 그런 양심 없는 이가 관여되어 있다면 범없시를 넓히기는커녕 축소해야 할 형국이지. 아무쪼록 가벼운 성관계였고, 순리대로 됐으면 하는 마음이야."

골프로 뭉친 근육과 마음을 풀고 우린 술자리로 이동하여 정신을 풀어헤치고자 하였다. 우린 안주로 요즘 핫한 수중도시와 지하도시에 대해 이야기했다.

"이제 수중도시의 규모가 제법 커졌다고 하지?"

"그렇지. 나도 가보지는 않았는데 제법 인구가 많아졌다나? 이제 가볼 데가 너무 많아졌다야. 아무리 100세 시대라 해도 세계 곳곳은커녕 우리나라도 못 가본 곳이 많은데 지하도시와 수중도시, 게다가 하늘도시도 계획한다니…. 지금까진 지구의 평면도 같은 지표면만 다니면 되었는데, 이제는 지구 전체를 입체적으로 다녀봐야할 것 같다. 참 오래 살고 볼 일이다야."

"넌 그렇게 다니고도 아직 안 가본 곳이 있니?"

"그럼. 가 봤다 하더라도 수박 겉핥기식이지. 여행 가고 낚시 가고 돌집이나

판사 정치상

상갓집 간 것은 가본 게 아니라고 할 수 있지. 난 그곳에서 조금이라도 살아보고픈 마음에 내 직업을 일찍 마감하면 몇 개월씩 다니면서 살아볼까 해. 내가 가나와 결혼하면 힘들지도 모르지만 그녀가 이해해주길 바라고 있어. 아니면 이혼이나 졸혼으로 다시 혼자가 되는 것도 생각하고 있어."

"야, 넌 떠돌고 싶다고 가정을 버리냐?"

"음… 어떻게 될지 모르겠지만 그 상황이 되더라도 가정을 버리는 건 아니라고 생각해. 뜻이 안 맞으면 헤어지는 것이지만 서로 맞추려 할 테고. 서로 이해하면 가능하리라 생각한다는 거지."

"그래. 니 마음대로 해."

이제야 내 말을 이해했는지 아니면 포기했는지 명언을 내뱉는다. 후자에 가까운 푸념이란 걸 느끼지만…. 이렇게 수중도시나 지하도시에 이어 하늘도시가 완성되고, 환경도 좋아짐에 따라 옛 공상 영화에서나 보던 환경에 더더욱 가까워지고 있는 시점에서 범없시를 롤 모델로 하는 도시들이 해외에서도 자리를 잡고 있다. 그래서 요즘 가나보기도 쉽지가 않다. 안 보니 더더욱 보고 싶다. 사랑스럽고 음흉한 그녀, 가나. 할 때 하고 놀 때 노는 그녀, 가나. 가나를 못 본 지 어느새 한 달 여가 되어가는구나. 연예인보다 바쁜 일정을 소화하는 가나가 오늘 왠지 더더욱 보고 싶구나. 이곳 서울 하늘 아래서 해외에 있는 가나를 보지 못하니 그립고 또 그립구나.

"뭔 생각을 그렇게 하냐?"

"아냐. 아무것도. 그냥 가나 생각."

연애할 때가 좋다고 나를 위로하고 수중도시 이야기를 이어간다.

"수중도시도 범없시를 롤 모델로 한다던데, 이렇게 범없시가 확대되면 살맛나겠어."

"그렇지. 소설 『더 기버』 같은 미래를 꿈꾸는 건 아니지만, 지금 이 시대의 범없시는 동서고금을 통틀어서 역사상 최고의 정책이야. 최고라고."

"『더 기버』란 소설엔 무슨 문제가 있는데?"

"나도 범죄가 없기에 좋게만 생각했는데, 그곳엔 평안하다는 전제로 인해 성욕에 의한 섹스가 없고 인류을 저버리는 공식 살인이 있지. 공식 살인이란 그 소설에서는 임무해제라는 건데, 정상 작동하지 못하는 인간은 임무해제하는 거야. 그 임무해제의 예시 중 이린 게 있어 쌍둥이로 인한 사람들의 혼동을 막기 위해 몸무게가 적은 쪽이 임무해제 되는 거지. 쌍둥이의 아버지에 의해 몸무게가 적은 아이가 죽어. 그 소설에서는 그게 살인이 아니고 정당한 임무해제이지만. 그리고 아버지는 이야기하지. '이조차 내가 가지고 갈 짐이니까.'라고. 그러면서 슬퍼하거나 괴로워하지는 않아. 정당한 아버지의 임무니까."

"그건 이해하기 어렵겠군. 음⋯."

우린 서로를 떠나보냈다.

며칠 만에 가나를 만나 사소한 얘기후 우린 머신이 되었다.

본능적으로 본능적으로.

가나와 격렬한 밤을 보내고 아침에 침대에서 아침 뉴스를 시청하고 있다가 성추행 관련 뉴스를 보고는 가나가 한마디 한다.

"나는 저런 뉴스 보면 안타까워."

"뭐가?"

"정말 추행당한 불쾌감이 어느 정도기에 신고를 하여 서로 사이가 멀어지는 지⋯. 안타까워."

"불쾌감이 많거나 적거나 추행한 것 자체가 나쁘다고 보는 거지."

"오빠, 나는 성추행이 사라지는 것은 낭만이 없어지는 것 같아."

"가나야, 그게 무슨 소리니?"

"오빠도 바둑을 두잖아요. 예전 바둑에서 착점을 밀어서 할 때가 있었는데 어찌 보면 그 사람들에게는 그것도 낭만인 거거든. 과거 시외버스에서도 담배를 핀 적이 있다고 들었는데, 어찌 보면 그것도 담배를 피는 사람들에게는 낭만이 없어진 거라고 볼 수 있지."

"에이, 그래도 그건 아니지."

"뭐가 아닌데?"

"담배를 피는 것을 낭만으로 생각해도 버스 안에서 담배를 피면 어떻게 되겠니?"

"그렇지. 우리의 의식이 바뀌었기 때문에 가능해진 거지. 그래도 의식이 바뀌기 전까지는 강압적인 게 있었다는 거지. 우리는 그 강압적인 것 때문에 의식이 바뀐 거라고 볼 수 있어. 바둑에서의 착점 규칙, 버스 안에서의 금연, 이제는 여기저기에서의 금연. 참고로 나는 담배를 안 피지만 흡연자들을 위한 확실한 공간도 있으면 좋겠어. 성추행도 마찬가진데, 성추행에 대한 법률이라는 강압적인 부분이 약하면 인식이 바뀌는데 시간이 오래 걸릴 거라는 거지. 그래서 내 생각은 성추행범에게 전자발찌를 채우는 것보다 더 극단적인 법을 만들어야 된다는 거야. 오빠, 이 모든 것은 사회적인 법규를 만들기 위한 것일 뿐 난 개인적으는 성추행도 조금은 있었으면 좋겠어."

"가나야, 내가 조금 너를 알지만 성추행이 있었으면 좋겠다는 게 무슨 말이야?"

"크크크. 오빠는 내가 섹스 좋아하는 거 알잖아. 장소에 구애받지 않는다는 것도 알잖아. 아침, 낮, 밤에 느끼는 느낌과 황홀함이 다 다르고 내 몸을 터치하는 손길에서도 다 다른 느낌을 느껴."

"그럴 수 있지. 아니, 그렇지."

"섹스를 좋아하는 나로서는 오빠 말고 다른 사람하고도 하고 싶어. 정 프로님도 그렇고, 이용 오빠도, 웅근 오빠, 제다오빠…."

"제다? 제다가 누구니?"

"다나 언니 남편"

"너 이름은 어떻게 안 거야?"

"전에 제다 오빠가 보자고 그래서 한번 봤거든. 그때 나에게 제안을 하더라고. 썸 탈수 있냐고. 난 오빠 때문에 안 된다고 했지. 오빠, 무덤까지 비밀로 가져가야 해. 알았지? 그래서 신상을 알게 된 거지. 중요한 건 그게 아니고, 내가 그 오빠들과 섹스를 할 수 있냐는 거야. 우리는 사회적인 인간이기 때문에 법규를 만들고 준수하려고 하는 거지, 내가 하고 싶은 대로 그 오빠들과 섹스를 한다면 오빠가 나를 가만 놔둘 것 같아? 오빠뿐만이 아냐. 다나 언니도, 웅근 오빠나 이용 오빠의 와이프도 나를 잡아먹으려 하겠지. 그래서 나는 그들에게 안 잡아먹히려고 안 하는 것뿐이란 거지."

"네가 섹스 좋아한다는 것은 알겠는데, 다른 것은 어렵다. 하하하. 제다 이 양반이. 으으으으!"

"오빠! 진정해. 내가 말하려고 하는 것은 성추행 건인데, 예전에 내가 갓 스무 살이 됐을 때 시외버스를 타고 할머니 댁에 간 적이 있어. 그때 어떤 추억이 있었냐면, 좌석표가 마치 로또 같은 기분이 들었지. '옆자리에 제발 백마 탄 왕자가 앉아있으면 좋겠다.'라고. 그런데 그때 마침 내가 생각하는 백마 탄 왕자님이 옆에 앉은 거야."

"나보다 멋있어?"

"음…(눈치를 애교스럽게 보며) 오빠보다 조금 안 멋있는 것 같아. 나와 그 사람과 또 몇몇 사람들이 조금 여유 있게 타서 빈자리가 제법 많았어. 그 사람이 창가 쪽에 앉고 내가 안쪽에 앉았는데, 그 사람이 잠깐 나가겠다고 말하고는 그 비좁은 내 앞자리의 등받이와 내 무릎 사이를 비집고 나가는 거야. 나는 순간 다른 빈자리를 가려고 하나 생각했는데 아예 밖으로 나가더라고. 나는 아쉬움을 뒤로하고 창가에 앉았지. 다행인 게 나갔다가 다시 그 자리로 들어온 거야. 그래서 나는 통로 쪽에 앉고 그 사람은 나의 무릎을 스치며 다시 자기 자리에 앉았어. 근데 나갈 때는 무릎 끝만 살짝 스쳤는데 들어올 때는 내 허벅지 위에 앉듯이 쓸면서 미끄러져 앉더라고. 느낌이 묘할 것까지는 없지만, 분명히 무릎을 스쳤을 때와 달리 허벅지를 스쳤을 때는 그 사람의 성추행 의도가 다분하다고 봐. 그런데 내가 좋았으니 어떻게 설명해야 되지? 나 같은 애에게는 더 적극적으로 터치해도 좋은데 말야. 호호호."

"넌 옆구리를 쓰다듬어도 좋아라 하겠지."

"난 사타구니도 좋아라 하지. 호호호."

"모든 여자가 가나만 같아라. 하하하."

"그렇게 기대를 했던 버스 탄 왕자와 이동 중에 왕자가 조금씩 움찔거리는 거야. 팔짱을 끼던 손이 내게 닿는 느낌이었어. 손등이었지. 내가 반응을 안 하니까 왕자가 대범해지더라고. 손등 전체로 나의 옆구리를 훑더니 손가락을 펴서 손바닥으로 내 가슴을 살짝살짝 만지는 거야. 참 이건 좋긴 한데 내가 느끼고만 있어야 하는지, 아님 동조하며 같이 흐느낄까 고민을 했지. 그러다 나도 용기를 내어 그놈의 허벅지에 나의 손등을 대었지. 나의 가슴을 주무르던 손이 순간 멈추었어. 나의 손을 느끼고 나를 주시하는 거지. 그때였지. 내가 그놈의 사타구니 쪽으로 손을 밀어 넣었을 때 우린 눈빛 교환을 했어. 서로를 확인하고는 대범해졌지. 그놈은 내 젖가슴을 살짝 주무르던 것을 꽉꽉 짜그러트리기 시작했고, 나도 그 새끼의 사타구니 위를 시작으로 아까부터 빳빳하게 성이 난 그놈의 그놈을 가지고 놀기 시작했어. 우린 뒤가 없는 쾌락을 느끼며 달리는 버스 안에서 신음 소리만 제외한 발광을 하고 있었던 거지. 앞뒤에 앉은 사람들은 눈치채고 있었을 수도 있지만 말이야. 우리가 철저하게 신음소리는 숨겼지만 부스럭부스럭 거렸으니 우리 같은 사람들은 알 수도 있었을 거야. 아니, 알았을 거야 아마. 그렇게 우린 휴게소에서 일일 연인이 되었고, 공식적으로 손을 잡고 가며 대화를 했어. 지금도 할머니 댁에 가면 한 번씩 보지, 그 친구를. 그런 낭만을 말이야."

"뭐?! 지금도 만난다고?"

"걱정 하지마. 오빠 동생으로 만나고 있으니까."

"그럼 다행이고."

"후에 오빠 소개 시켜줄게."

"그래……"

따뜻한 오후. 치상이와 치상이의 애인이 오래간만에 날 찾아왔다. 평상에서 백숙 한 마리를 시켜 놓고 이런저런 애기를 나누는 중에 나에게 왜 결혼 안 하냐고 물어봤다. 식상한 질문이지만 내가 결혼 안 한 이유를 이야기해줬다. 이 친구가 아니면 결혼 안 한 이유를 물으면 그냥 흘려 님기는 답변을 많이 했으나, 이 친구는 대화가 통하는 친구니 내 나름대로의 사상을 이야기해줬다.

"내가 결혼 안 한 이유? 그건 말이야 사실 못해서 못 하는 경우도 있고, 하기 싫어서 안 하는 경우도 있어. 일반인의 상식으로는 이해하지 못할 부분이 있을 테지만 나의 변명은 이렇지. 우선 귀찮음을 들 수가 있고, 두 번째로 자유, 세 번째로 이기심. 첫째로 든 귀찮다는 것은 이런 거야. 나는 애기들을 싫어하거든."

치상이 추임새를 한다.

"그런 사람들도 다 자기 자식들은 예뻐하던데요. 그리고 그런 말 하면서도 실제로는 애기들을 좋아하는 경우도 봤고요."

"그런 질문도 많이 받았지. 그러나 나는 지금 애기가 없다는 거. 그래서 애기가 싫었던 사람이 애기를 낳았을 때 좋아지는 상황은 잘 모르지. 물론 나조차 애기가 생기면 당연하다는 듯이 달라질지도. 결국 나에게 맞는 공식이 아닐 수도 있다는 거지. 내가 항상 주장하는 결과론적인 거야. 너는 나의 결과론을 잘 알잖아."

"형의 결과론은 순 엉터리에요. 하하."

"둘째 자유. 가정이라는 곳에서 행복감을 느낄 수도 있지만 속박되어 있는 느낌도 있다는 거지. 나는 자유를 갈망하기에 결혼을 안 하는 거라고도 말할 수 있지. 와이프 눈치 봐야지, 애들 기저귀 갈아줘야지, 애들 크면 아들 딸 눈치 봐야지… 내가 생각하는 자유를 속박하는 게 너무 많아."

"으이그…. 형은 깊은 산중에서 혼자 사세요. 깊은 산속으로 들어가세요. 하하하."

"말이 그렇다는 거지 나도 가정을 갖고 싶어. 결혼도 하고 싶고 자녀도 열다섯이나 열여섯 정도 낳고 싶고. 허나 이 모든 걸 만족시킬 수 없기에 두고 보는 거지."

"또 하나가 뭐라고 그랬죠?"

"이기심 때문이지."

"이기심? 결혼을 안 하는 것과 이기심이 무슨 상관이 있어요?"

"군대 가는 것은 의무냐? 의무가 아니냐?"

"우리나라는 의무잖아요."

"그렇지. 우리나라는 군대 가는 것이 의무이지. 결혼을 안 하는 것은 의무를 하지 않는 것과 같은 거지. 군대를 가서 병역 의무를 하면서 보람도 느끼고 남자가 되어서 나오기도 하지만, 면제 사유가 없는 사람임에도 군대를 안 가는 경우도 있잖아? 그런 이기심이라고 할까? 적어도 남녀가 결혼을 하면 일남일녀, 또는 딸 둘이라든지 아들 둘이라든지 최소 둘은 낳아야 의무를 다 한 거라 생각하는데, 나처럼 결혼 안 한 사람들은 애를 낳고 키우지 않는다는 거지. 왜? 인간의 의무를 하지 않고 혼자서 편하게 살자는 거니까. 그래서 이기적인 것이지."

"정말 형은 혼자 살아야 되겠어요."

"얼마 전 뉴스 안 봤냐? 자식에게 살해당한 노부부. 적어도 나는 자식에게 살해당할 확률은 제로로 만들었지."

"그것 참 대단하십니다. 혼자 자유롭게 이기적으로 편안하게 행복을 누리면서 사세요. 참 고기 맛있는데요. 그리고 형, 그 사건 담당 검사가 저예요."

"오! 그러냐? 무서운 놈이지? 부모를 살해하다니. 참 한숨이 나오는 세상이지 않냐?"

가나 씨도 한마디 거든다.

"저도 오빠한테 대충 들었는데, 부모는 자신을 죽이려 하는 자식의 손톱을 삼켰다는 거잖아요. 증거를 남기지 않기 위해서. 참으로 자식과 부모의 마음이 대조되는 거 같아요. 오빠, 그 살인범 사형이라고 그랬나?"

"음? 당연하지. 계획된 살인은 모두 사형이야. 정황을 봐야 되지만, 사고로 죽은 경우는 징역형을 살기도 하지."

"우리 화세를 바꿔요."

"그럼 일단 화장실 좀 다녀올게."

"같이 가요."

치상이 나서고 가나 씨도 함께 일어섰다. 나도 치상에게 배워 소변을 앞굽이 쏴로 바꾼 지 오래다. 좀 웃기긴 하지만 확실히 암모니아가 덜 튀긴 한다. 속을 비우고 다시 제자리로 와서 본격적인 술자리가 시작됐다.

"형~ 다른 건 몰라도 형이 이렇게 사는 건 부럽기도 해. 결혼에 관점을 두면 형이 안타까운데, 그냥 이런 삶만 보면 무슨 도사처럼 보여. 이해도 되고."

가나 씨가 치상에게 잘 익은 고기를 향기 나는 고수와 곁들여 상추쌈을 싸서 먹여주려 한다.

"가나야, 이러지마. 나 이런 거 싫어해."

"그냥 먹어."

"나 이런 거 싫어한다니까…."

"참 놀고들 계십니다."

치상이 겨우 받아먹자 가나 씨는 나에게도 상추쌈을 싸주었다.

"야, 상추쌈 하니까 생각나는데 내가 아는 누나들과 고기 집에서 얼마나 웃겼는지 몰라. 쌈을 싸서 물어보고 대답하는데 아줌마들이 대단하더라. 나를 성희롱하고 놀고 있더라고. 난 당황한 내색을 했지만 희롱 받는 내가 제일 좋아라 했지."

"어떻게 했는데요?"

"싼다는 걸 다 야하게 상상하는 거야. 처음에 한 누나가 성적 의도가 아닌 '치섭아 하나 싸주까?' 했지. 그랬더니 옆에 있는 누나 둘이 막 웃고 난리가 난 거야. 또 옆에 누나가 '치섭아 나도 쏴줘.' 그 옆의 누나도 '나한테도 싸줘.'

그리곤 서로 계속 싸달라는 말만 하다 밥 다 먹은 거 같아. 그때 분위기 너무 좋았지. 그 누나들 다시 보고 싶네."

히죽거리며 듣고만 있던 가나 씨가 한마디 한다.

"오빠, 저도 싸주세요."

웃고는 있지만 내심 놀랐다. 아줌마들이야 야한 농담 많이 하는 걸 알고 있지만 젊은 처자가 같은 뉘앙스로 말해서 조금 의외였던 것이었다. 그러더니 옆에 있던 치상이가 더 거든다.

"형, 애 그런 거 무지 좋아라 하니까 더 싸줘. 팍팍 싸줘. 아주 듬뿍 싸 줘버려."

"에이 설마…. 그러지 않을 거 같은데."

"형! 애가 형하고도 섹스하고 싶다고 말한 친구야. 대단한 친구라고. 형뿐 아니라 내가 아는 사람 전부 호명하더라고. 얌전한 고양이가 부뚜막에 먼저 올라간다는 것이 우리 가나를 위해 만들어진 말이야. 나는 감사할 뿐이지. 신께서 가나라는 천사를 보내주셔서."

"가나 씨, 정말이에요?"

"네. 굳이 표현을 안 해서 그렇지 전 준 섹스 중독자입니다. 오빠한테 제가 성추행 당한 것도 이야기했는데, 성추행 당했을 때도 섹스는 하고 싶었어요. 그러나 사회에서 살아야 하는 인간인 이상 길에서, 주차장에서, 지하철에서, 버스 안에서 섹스를 할 수는 없잖아요?"

난 가나 씨의 멘트를 듣고 제법 당황했다.

"오빠는 섹스 싫어하세요?"

"예? 그런 건 아니지만…."

"그럼 우리 도시로 한번 놀러 오세요. 우리 도시에서는 성적으로 의사를 표현하면 상대방의 대처에 따라 행동하면 되거든요. 꺼지라면 꺼지면 되고 좋다 하면 같이 가면 되요."

"히야~ 그런 세상이 있다는 건가요?"

"우리 범죄 없는 도시에서는 성적인 것은 범죄하고 달리 생각해요. 물론 아까 말한대로 꺼지라고 했는데 추근된다든지 성폭행으로 연결된다면 문제가 되겠지만 아직 그런 경우도 없었고요. 우리 범죄 없는 도시는 건설된 지 30년 됐는데 지금까지 범죄율이 제로입니다. 회장님이신 우리 아버지도 그러하시고 저도 그 도시 홍보대사로서 자부심을 대단히 느끼고 있어요."

섹스 얘기만 하던 가나 씨와 달리 도도한 매력도 느껴지고 신비로운 느낌도 묻어나고 그러하였다.

"야, 치상아. 넌 가나 씨의 섹스 이론을 어떻게 생각하냐?"

"왜, 형도 가나와 하고 싶어서?"

"아니, 아니. 그런 건 아니고. 가나 씨가 그렇게 생각하는데 너의 대처가 궁금해서 물어보는 거지."

"처음엔 용서도 안 되고 이해 안 됐는데, 이제 저의 마음도 조금씩 바뀌었어요. 할 테면 하라는 식이죠."

"참 너희 둘은 천생연분인 것 같다. 어쩜 그렇고 그런 사람끼리 만났냐? 다복한 가정 만들어라."

"우리나라에서 성추행이 사라져 가는 것은 저로서는 안타까워요. 예를 들면 바바리맨이 없어진 것을 들 수 있죠. 제가 바바리맨을 봤을 때, 그것은 분명 사건사고지만 표현을 바꿔 말하면 특급행사고 깜짝 이벤트거든요. 가령 군중 속에서 바바리맨이 바바리코트를 열어젖혔다고 했을 때 정면 쪽에서 적나라한 알몸을 목격한 사람들이 있겠고, 뒤쪽에서 넓게 퍼진 바바리코트만 본 사람이 있겠고, 측면에서 본 사람이 있겠죠. 만약 그런 일이 벌어지면 저는 정면에서 보고 싶어요. 뒷면에서 보면 오히려 더 궁금증만 더 커질 거 같아서요."

"특급행사고 깜짝 이벤트라…. 그것도 그러하네요. 그러나 우리 사회에서는 인정하지 않죠. 엄연한 성범죄죠."

"그러니 나는 아쉽다는 거지."

판사 정치상

"역시 가나 씨, 보통이 아니군요."

"우리 가나 딱 제 스타일이에요. 백치녀 내 가나 사랑해 가나야~"

내 앞에서 부비부비를 하며 키스를 하고 말도 아니다.

"워워, 그만그만."

"형, 진짜 이 시골로 온 이유가 뭐야?"

"좀 쉬려고. 난 가업을 물려받는답시고 중학생 나이 때부터 회사를 다녔는데, 그 스트레스가 내 삶을 옥죄고 있었던 거야. 얼마간의 휴식 후 다시 나갈지 말지는 모르나 지금은 이렇게 휴식에 몰두하고 싶구나. 내 몸이 휴식하고 있을 때 내 뇌는 더 움직이는 걸 느꼈지. 그래서 중간중간에 아이디어는 회사로 보내고 있지. 일반 업무는 안 보지만… 그리고 무엇보다 얼마 전 대통령과의 연관된 문제로 몇 달간을 법원으로 출근을 했더니 자살 충동이 일어나더라고. 죽기는 두렵고 그래서 휴식을 취하려 이곳에 왔지. 너나 재수 씨니까 나의 자살 계획을 알리면서 하소연을 하지, 다른 친구들이 오면 그냥 먹고 마시며 즐기는 거야. 하긴 다른 친구들은 너처럼 집요하게 물어보지도 않았다."

"집요하긴. 깊은 사랑이라고 해줘."

"알았다, 알았어. 저도 언제 가나 씨네 범죄 없는 도시에 가 보고 싶네요. 범죄 없는 것도 궁금하지만, 다른 것보다 빈집에 들어간다는 것과 헌팅이 가능하다는 것이 더 궁금하네요."

"언제든지요 환영입니다. 오빠 같은 분들이 많을수록 우리 범죄 없는 도시가 더 커질 수 있어요. 생각을 해야 오시고, 오셔야 입주가 가능하니까요. 건배~!"

우리는 모두 헤롱거리며 거실에 나뒹굴며 쓰러지듯 잠이 들었다. 순간 잠이 깨어 쌀쌀한 기운에 가나를 침실로 옮겨 재워야겠다고 끌어안고 올렸는데, 백치 색녀가 키스를 해왔다. 우리는 들리지 않게 조용히 키스를 하며 방으로 이동해 두 시간에 걸쳐 거실에 있는 사람을 신경도 못 쓰고 격렬한지 숨

죽인 건지 모를 섹스를 즐긴 후 잠이 들었다. 이것은 무덤까지 가져가리라.

해가 중천에 떴을까? 옆엔 아무도 없고 거실로 나가보니 두 사람이 아점을 준비하고 있었다.

"형 잘 잤어?"

"어떻게 잔지도 모르겠다."

"난 어제 추워서 코와 입술이 돌아갔어. 그래서 일어나자마자 불 피웠더니 훈훈하네. 어제부터 벽난로 사용할 걸 그랬어."

아점 후 두 사람은 돌아갔다.

범죄 없는 도시가 건설된 지 1주년이 된 첫 회부터 매년 이뤄진 뮤직 콘서트가 30주년을 맞이했다. 내가 아는 모든 이들이 온 것 같다. 범죄 없는 도시를 방문한다는 사실 자체만으로도 나를 비롯한 모든 사람들이 범죄라는 것을 내려놓은 것 같았다. 이것이야말로 범죄 없는 도시의 눈에 보이지 않는 힘이 아닌가 싶다. 사람들 모두가 범죄가 없다는 것을 인식하는 순간 '나도 그럴 것이다', '나도 그러할 것이다', '나도 안 할 것이다'라고 생각하는 것 같다. 실제 이곳 범죄 없는 도시에서는 왕복 2차선 골목 도로 같은 경우 중앙선이 노란색과 흰색 점선으로 되어 있다. 의미는 차량이 언제나 유턴이나 좌회전을 할 수 있고, 보행자의 횡단보도를 없애고 흰 점선을 횡단보도 대용으로 하고 있다. 그리하여 운전자도 보행자도 안전을 생각하며 자유로이 통행한다. 대로변에서도 보행자 신호가 동시에 작동할 때 보행자는 건널목이 아닌 중앙선 쪽에 흰색점선 쪽으로 지나가면 된다. 우리 사회에서 돌아가는 불편을 없앤 것이다. 그리고 신호가 아닐 때 지나가는 경우도 있는데, 위험하지 않다면 언제라도 지나가도 된다. 물론 지나가는 사람들도 범죄라고 생각하거나 신호 위반이라 생각하지 않으며, 흐름에 방해되지 않을 때 건너간다. 혹 사고가 나면 보행자가 100% 보상하고 운전자에게 위로금을 주게 되어 있어 보행자는 신중에 신중을 기하여 건너가고자 한다. 참고로 아직까지

도로를 횡단하는 이들로 인한 사고는 없었다고 한다. 그리고 이곳의 신호 체계는 인공지능을 작동시켜 신호 대기시간을 최소화하고 있는 것이 인상적 이었다. 우리나라 대도시를 비롯한 일반 도시에서도 인공지능을 이용하고 있지만, 아직 범죄 없는 도시에 비하면 미비한 것 같다.

콘서트장으로 이동하는데 경찰이나 안내원이 눈 씻고 찾아봐도 없었다. 인 파가 이렇게 몰리는 곳이면 경찰 병력이나 안내원이 있을 법도 한데, 본인 티켓에 실린 좌석표를 보고 알아서 찾아가라는 것이다. 모르긴 몰라도 일사 천리로 진행되는 것 같았다. 나는 조금 헤맸지만…. 이렇듯 이곳에서 경찰은 사건이 없기에 사고 처리를 주 임무로 하고 있었다.

가수들의 노래를 떼창하는 건 정말 어마어마한 감동이었다. 노랫말의 떼창 이 이렇게 감동적일 수 있나 다시 생각하게 되었다. 이 감동과 쾌락이 있는 곳에서 난 지구 반대편을 생각했다. 우리는 노래를 부르고 춤을 추고 있지 만 지구 반대편에서는 노래를 부르고 춤을 출 때 폭탄이 떨어지는 상황이 발생하는 비극이 동시에 일어나고 있으니 참으로 안타까운 일이 아닐 수 없 다. 나는 묻고 싶다. 누구에게 물을지 지명할 순 없지만 묻고 싶다.

왜 그곳을 향해 폭탄을 쏠 수밖에 없었는가?
어째서 대화를 하지 않고 무고한 인명을 앗아 갔는가?
목숨에 대해 어떻게 생각하고 있는가?
너의 목숨과 나의 목숨은 무엇이 다른가?
당신들의 삶과 그대들의 삶은 무엇이 다르다고 말할 수 있는가?

이곳 범죄 없는 도시에서 안락함과 즐거움을 느끼니 반대쪽 상황이 더 대조 적으로 가슴 한켠에 파고들어 쾌락 속에서 고통으로 느껴졌다. 내가 그 폭 탄 맞은 이들을 피신시킬 수도 없고, 내가 폭탄을 조종하는 병력에 제제를 가하지도 못하고, 폭탄을 겨냥하라고 지시한 이의 지시를 막을 수도 없어서 난 이곳에서 춤추고 노래를 부르고 있구나. 참으로 즐거움과 고통스러움이 공존하는구나. 삶이 그러한가? 우리는 언제나 평화를 부르짖지만 평화를 지지하는 이들에 국한되는 것 같이 느껴진다는 게 사실이구나. 폭탄을 투하한 것을 시시한 무리가 평화적이라 할 수 있겠는가. 내가 꾸는 꿈은 세계정복이다. 힘으로 세계를 정복해서 힘에 의한 평화를 실현하는 것이 나의 꿈이다. 꿈을 이룰 수 있기를 바란다.

꿍짝꿍짝 모두들 즐거워하고 있다.
나도
즐겁다
슬프다
삶이다

7시 4분 19초 18프레임. 광란의 콘서트가 끝나고 나는 가나와 집으로 돌아와 슬픔 속에서 쾌락을 찾고 있었다. 오늘은 즐거워하지 않고 슬프게 사랑을 나눴다.
애써 눈물을 감추려 하지도 않고 흐르는 대로 흘리며 흐느꼈다. 가나는 이런 나를 계속해서 감싸 주었다. 어머니 품이 이런 건가 싶었다. 마치 어머니 품으로 느껴졌다. 나이가 많다고 엄마의 품을 느끼게 하는 게 아니라, 분위기로 엄마 품으로 느끼게 한다는 사실을 깨달으며 슬픔을, 너무나도 큰 슬픔을 계속해서 느꼈다.
난 슬픔이 좋다. 우는 게 좋다. 그리하여 더 슬퍼지려 한다. 지속적이지 않은 한정되어 있는 슬픔. 난 슬픔이 좋다.

판사 정치상

분신자살

판사 정치상 문화제 훼손 방화범에 대해 선고한다.

"피고는 우리나라 국보 1,979호에 방화를 하여 국보를 훼손한 혐의가 인정되고 그에 대해 반성을 하므로 벌금 10억과 사회봉사 2,400시간을 선고한다. 검사, 다음 사건 구형하세요."

"다음 사건은…."

오늘 법정에 들어가기 전에 비보를 받았다. 내가 사랑하고 후배지만 존경했던 이가 세상을 떠났다. 분신자살이라고 한다. 메시지를 남기며 떠난 그로 인해 우리의 모습이 바뀌길 바란다. 그 친구가 더 빨리 범죄 없는 도시로 이사했다면 편했을 텐데. 이 사회에 무질서를 가져오는 자들의 의식 변화를 토로하며 생을 마감한 것이 류관순 열사와 전태일 선생을 떠올리게 하였다. 그 후배가 언제나 나에게 "형, 담배꽁초 버리지 마세요."라며 이야기해도 "야, 인섭아. 너무 그러다가 총 맞을 수도 있어. 흘러가는 대로 묻어서 사는 거야."라며 항상 사소한 것에 너무 신경 쓰지 말라고 했으나, 그가 틀린 말을 한 것은 아니었기에 난 그 동생을 사랑하고 존경하고 있었던 것이다. 내가 잠깐의 편안함을 추구하기 위해 한 일이 오늘 죽은 이가 결단을 내리는 이유가 되었을지도 모른다는 생각과 고인에 대한 슬픔으로 일이 손에 잡히지 않았다.

나는 법원을 빠져나와 곧장 병원에 마련되어 있는 영안실로 이동했다. 유가족, 친지, 학교에서 찾아온 모든 이. 우리나라 20대 청년들이 다 온 듯 영안실이 슬픔의 곡소리로 가득한 가운데 언론에서도 찾아와 분주하게 노트북

자판과 사진기 셔터를 누르고 있었다. 나는 2시간가량을 줄 서서 기다리고 나서야 인섭에게 인사를 할 수 있었다. 나도 모르게 목이 메이고 눈시울이 뜨거워져 인섭의 부모님께 위로의 말씀을 드리는 순간 울음이 나왔다. 진정되었던 인섭의 부모님께선 다시 오열하시며 바닥에 쓰러져 몸을 가누지 못하셨고 정확한 발음을 할 수 없었다.

"치상아, 어쩌면 좋으니. 우리 인섭이 어떡하면 좋으니. 흐흐흑."

그 어떤 말로도 위로가 되진 않으나

"인섭이는 분명 좋은 곳으로 갈겁니다. 그리고 인섭이가 원하는대로 기초 질서나 담배꽁초 투기 등에 대한 사람들의 인식이 바뀔 겁니다. 어머니, 힘내세요. 인섭이가 본인만을 위했다면 범죄 없는 도시로 갔을 텐데, 인섭이는 전 국민의 의식변화를 위해 자신을 던진 것이니 만큼 인섭이의 메시지는 충분히 전달될 겁니다. 어머니 안정을 취하세요. 아버지도요."

겨우 어머님께서 안정하시고 나는 식사에 소주를 하나 꺼내고 뒤에 올 지인들을 기다렸다. 을를이 먼저 오고 다나네 가족, 웅근이와 치섭 형, 이용이는 고객이자 친분이 있는 이돌환과 마창리제와 같이 조문을 하였다. 또 여러 방송사 수장들과 관계자, 나라 일하는 사람들도 줄을 이었고 가나는 아버지이신 김바파 회장님과 같이 와서 유가족에게 위로를 전하였다.

"참으로 비통하지 않을 수가 없겠습니다. 위로의 말씀을 어떻게 드려야 할지 모르겠네요."

"먼 발걸음 해 주셔서 감사합니다. 우리 인섭이가 항상 회장님의 범죄 없는 도시를 모방한 제2의 범죄 없는 도시를 건설한다고 했는데 꿈을 이루지 못하고 갔습니다. 큰 뜻을 품고 계속 정진하고 회장님 같은 분을 만나서 조언과 도움을 받았다면 못 이룰 꿈은 아니었는데…. 저희도 부모 된 입장에서 인섭이의 뜻을 이어받고자 합니다. 부족하지만 앞으로 회장님의 많은 지도 편달을 부탁드립니다."

"제2의 범죄 없는 도시 건설 계획은 정말 대단하군요. 저도 계속 도시의 확장을 계획하고 있으니 같이 뜻을 함께 해봅시다."

"인섭이를 위해서라도 제가 더 신경 써 보겠습니다. 먼저 식사 좀 하십시오."

회장님과 가나는 내가 앉은 테이블로 이동하여 이런저런 얘기를 나눴다.

"요즘 정 검사가 쉴 새 없이 바쁘다며? 어서 정 검사가 할일이 없어져야 할 텐데 말이야."

"네. 저도 여러모로 힘써 보겠습니다. 회장님과 가나 씨를 도와서 범죄 없는 국가가 되도록 앞장서겠습니다."

"주위에 이렇게 훌륭한 후배가 있고 뜻을 같이 할 많은 사람이 있으니 내가 살아서는 안 되더라도 자네나 우리 가나가 살아있을 때는 이루어질 거라 생각하네. 힘 써보게나."

"네, 회장님."

인섭의 앞에서, 이렇게 군중 속에서는 그렇게 하겠다고 말을 하고는 밖에서는 사람들의 시선을 의식한 채 나의 편리함을 위해 버리거나 무의식에서 버렸다는 핑계를 댈지도 모른다. 그렇지만 인섭의 죽음을 계기로 나도 조금씩 변하고자 한다. 나도 당당하고 싶으니까. 슬픔 속에서 좋아하는 소주를 마시고 인섭에게 가서 흐느꼈다가 다시 술잔을 들고를 몇 번 반복했다.

3일이 지나 인섭은 국립 현충원에 안장되었다.

'인섭아, 다음 생에 더 희노애락 하며 살자꾸나. 이번 생에 너는 누구보다 의미 있는 삶을 살다 갔노라 생각한다.'

남북통일

 "구형하세요."

"위협운전을 한 정위운 씨에게 벌금 5,000만 원과 사회봉사 500시간을, 보복 운전을 한 정보봉 씨에게 4,000만 원과 사회봉사 500시간을 구형합니다."

나는 정 검사의 구형을 그대로 받아들여 선고하였다.

"두 사람은 본인의 생명과 재산을 이용해 도로 위의 모든 운전자의 생명을 위협하여 공포심을 유발한 점이 인정된다. 두 번 다시 같은 사건이 발생하지 않는다는 다짐으로 검사의 구형 그대로 정위운 씨에게 벌금 5,000만 원과 사회봉사 500시간, 정보봉 씨에게 벌금 4,000만 원과 사회봉사 400시간을 선고한다."

오늘 일정을 마치고 집으로 돌아왔다. 어젯밤 위층에서 층간 소음이 있어서 서로 언쟁을 높인 일이 있었는데, 용기를 내서 대화를 하고자 위층으로 올라갔다. 왠지 사법고시 치를 때보다 더 긴장이 되었다. 시간이 어중간하다고는 생각했다.

현재 시계는

7시 4분 27초 18프레임을 가리키고 있었다. 아직 식사 전이라는 생각도 들고 저녁시간에 다시 올까도 생각했지만, 올라온 김에 이판사판이라 생각하여 초인종을 눌렀다. 안에선 반응이 없고 고요하여 다시 눌렀다. 반응이 없어서 '저녁에 다시 와보지.'라며 돌아서려는데

"열쇠는?"

판사 정치상

이라고 말하며 문을 열고 어르신이 나왔다.

"아~ 난 와이프인 줄 알고 그랬네요."

"아, 네. 어제는 제가 너무했던 것 같아 화해를 할까 해서 올라왔습니다."

1초 정도 생각을 했을까? 어르신은 아니라며 살짝 미소를 지었다.

"아니오. 어제 손주들을 방관한 나도 내심 미안했소."

"제가 이사 오고 11년이 지났는데 처음 올라와 보네요. 한 층을 사이에 두고 이렇게 인사 나누기가 힘들었는데, 불미스러운 일로 이렇게 찾아오네요."

"어제가 불미스러웠다면 앞으로 평화와 번영만이 있으면 될 거 아니오. 나도 여기 65년 있었지만 아래층에 내려가본 적이 없소."

훈훈한 대화가 이어지고 나는 어르신께 내려가자고 제안했다.

"그럼 지금 당장 가보시죠. 50㎝ 콘크리트 벽에 지나지 않는데. 바로 내려가 보시죠."

"그럼 내려가 볼까요?"

그렇게 군사분계선을 넘듯이 현관문을 열고 나왔다가

"아니오. 이렇게 온 거 우리 집에서 저녁을 함께 먹읍시다."

내 손을 잡고 다시 현관문 안으로 들어갔다.

"와이프가 조금 있다 올 거요. 그때까지 출출하면 평양냉면 잘하는 곳이 있는데 간식으로 드시겠소?"

"감사합니다. 제가 마침 출출하기도 하네요. 사모님은 언제 오세요? 오시면 같이 드시죠."

"잠깐 친구들 모임에 갔다 온다니 저녁쯤 올 거요. 우선 먼저 드십시다. 이곳 평양냉면집은 평양에서 직접 온 요리 대가가 직접 하는 곳이라 맛도 기가 막히오. 혹시 냉면 말고 들고 싶은 게 있소?"

"아니, 냉면 좋습니다. 스위스에서 유학할 때 뢰스티라는 스위스식 감자전이 있습니다. 가끔씩 그걸 만들어 먹기도 하는데 맛있는 평양냉면이 있다고 하니까 너무 먹고 싶습니다."

이리하여 불미스러운 일로 만났으나 화해의 장이 되어버린 위층과 아래층. 결과론자인 나에게 있어 현재까지는 최고의 결과이다. 물론 다음에 다시 싸운다면 그때는 또다시 안 좋아지겠지만, 화해하자고 해놓고 그것이 그대로 이행된다면 이보나 더 좋을 순 없다. 예전에 내가 있었던 아파트에서는 이사할 때 떡을 가지고 가서 잘 지내보자고 해놓고 싸우고 다시 화해하고 싸우고 다시 화해하고를 반복했는데 이제는 그러지 않기를 바란다. 아래층과 위층의 화합으로 온 우리 동이, 우리 단지가, 우리 도시가, 우리나라와 전 세계에 평화와 번영만이 함께하길 바란다.

"오늘을 계기로 이제 서로에게 해가 없는 아랫집 윗집이 되어 봅시다. 나도 65년 인생에서 어제처럼 싸우고 이렇게 바로 화해하는 건 처음이오. 기분이 참 후련하군요."

"어르신 말씀을 놓으세요. 제가 30살이니 3살 더 먹어도 31살 차이인데 편하게 말씀하세요."

"그럴까? 하긴 말의 높임과 낮춤에 대해 크게 따지는 않는다네. 사기꾼이 입바른말로 온갖 높임에 칭찬에 좋은 말만 늘어놓는다고 좋을 일인가? 손자, 손녀가 할아버지, 할머니께 말을 낮추는 것은 악의를 품고 하는 것인가? 뜻이 통한다면 말을 높임과 낮춤은 형식에 지나지 않는다네. 높임말이 없는 나라가 더 많지 않은가?"

"뜻이 통하면 높임과 낮춤은 상관없다. 그러네요. 그럼 말 놓을게요."

"그래, 네 마음대로 해."

"농담입니다. 죄송합니다. 헤헤헤."

이리하며 어제의 전쟁은 오늘의 화합으로 평화만이 존재할 것을 선언하고 이행하도록 서로 노력할 것이다. 냉면을 맛있게 먹고 얼마나 지났을까. 사모님께서 부산의 명물이라는 달고기를 사 오셔서 달고기구이를 해주신다고 한다.

"어이구 잘 왔어요. 어제 그리 싸우더니 거짓말처럼 오늘 다시 만났네요. 남편한테 대충 얘기 들었어요. 저녁식사로 부산 달고기구이와 스위스식 감자전 만들어 드릴게요. 결혼하셨어요? 부인 있으면 부인도 데리고 오세요."

"결혼은 아직 전이고요, 애인이 있는데 애인 데리고 와도 될까요?"

"그 말이 그 말이죠. 물론 당연하죠."

아주 이상야릇한 표정을 지으며 대답하셨다. 난 계획에 없었지만 가나를 불러 같이 저녁을 하기로 하였다. 마침 가나도 나에게 오려는 참이라 바로 온다고 하였다. 가나가 오고 여사님께서 문을 열고 환대를 해주시고, 나와 어르신도 뒤이어 현관에서 가나를 맞이하였다. 가나는 쑥스러워하며

"너무 환대를 해주셔서 깜짝 놀랐습니다."

이리하여 오후에 먹은 평양냉면에 이어 부산 달고기구이와 스위스식 감자전인 뢰스티 등 평양과 서울, 부산, 광주 등 남쪽 음식들로 저녁 만찬을 즐겼다.

"가나 씨라고 했나요? 그곳 범죄 없는 도시에서는 층간소음에 어떻게 대처하나요?"

"우리 도시에서는 위층에서는 언제나 조심하고 아래층에서는 대수롭지 않게 생각합니다. 어제는 우리 오빠가 오버한 거 같아요."

나는 딱히 뭐라 반박을 할 수가 없었다. 어제의 나는 미치광이가 되어 있었고, 두 어르신께서는 오늘의 나를 보고는 반전이라고 생각했을 것이다. 어제의 나는 로켓을 쏘아 올린다느니 핵폭탄을 쏘아 불바다로 만든다느니 유치한 막말로 언성을 높였는데, 오늘은 이렇게 다소곳이 앉아 있으니 반전이라 생각하실 수도 있을 것이다.

"아까도 얘기했듯이 나는 철저히 결과론자요. 어제는 싸웠으나 오늘 화해한 것이 반가울 뿐이오. 가령 어제 치상 군이 나의 먹살을 잡고 뺨을 때리고 주먹으로 얼굴을 가격한 과정을 거쳐 오늘의 화해를 한 상황이라면 어떤 결과가 나오겠소?"

"결과가 좋아진 건가요?"

"내 그리 대인배는 아니오. 어제 당장 경찰에 신고해 치상 군을 구속시켰을

것이오. 내가 강조하는 '결과만이 존재한다'라는 말속의 결과는 현재, 과거, 미래를 내포하고 있는 것이오. 가령 어제의 폭력 상황을 오늘의 결과로 나타낸다면 신고나 구속이 되겠지. 결과는 모두가 생각하는 '정의되지 않은 결과'로 각자가 받아들이는 것이라 생각하오. 말이 길었구려."

"아닙니다. 이야기 잘 들었습니다. 어렵긴 한데 어르신의 뜻은 알겠어요. 예를 들자면 축구를 하다가 반칙을 하더라도 결과적으로 이기면 된다는 말씀 아닌가요?"

"음… 이기고 지고도 결과지만, 그 승패에 따른 여론의 판정이 더 나중이라고 할 수 있겠지. 승패야 기록으로 남는 결과지만, 반칙을 해서 이긴 승패가 후세에도 회자되곤 하지. 마라도나의 신의 손이 대표적인 예라 할 수 있지. 신의 손을 가지고 우리는 우리만의 결과를 내놓는다네. 누구는 '그렇게라도 해서 우승에 일조했으니 좋다'는 결과를 내고, 누구는 '그렇게 해서 우승하면 뭐하나? 이런 결과는 좋지 않다'라는 결과를 내기도 하지. 우리가 말하는 결과란 다수의 의견을 따르는 경우가 많지만 때론 정답이라 생각했던 것도 정답이 아닐 때가 있네. 철학이란 그런 것이지. 허허허."

"후훗. 참고하겠습니다."

"이렇게 친해졌으니 낚시나 한번 가세나."

"낚시, 좋습니다. 어디로 가십니까?"

"예전엔 집 앞 한강 어디서나 낚시를 했는데 요즘 거의 금지구역이 됐으니 외각으로 가야지."

"왜 한강에서의 낚시가 금지되었지요?"

"일부 낚시꾼이 낚시터에서 하는 행동 때문에 환경 파괴가 심해졌고, 결국 국가가 나서서 한강 낚시를 금지시켰지. 가나 씨의 범죄 없는 도시에서는 낚시가 가능한가요?"

"네. 우리 도시를 지나는 강이 있는데 그곳에서는 심심찮게 낚시하는 사람들을 볼 수 있습니다. 저도 아빠 따라서 낚시를 많이 갔는데요, 우리 도시에서 낚시인은 낚싯줄 매듭을 매고 정리한 낚싯줄도 본인의 비닐봉지에 넣어 둡니다. 다른 쓰레기를 버리는 것은 상상이 안 가는데요?"

두 어르신은 고개를 끄덕였지만 난 반문을 하였다.

"모순이 있는 거 아니니?"

"뭐가?"

"그 작은 줄 매듭에서 나온 티끌 같은 낚싯줄은 가져와서 버린다 하면서 낚시 바늘이 바닥에 걸려서 바늘과 낚싯줄이 분리될 때 버려지는 것은 인정한다는 거지? 모순 아닌가 생각되는데, 어때?"

"오빠도 답답하긴. 사건과 사고가 있잖아. 버릴 의도가 있는 것은 사건인 것이고, 그럴 의도가 없는 것을 사고라 하지. 교통사고 내려고 하는 사람이 어디 있겠어. 사고가 나는 거지. 낚싯줄을 끊어야 하는 상황은 사고인 거지. 그래서 우리 범없시에서는 담배꽁초 줍는 직업이 없어진 대신 강바닥 청소하시는 분들이 생긴 거고."

"너희 도시에서는 담배꽁초를 볼 수 없다고?"

내가 강한 어조로 질의했다.

"그래 저번에 콘서트도 갔었잖아."

"그땐 일부분만 봤기 때문에…. 배수구에도 없고?"

"그럼!"

"대로변 화단에도?"

"물론!"

"음침한 골목에도?"

"당연하지!"

"그럼 흡연 장소에 쓰레기통 근처 바닥에도?"

"오빠, 쓰레기통이 있는데 왜 바닥에 버려? 그럴 수가 있나?"

"아니… 그러니까 쓰레기통에서 멀리 있으면 던져서 골인시키려 하다가 실패하면 그냥 갈 수도 있고 그냥 바닥에 떨어뜨려 비벼 끌 수도 있고…"

"글쎄? 우리 도시에서 담배꽁초를 볼 수 있는 사람은 담배를 피는 사람뿐이야. 비흡연자나 어린이가 꽁초를 보기 위해선 흡연 장소에 가서 쓰레기통을 뒤져야 볼 수 있는 거지."

"사, 그럼 다음번 낚시는 범죄 없는 도시에 있는 상가로 삽시다."

모두 입을 모아 그러기로 하고 밤이 깊어 헤어지고 가나와 함께 내려왔다. 또 이벤트. 2시간여의 힘겹고 즐거운 쾌락을 누렸다.

"자기, 수고했어."

"오빠도. 먼저 씻어."

"아니 자기 먼저. 난 좀 쉬었다가. 힘들어."

"내가 씻겨 줄게."

힘들었으나 호의를 받아들여 같이 탕에 들어가 10~20분간 몸을 담구고 꿀맛 같은 휴식을 하고 가나의 손길에 의해 씻겨 지고 그대로 쓰러졌다.

나는 동물인가? 어제 그렇게 힘들어 했음에도 서로를 원해선지, 동물이어서 인지, 의무인지 아침에 한 시간 동안 쾌락을 즐기고 출근하였다.

가족 정책

"검사 구형하세요."

"존경하는 재판장님, 피고인의 구형을 시작하겠습니다. 피고인에게 40년 전 피해자 아무개 씨의 엉덩이를 추행한 혐의로 징역 2년과 사회봉사 500시간을 구형합니다."

판사가 선고 후 내게 질문한다.

"구형대로 징역 2년, 사회봉사 500시간을 선고합니다. 피고인 자유롭게 발언하세요."

"저는 억울하지도 않고 지난날의 혐의를 인정합니다. 그러나 개인적인 생각으로 이 사실을 저와 피해자 모두 무덤까지 가져갔으면 했습니다. 사실 그 후 우리는 연인관계로 발전했고 몇 년을 사귀고 헤어졌는데, 연인이 되기 전의 일이 이렇게 도마 위로 올라와 제가 직장과 사회에서 제명된 것에 대한 후회가 많이 남습니다. 이제 남은 인생이 얼마나 있겠냐마는 앞으로라도 범죄를 저지를 생각으로 접근하는 일은 없도록 하겠습니다. 그리고 지금까지 제가 행한 드러나지 않은 범죄도 신고하시면 그 죄에 대한 벌도 달게 받겠습니다.

"추가 범행이 있다는 건가요?"

"네. 그러나 자수는 하지 않겠습니다. 왜냐하면 그녀들 중에 성폭력이라고 생각하지 않는 이도 있을 거라 생각하기 때문입니다."

"알겠습니다. 이상 180528번 재판을 마치겠습니다."

며칠 전 윗집 부부 내외와의 약속을 지키기 위해 범죄 없는 도시의 강변에 낚시를 하러 왔다. 의심하는 시선으로 계속 감시하듯이 주변을 살피고 낚시꾼들의 동향을 살폈다. 보고 있는 나로서는 적응이 잘 되지 않아 꿈인가라는 생각이 들기도 했다. 아무튼 나는 계속해서 주변을 응시하며 조심스럽게 낚시할 재비를 하었나.

'낚싯줄도 버리지 않는다 이거지? 좋아. 그래 보지. 그렇게 해 보겠어.'

이런 마음이 드는 게 이 범죄 없는 도시의 마술 같았다. 왜? 본래 사람은 눈에 띄기를 좋아하지 않기 때문이다. 스타가 되고 싶을 때를 제외하면 말이다. 실로 깨끗한 호텔 로비에 일부러 담배꽁초를 버리는 이가 없는 게 당연하고, 반대로 뒷골목 배수구의 스틸 그레이팅 안으로는 당연한 듯 버리는 것이 우리인 것이다. 호텔 로비에서 담배꽁초를 버리는 것은 이목을 끄는 일이라 할 수 있지만, 뒷골목에서는 오직 나 혼자 피다가 버릴 뿐이니 이목을 끌 주변 사람이 없는 게 당연할 지어다. 이곳이 범죄 없는 도시라는 점이 나를, 모두를 호텔 로비로 초대한 것인 게다란 생각이 들었다. 채비를 마치고 우리는 각자 하나씩 낚싯대를 드리우고 대화를 이어갔다.

"어르신은 아침에 일어나서 무엇을 하십니까?"

"난 아침에 일어나서 이것저것 멀티 작업을 한다네."

"이를테면 어떤 걸 말씀 하시는지요?"

"난 아침에 일어나서 책을 6권 읽지. 한 권당 10분씩. just 10 minutes. 그러면서 책 6권의 세계에 빠져들곤 하지. 그리고 이 나이에도 체력 단련을 하려하고. 이를테면 팔굽혀펴기 200~300개, 윗몸일으키기 200~300개, 앉았다 일어나기 200~300개, 스트레칭 20~30분…. 그리고 내가 알고 지냈던 사람들에게 안부 전화를 한 번씩 돌리기도 하고 말이야. 그렇게 안부 전화를 하다 보면 소설의 영감이 떠오르기도 하고 기분이 아주 좋아지지. 지금 그 좋은 기분을 생각하는 것만으로도 다시 기분이 좋아지니 말일세. 그리 보이지 않은가?"

"어르신도 작가신가요?"

"작가라기보다 나의 일기장을 공개하는 정도랄까? 나의 일상도 좋고, 사상도 좋고, 경험도 좋지. 그 글귀는 보지 않는 이가 더 많겠지만, 보는 이들에게는 나라는 인물이 생각하는 것과 경험했던 것을 던져주고, 그들이 또 다른 생각을 할 수 있는 계기가 되길 바라기 때문이지. 마음 한 켠에는 내가 죽어 훗날 이 책들이 베스트셀러가 되고 재조명되었으면 하는 점도 있네. 나의 철학을 통해 사회에 일조하며 아름답고 멋들어지게 살아가길 바라는 마음으로 쓴 것이니까. 나의 내면에는

 로또에 걸리길 바라는 마음도 없지는 않다네. 내가 죽어서 재조명되는 게 아닌, 지금 대박이 나길 바라지. 그게 없다면 거짓말일 걸세. 그러나 나의 주제와 분수를 알기에 대중의 삶에 도움이 조금이나마 되었으면 한다는 멘트를 하는 것이라네. 그것 역시 거짓은 아니지만 말일세."

"소설의 주인공은 어르신이겠네요."

"그렇지. 작중 인물이 많이 나오지만, 그 인물 하나하나가 다 나를 표현한 것이라네. 내가 소설의 서론, 본론, 결론, 전개 과정, 서술법 등은 모르지만 작중 개개인에 나의 관점과 나의 경험, 나의 대처를 담아 표현했지. 혹 나의 소설을 보고 나를 아는 이들은 '저런 사람이었구나.' 또는 '저런 사람이었어?' 또는 '저럴 줄 알았어.' 등으로 날 판단하겠지. 그리고 난 내 얼굴에 침도 뱉어 보았다네. 나라는 인물로 인해 영향력을 미쳤다고 보기는 힘들지만 추천 글과 비평 글을 같이 실어 났다네. 비평 글은 지인들께 부탁을 한 것이지만, 나를 잘 바로잡아주었지. 그 부분에 있어 화가 나지는 않는다네. 연출의 색깔도 있으니 말이야."

"아! 그리고 체력단련을 200~300개씩 하세요? 그 연세에?"

"흔히 말하는 정확한 동작은 아니네. 움직인다는 느낌만 가지고 숫자를 세지. 정자세로 하는 이가 놀랄 정도는 아니네."

그리고 말을 이어 갔다.

"그리고 아침에 모닝 바둑을 두지. 한두 판 정도. 그리고 골프 연습 1시간 전후."

"골프도 치시고요? 제 친구가 골프 프로입니다. 언제 한번 같이 나가시죠."

"그러자고. 오늘 이렇게 낚시를 온 걸 보면 우리가 말로 약속하면 말로 끝나지 않고 실행이 될 것이라 보네. 보통은 살면서 실언하는 경우가 대부분이지. 나 역시도 그러했고. 그러나 정 검사처럼 말을 이행하는 상대라면 나 역시 약속을 못 지킬 리 만무하네. 처자는 핸디가 어떻게 되오?"

"말씀 편하게 하세요. 저는 90~100개 사이입니다. 오빠 친구인 정 프로님이 70대 스코어 만들어준다고 했는데 말만 이네요. 제가 못 따라가기도 하겠지만, 골프는 너무 어려워요."

"뭐라고? 90대? 내가 볼 때 자기는 150개는 칠 거 같아."

"아니야. 나가면 캐디님들이 95개, 109개 이렇게 적어준단 말이야."

"음. 그건 그림이라고 하지. 그림을 그리다. 하하하."

"그렇지. 골프는 쉽지 않지. 나도 한 달에 한두 번 있을 친구들과의 모임 때문에 하는 거라네. 그리고 연습할 때는 골프 연습이라 생각하지 말고 맨손체조라 생각하면 따분하지 않을 거요. 그리고 또 하는 게… 집필 조금 하고 오후에는 경로당에 집사람과 다니거나 한번씩 30년 된 취미인 작사·작곡하러 가서 음반 준비도 하고…. 나이가 이만큼 들어도 아직도 할 게 무궁무진하다네."

"저하고 취미가 비슷하시네요. 헤헤헤."

"오, 그런가? 어디선가 그랬지. 인생 100종 경기라고. 나도 그 영향을 많이 받았다네."

"네. 저도 그 책 보며 인생관에 변화를 주고 있어요. 아! 책 조금 본 게 이렇게 대화가 되니 라디오에서 추억의 노래를 듣는 것처럼 반가운데요?"

"그 책 제목이 유치하면서도 와 닿는 게 있지 아마. 나만 그런가?"

"아니요, 저도요. '그래 니 마음대로 해.' 뭔가 무심한 듯하면서도 할 말 다 하는 작가를 느낄 수 있었어요. 어르신과 제가 통하는 것도 그런 사고방식이 같아서가 아니겠습니까? 그나저나 사모님께서는 핸디가 어떻게 되시는지요?"

"나요? 나도 아가씨랑 비슷할 거예요. 예전에 이 양반 따라 한창 나가고 친구들과 일주일에 2~3번씩 나갔을 때는 70대도 몇 번 치고는 했지만, 지금은 90~100개 정도. 아마 아가씨랑 비슷하게 칠 거예요. 지금 수준에서 옛 수준을 얘기하니 쑥스러워 얼굴이 화끈하게 달아오르네요. 호호호."

"나이 먹어 할 소리는 아니지만, 이 사람과 젊었을 때 골프장 후미진 곳에서 키스하다가 친구한테 걸리기도 하고 그랬지. 그땐 우리 사랑이 불꽃 튈 때라 틈만 나면 사랑을 나누고 그랬지. 이거 참 쑥스러워서 얼굴이 달아오르는구먼. 허허허."

"하하하. 어르신께서 원조시군요. 요즘 골프장에서 성관계를 가지는 게 유행이라 제가 지금까지 20건 이상 골프장 성관계 사건을 처리했는데, 그 원조를 이렇게 뵙는군요. 그땐 친구가 뭐라 하는 게 전부였을 테지만, 요즘은 신고로 이어지고 파파라치가 있어서 공직에 있는 사람들은 옷을 벗기 일쑤입니다. 어르신, 골프장 얘기 들으니 신사 는 아니시네요. 하하하."

"사람은 다 탈은 쓴다고 생각하네. 사회를 유지하기 위해 정의라는 것과 준법이란 것을 만들어 놓은 거지. 보라고. 나보다 자네가 더 잘 알겠지만 도박이나 과속, 폭력, 사기 등을 왜 범죄라고 단정 짓는가? 내가 과속해서 내가 사고 나면 내가 죽을 진데 왜 과속을 하면 법에 위반되니 하지 말라 하는 말인가? 내 목숨을 내가 사용한다는데 말이야. 그건 바로 나의 목숨, 너의 목숨을 국가는 모두 자원이라고 생각하기 때문이네. 그러니 네가 과속을 해서 사고가 나서 죽으면 국가의 자원이 없어진다는 속뜻을 담아 단속하고 구속하는 거지. 내가 겉보기에 신사처럼 행동하는 것은 겁이 많아서이기도 할 걸세. 그냥 무던하게 지내고자 함이지. 더 용기가 났다면 공개적으로 행동했을 걸세. 철학자 아들러의 『미움 받을 용기』에선 미움을 받으라 하지. 그것 또한 용기이지. 싫으면 싫다고 하고, 간섭할 게 있으면 간섭한 뒤 미움받는 등. 얌전한 고양이가 부뚜막에 먼저 올라가는 법이지. 같은 말로 빈 수레가 요란하다가 있겠지. 조금 다를지도 몰라. 내가 말을 잘 못 하거든. 주먹질이나 싸움도 못 하고 말싸움도 최하수라네. 한마디를 못 한다니까? 오죽하면 집사람이 꿀 먹은 벙어리라 하겠나. 김바파 회장을 보면 나이가 들어서도 젊은 처자들과 놀아난 게 세상에 드러나잖나. 다 그런 것일세."

"저… 이 아가씨 아버지가 그… 김바파 회장님이십니다…."

"아~ 그래요? 저 역시도 존경하는 분이지요. 내가 직접적으로 아는 분이 아니라 존칭을 생략했소만, 그분의 업적은 나라를 일으킬 만하지요. 본능은 본능이고 말이오. 참고로 난 여태 집사람만 보며 왔소. 딴생각 할 겨를도 없이 잘해줘서 그런지도 모르오만, 내 친구들을 한 번씩 보면 나도 가끔 외도가 생각은 나오. 그러나 그 떨림과 용기, 그리고 가장 중요한 날 좋아라 하는 이가 없다는 것이지요. 날 좋아라 하는 이는 우리 집사람뿐이지. 유일무이한 천사입니다. 하하하."

"이 사람도 참~! 나 원 참~! 나~원~!"

"젊은 처자들과 놀아난 게 아니라 사랑을 한 것이지, 사랑을. 사랑은 국경, 나이, 성별도 없다고 하잖나. 그런 모든 면을 종합한 게 김바파 회장님인 걸세. 바둑 영웅 이거우는 통산 80승을 거둔 레전드임에 틀림없고, 앞으로도 신기록 행진이 가능한 살아있는 전설이자 현역 선수였지. 그 특별한 선수도 2,009일 전 섹스 스캔들로 추락에 추락을 거듭하여 그를 보는 시선이 우상에서 가정파탄범이 되었지만, 그의 업적을 짓누르지는 못하는 게야. 그가 살인이라는 중범죄를 저질렀다면 기사회생하지 못하였으리라 여겨지지만, 섹스 스캔들 정도로는 그의 업적을 막을 수 없지. 그 모든 것을 알고 있는 소녀일지라도. 그 소녀가 '당신은 가족이 있음에도 불구하고 수많은 여자와 염문을 일으켰으니 나는 당신과 어울리기를 거부한다.'고 하기보다 '우상이었고 존경하는 분'이라고 말할 수 있는 인물인 것이지. 이처럼 우리는 머리와 꼬리를 잘라 말할 수 없다네. 그때는 잘한 게 맞고, 그때는 잘못한 게 맞으나 그 사람은 동일 인물이므로 상황에 맞게 대처하면 되는 것이리라 여겨지네."

"그렇죠. 그 소녀도 그 인물에 대해 모르지는 않았을 테니 말이죠. 저만 봐도 어떤 인물에게 다가갈 때 우선 저의 안 좋은 것은 덮으려 하고, 상대방의 좋은 점을 보고 다가가려 하는 것인데 상대방의 단점을 본다 해도 장점과 견주어서 판단하곤 합니다. 좋은 점이 51이고 안 좋은 점이 50이라면 좋은 것이지요. 그러나 제가 좋게 생각했던 인물은 좋은 점이 90이고 안 좋은 점이 10이었음에도 기대했던 것 이하가 되었죠. 1의 좋은 점이 기대치에 의해 마이너스가 되므로 안 좋게 느껴져 절교도 하였으니까요. 허나 이거우 선수는 이룬 업적이 대단하기에 덮기 어려울 수 있겠죠."

우리의 수다는 그렇게 끝났다.

이번에는 우리 집에서 동창회를 하였다. 가을 들녘 기운이 솟을 대로 솟아 있는 고구마 줄기를 3판 2승, 아니 7판 4승제… 아니 끝도 없이 씨름을 하며 걷어냈다. 조카들과 친구의 안사람, 친구의 바깥사람 또 친구의 친구와 친구의 부모님과 같이 온 친구 부모님의 친구들, 친구 장인어른과 같이 온 친구 장인어른의 친구들 등 올 수 있는 친구들은 다 모였다. 이리하여 일을 마무리 지을 전문 인력들을 방해(?)하며 고구마밭을 놀이터로 만들었다.

"나의 조카들이 마음껏 뛰어놀고, 한쪽에 돗자리를 펴고 가을하늘을 우러러보고 있으니 이런 참살이가 어디 있겠니? 다음 동창회는 추첨하여 당첨된 친구네 가서 일을 하며 놀아보세. 꼭 일이 아니어도 좋고. 그 친구의 감독하에 어울려 보세."

"사람은 외로운 존재라 하고 오로지 혼자란 말은 아닌 거 같네."

"그럼. 가나가 지금 이 순간 없다고 해도 내겐 너희가 있고, 또 누구와 함께 하고 있지. 어떨 때는 혼자 외로움이 있을 때도 있지만 외로움과 즐거움은 손바닥 뒤집기처럼 공존하는 거지. 내가 아버지 돌아가셨을 때 슬펐지만, 슬픔 속에 힘듦도 있고 귀찮음도 있고 괴로움도 있고 있을 수 없을 일이라고 생각하지만 즐거움도 있었어. 아버지께서 돌아가셨는데 말이야. 그 크기로 본다면 10,000이라는 슬픔에 2라는 힘듦, 2라는 귀찮음, 5,000이라는 괴로움, 2라는 즐거움도 있었던 거란 생각이 들어. 그 슬픔 속에서도 만감이 교차하는데 일상에서는 말할 것도 없지 않겠니? 그래서 나는 혼자지만 혼자가 아니라는 말도 안 되는 철학 같은 말을 하려는 거지. 허허허."

"그래도 결혼은 해야지."

"날만 잡으면 되지 이제. 나도 범죄 없는 도시에 입성하면 달라져야 하니까 마음을 다잡아야 할 거 같아. 흥분이 이만저만이 아니야. 내가 그곳에서 범죄를 저지르는 일이 생길까 걱정이 되기도 하고 정말 흥분돼."

새참 시간. 출장 시골 밥상으로 새참 상을 차렸다.

"모두 오셔서 새참 드세요. 조카들, 어서 오거라. 여러분! 맛있는 시골 반찬에 취해 보세요."

이런 진수성찬을 보고 있으니 예전 고시 공부 하면서 라면만 먹었을 때가 생각나 괜스레 찡했다. 라면만 먹다가 어느 날 누나가 사준 고기를 먹으니 이가 적응을 못 하고 씹는데 한참 걸려 누나에게 내색도 못 하고 당황했던 기억이 불현듯 떠올라 가슴이 먹먹해짐을 느꼈다. 난 고기반찬과 라면을 보면 종종 그때가 떠오르곤 한다.

"치상아, 저 국통의 국은 뭐냐?"

"특수장이라고 우리 마을과 멀리 떨어진 북쪽 지방에도 유명한 고깃국이야. 예전 프랑스에서도 먹었고, 우리 선조들이 좋아하던 영양 만점의 고깃국이지."

"나도 특수장 좋아하지. 특수장 한 그릇이면 소주 3병은 기본이지. 아주 좋아."

특수장은 남녀노소 누구 할 것 없이 좋아하여 일찌감치 동이 났다. 일각에서는 반려동물 학대라고 하지만…. 그리고 또 추천하는 게 고수이다. 호불호가 아주 극명하게 갈리는 채소인데 아이들과 몇몇 어른을 제외하면 이것 또한 아주 좋아한다. 나의 표현을 빌리자면 냄새나는 벌레를 씹는 맛이랄까. 나도 냄새에서 향기가 되기까지 얼마간의 시간이 걸렸던 것 같다. 이렇게 맛난 새참을 이 자연에서 만끽하며 좋은 사람들과 함께 있으니 이곳이 천국이라는 생각이 든다.

"행복이 이런 거 아니니? 넌 가족과 함께 있어서 행복하고, 나는 여러 좋은 이들과 함께하니 행복하게 살아가는 거지."

"그렇지. 좋은 게 좋은 거지. 나도 다음 달에 범죄 없는 도시에 입성한다."

"그래요? 저도 다음 달 부모님 모시고 범없시로 이사가는데…. 저희 부모님 께서 공무를 하시면서 항상 꿈꾸던 곳이었는데 사는 곳과 직장 등을 고려 하여 그냥 이곳에 사셨지만 이제는 범없시 가셔서 남을 돕는 생활을 하면서 여생을 사시려는 계획이십니다."

"오호라~ 축하합니다. 가서도 우리 자주 연락하며 지내도록 해요."

"자주는 아니고 가끔씩. 가~끔씩 뵈어요. 약속은 갚지 않은 부채라 하잖 아요."

서로 대화를 주고받고 연락처를 주고받으며 나만의 인맥에서 서로의 인맥으 로 얽히고설키며 인사를 나누었다. 새참이 끝나고 막간을 이용해서 몇몇 어 른과 애들이 달리기 시합을 하였다. 고구마밭 가장자리를 한 바퀴 도는 것 이었는데, 웃음꽃이 피며 재미있게 운동도 병행하였다. 올림픽에서 육상의 꽃은 100미터 달리기라고 하는데, 그 꽃이 이곳이다.

"나는 능력이 있는 너라면 30명은 낳겠어."

"야~ 30명이 장난이냐? 일 년에 한 명씩 해도 30년이다, 야! 말이 되는 소리 를 해야지, 참나."

"허허. 그냥 하는 소리지 뭐. 둘째 부인, 셋째 부인, 넷째 부인 두면 되잖아."

"가능한 소릴 해라 이놈아! 하하!"

"허허허! 그냥 하는 소릴세. 그렇게 하면 우리 인구 문제는 인간을 복제한다 는 최후의 수단까지 안 가도 되니 더 나은 방법이라고 생각한 것뿐이네. 오 해 말게나."

"오해고 말고 할 게 뭐가 있나. 나도 생각은 그리 하네만, 아직 우리 사회는 인정하지 않는 정책일 뿐이네. 일부다처제를 하는 나라도 있지 않은가? 일부다처제뿐 아니라 일처다부제도 난 찬성일세. 우리가 일류를 생각한다면 한낱 정책에 얽매이지 않고 새로운 정책을 만들어야 된다고 생각하네. 다만 시기상조일 수는 있다고도 보지."

"어머님~ 여자인 어머니 생각은 어떠신지요?"

"글쎄. 시기상조가 아니라 아예 없을 일 같은데. 지금까지의 역사에서 없었던 게 새롭게 생기는 건 결코 쉽지 않을 거라 봐. 내 개인적인 생각으로는 먼 미래 공상 영화를 보면 일어날 수도, 되어야 하기도 한다는 생각은 드네. 내 것이라는 남편과 아내. 내 소유라는 아내와 남편이 아닌 인류가 연명하기 위해 선택한 본능의 발현이라면 일부다처, 일처다부 이러한 용어도 사라지는 시기가 올 수도 있다고는 생각해. 호호호. 내가 생각해도 너무 간 게 아닌가 싶네. 호호호."

"그래요. 그것을 정의 내리긴 쉽지 않을 거 같아요~. 현재 인구정책 중 하나인 다자녀 출산이라도 노력해서 현재에 충실함이 지금으로서는 최선일 것 같네요."

"하하하. 결국 네 말이 정답이구나. 너무 무겁게 말문을 열어 죄송합니다."

"어떤 주제가 있는 건 좋지~. 잘했어. 주제를 가지고 대화하는 건 또 다른 재미이지. 수다의 재미가 있고, 토론·토의의 재미가 있지. 잘했어. 또 다음 주제가 없을까요? 여러분!"

"음… 나의 주제는 100세 시대입니다. 100세 시대에 대해 이야기를 나눠보도록 하겠습니다."

이곳에서 가장 어른이실 법한 친구의 장인어른께서 말을 이으셨다.

"내 나이 70이 되었고 100세 시대라는 말이 나온 게 20~30년은 되었던 것 같은데 나의 건강으로 보나 주변 동년배의 건강으로 보나 아직도 100세 시대는 꿈인 것 같아요. 분명 과거에 비해 평균 수명이 높아진 것은 사실이나, 모두가 100세 시대라고 말하기는 시기상조인 것 같아요. 아직 주변에 100세를 넘긴 이들을 보지 못했죠. TV에 한 번씩 나오는 보도만 보았을 뿐. 주변에 100세 되신 분 있으세요?"

"아니요."

모두가 아니라고 다 말했다.

"그러니 평균 100세가 되는 것은 앞으로 50년에서 100년은 지나야 될 것 같아요. 그땐 정말 삼 분의 일 혹은 반 이상이 사이보그가 되어 있겠죠. 인간의 사고를 담당하는 뇌만 살아있으면 되는 것이니 손가락 하나, 발가락 하나는 사이보그 신체로 대체하면 되니까요. 눈에 보이는 외모의 신체는 지금도 쉽게 가능하겠지만, 그때가 되면 내부의 장기를 교체하는 것도 일반적인 일이 될 테지요. 50년 전후로는 100세 시대가 되지 않을까 생각합니다."

"미래의 일이라 우리가 가정하는 것이지만, 저는 제 나이를 1년 365일이라는 기준으로 보고 있지 않습니다. 말인즉슨 제 나이는 제가 설정하기 나름이라고 생각합니다. 그래서 저는 현재 공식적으론 서른이지만, 남들에게는 80이라고 농담을 하고 있습니다. 그리하여 10년 후에는 100살이라 칭하고, 죽게될 80이나 90세에는 150이나 200이라고 칭하고 싶어요. 이런 말이 있잖아요. '마음만은 청춘이다.' 저는 그 말에 영감을 얻어 역으로 생각하는 것이지요. 그래서 저는 정신 연령만큼은 80이라고 떠들고 다니고 있지요. 의미를 부여하기는 어렵고 힘들지만, 그만큼 많은 경험을 해서 인생을 살았다고 말하고 싶기 때문입니다. 좀 저답습니까? 하하하! 그리고 전 타임머신을 타고 과거에 살고 현재에 살고 미래에도 오고 갑니다. 예전 좋았던 차를 지금 타면서 당시 탔던 사람들의 자부심을 느끼고, 먼 옛날 사람들이 살았던 빛이 없는 동굴에서 지금 나의 동굴은 당대 최고의 동굴임에 자부심 비슷한 것을 느끼려고 합니다. 미래는 마음으로 가고, 과거에서 따졌을 때 미래인 현재는 경험하고 있지요. 하하하!"

"음 그것도 괜찮은 생각이네. 타임머신을 탄다? 생각지 못한 것이군. 주변을 둘러보며 생각해 봐야겠구나~. 좋아."

"언젠가 타임캡슐이 유행한 적이 있었지. 그 누군가가 세월이 지나 열어보자 했던 걸 못 열어보기도 했다만, 너처럼 과거로의 이동을 상상하고 그에 대한 개념을 가져보는 것도 그 시대를 느낄 수 있는 방안이겠구나 싶네."

"그러고 보니 나도 이런 생각을 한 적이 있네. 죽는 것과 자는 것은 같은 거라고. 그래서 나는 내가 산 일수만큼 환생했다고. 그렇게 내 목숨을 한 개가 아니라고 떠들며 주장한 적이 있었지. 생각하면 지금도 그 생각은 가지고 있어."

"난 자기중심적인 이들 중 최고봉인 적이 있었지."

"어떻게? 다들 자기중심적이지 않나?"

"그렇겠지. 난 구체적으로 부등호를 그리며 '부모는 나와 같거나 작다. 형제는 나보다 작다. 그 외 모든 인물은 나를 위해 존재한다.'고 생각했지. 라면을 만든 회사는 내가 먹으려는 라면을 만든 것이고, 빵을 만든 이도 내가 먹을 빵을 만든 것이고, 내가 타는 자동차 또한 내가 편하게 이동할 수 있도록 만들었고, 대통령도 나를 위해 나랏일을 하는 등 결국 나는 우주와는 같다고 표현하며 자기애에 빠져 있을 때가 있었지. 물론 지금도 그렇게 생각하고 있고. 하하!"

"그럼 부모가 너와 같거나 작다는 건 어떤 의미야?"

"극단적으로 말하면, 화재나 홍수 등 목숨이 걸려 있을 때 구해도 되고 말아도 된다 말할 수 있겠지."

"불효막심 아니니?"

"같다고도 했으니 내가 살아도, 부모가 살아도 같은 거야. 부모의 마음이라면 자식이 살아도 될 테지. 그건 나이를 고려해 봐야 할 거 같아. 지금의 나는 나지만, 내가 아주 어리고 부모가 출산 가능하다면 부모에게 무게를 두겠고, 부모가 나이가 많고 내가 출산 가능한 나이라면 나에게 무게를 두겠어."

"지금의 너는 이래도 저래도 너이구나."

"그런 셈이지. 내가 그렇게 어렸다면 이런 생각을 못했을 테지. 세월이 지나 내가 나이가 들면 내가 부모의 마음으로 자식들을 살리려 하겠지. 그렇게 생각하는 거야. 어르신 저의 발언이 어떠신지요?"

"글쎄. 생각해 보게 되는구려. 들으면서 생각해봤지만, 나 또한 그렇게 하겠네. 허허. 막상 그런 상황에 처한다면 겸허히 받아들여질지는 의문이나, 아들에 의지하기보다 내가 살려고 발버둥 칠 거 같기도 하고 그렇군. 하하하! 그럴 상황 자체가 없다는 쪽으로 생각하는 게 제일 맘 편하겠구려. 하하하."

"아! 넌 괜한 얘기를 꺼내? 어르신 불편하시게."

"아닐세. 생각을 방대하게 갖는 건 좋은 거지."

"본의 아니게 죄송합니다. 헤헤헤."

"아니라네. 허허허."

방대한 얘기를 나누는 동안 일은 마무리가 되었고, 애들도 골목대장의 인솔 아래에서 숙소로 이동했다. 이때 나는 잠깐 일행으로부터 빠져나와 산책을 했다. 가나와 옆길로 이동하여 야외에서 아무도 없을 후미진 곳에서 동물 놀이 30분을 하고 숙소로 향했다.

아까 올림픽서 여러 가지 꽃을 보자면 100미터와 마라톤을 꼽을 테지만, 이제는 꽃이 많아졌다. 5도 내리막 오르막 100미터. 10도 내리막 오르막 100미터 달리기를 다 꽃이라 한 것이다.

7시 9분 15초. 차에다 두고 온 것이 있어 차로 이동하여 잠자리에 필요한 옷가지를 챙겼다. 동물 놀이의 영향인지 동창회에 집중한 탓인지 피곤하여 잠깐 온 김에 운전석에 앉아서 마사지를 받았다. 내 차의 시트는 최고급 마사지 의자 기능이 탑재되어 있고, 비가 올 때 처마가 네 개의 도어 위로 펼쳐진다. 바람이 심하게 불 때는 불안하였으나 태풍에도 끄떡없었다. 차가 날아갈지언정 차량 처마가 날아가진 않을 것이다. 잠시 마사지를 받고 한결 가벼워진 몸으로 집으로 향하고 우리는 잠을 청하여 노곤함을 달래 주었다.

문득 가나를 만나기 전 잠시 스친 연인에 대해 자작한 노래를 흥얼거려 본다.

너에게 바치는 노래야. 지금 시간 18시 5분 23초. 1시간 가사.

-너를 사랑해. 내가 너를 사랑하는지.

내가 너를 사랑하고 있는 것은 사실이지만 일상적인 생활 속에서 너를 지켜 줄 수가 없을 것 같아. 난 너 말고도 사랑하는 이가 있기 때문이지. 그리고 또 한 가지 이유가 있어. 내가 너를 사랑한다고 말을 해도 나의 진심은 아닐지도 모르지. 모든 것은 나의 욕심이라고 말할 수 있겠지. 이것을 취하면 저 것을 취하고 싶고 그리고 나면 또 다른 것을 취하고 싶지. 지금 이 세상에서 나와 너의 간절하게 바라는 사랑은 일순간의 욕망일지 몰라. 너의 사랑을 쟁취하면은 또 다른 사랑이 눈에 보이지 내가 생을 살아가면서 사랑만이 욕심이 아니야. 이루고 싶은 욕심이고 떠나고 싶은 욕심이 있고 제한된 사회와 규범 속에서도 내가 하고 싶은 욕심이 있는 거지. 인류에 있어서는 전혀 도움이 되지 못하고 오히려 해가 되는 경우이지. 동물의 본능이 번식에 있는데 나는 그 본능적인 것을 하지 않음이니 말이야. 부부가 되면 부족해도 2명은 낳아야 되는데 나는 마이너스가 되고 있으니 도움이 안 되는 게 사실이지. 그렇지만 나는 이 개인적 사고에서 부모님의 업적에 혜택을 등에 업고 당당하고자 한다네. 난 마이너스 번식이지만 부모님께선 플러스 5를 더했고 그 플러스 5에서 또 플러스를 하였으니 나는 혼자서 이렇게 숨 쉬고 보이는 것을 보고 느끼고 생각하는 삶을 살고 가자 한답니다. 천리길을 그대를 보고자 달려감은 나의 순간에 욕망인지 모르나 살아서 연을 맺지 못할지라도 만남은 특별히 여겨 만나서 지푸라기라도 연결하고픔이네요. 내 사랑을 전부 못 주지만 모두 준다 하여도 부족하기에 내 사랑이라 말하기 겁나는 것이라오. 부디 우리 이번 생은 아니 될지라도 만남은 가져서 추억은 가져가도록 해요. 서로 보며 웃고 웃겨주고 웃어주고 서로 만지며 느끼고 느끼고 같은 곳을 바라도 보고 등 돌려 걸어가고 뛰어도 가고 그리고 헤어진 시간이 하루 지났을 때 감정을 느끼고 이틀 삼일 되었을 때 감정을 느끼고 일주일을 안보면 어떤 현상이 생기는지 열흘을 못 봤을 때 어떤 감정의 변화가 생기는지 알아보고 싶으오. 내가 정녕 그대를 사랑하는지 이렇게 뜨뜨 미지근하게 다가가는 나에 대한 당신의 감정은 아떠한지 알 수가 없네요. 더 와주길 바라는지 아님 이제 오지 말아주길 바라는지 나는 생각해 보네요. 물론 나또한 무엇을 콕 집어 기다리거나 기대하는 것은 아니지만 내가 행한 행동에 당신의 반응과 감정의 크기가 궁금은 하네요. 그대가 저를 보고자 한다면 전 다가갈 것이고 그대가 절 멀리하려 하신다면 더이상 다가가지 않고 설득은 해 보고 싶네요. 더 다가가면 아니 되는지 아니면 지금 이 순간을 끝으로 다시는 보고 싶지 않은 것인지 말이에요. 이렇게 당신의 속마음을 모르니 유치하게 센스 없게 매너 없게 물어보고프네요. 이렇게까지 해서 당신의 답을 듣는다면 저는 그대로 받아들일 마음에 준비가 되었다오. 이제 당신의 뜻대로 하리라 다짐하오. 생을 살아가면서 나를 모의고사 삼아 다음 님에게 참고가 되었음 하리오다. 당신의 사랑을 바라고 또 바라고 다음 생에는 저를 거두어 가시길 바라마지 않습니다. 저도 당신의 참고서를 가지고 또 누군가를 만나려 하겠으나 그 또한 쉬운 사랑은 아니겠지요. 나는 또 다가가고 그녀는 또 멀어지려나요. 난 또 다음 생을 기다려야하나요.

1시간 반복 재생을 한 시간짜리 노래로 만들어볼까 한다.
우리 같은 시대를 살아가면서 서로 다른 사랑을 맺더라도 서로 인사 나눌 수 있는 관계를 유지했으면 좋겠어. 비록 우리사랑이 이뤄지진 않았지만 우리가 남이 되어 서로를 헐뜯고 증오하며 잊어버릴 인연이 되지는 않았으면 해. 주옥같은 노랫말엔 언제나 영원히 사랑한다 하고, 너밖에 없다고 하지. 너를 얻기 위해 입술에 침을 바르는 건 하기 싫어요. 그렇지만 당신을 사랑하지 않는다는 게 아니에요. 당신을 영원히 사랑하며 다른 사랑을 놓치고 싶지 않은 것이에요. 우리 모두 사랑해요. 한 인간의 생명으로 태어나 한 사랑이 아닌 모두의 사랑이고 싶어요. 우리 그리하여 사랑해요. 그럼에도 불구하고 우리 모두는 한 사람만을 영원히 사랑하죠. 우리 모두 사랑해요. 사랑해요. 그대, 자기, 당신, 너야.
사는 삶. 살아가는 삶. 되어요.

이 노래가 태어날시 의문을 가시며 흥얼거린다.

비빔밥 키스

"검사 구형하세요."

"이번 사건은 18594번 사건으로 학교 집단폭행 가해자들에 대한 구형을 하겠습니다. 가해자 김가라 양, 이다가 양, 박라마 양, 정사아 양, 이상 네 명의 가해자는 피해자 홍경에 양에게 둔기 등을 휘두르고 피가 나는데도 멈추기는커녕 더 가혹한 폭행을 가했습니다. 때문에 4명의 가해자 모두에게 징역 30년과 사회봉사 5만 시간을 구형합니다."

"지금 16살인 중학생이고 죄를 뉘우치고 있으니 성인이 되어서 일상으로 돌아올 수 있도록 검사의 구형에서 징역형만 30년에서 20년으로 단축해 4명의 가해자에게 징역 20년, 사회봉사 5만 시간을 선고합니다. 이상."

장내가 웅성거린다.

"5만 시간이면 며칠이야? 몇 년이야?"

"계산해보니 6년을 꼬박하고도 1,840시간이 더 있는데… 77일이구만. 그럼 평생이겠구먼, 평생."

방청객들은 비난하면서도 안타까워하는 듯하였다. 구형을 하는 나도 선고를 하는 판사님도, 어린 친구들에게 형을 집행한다는 게 한편으로는 안타까운 게 사실일 것이다. 그러나 전례가 있고 사회의 인식이 적용된 선고인 것이다. 판사님의 사적인 판단이 들어 있진 않을 것이다.

가나네 가기 위해 범죄 없는 도시에 왔다. 지나는 길에 시청을 한번 들러보았다. 혹시 뭐가 다른지 해서 말이다. 다른 건 찾아보지 못했고 내가 사는 도시와 똑같은 느낌만 있었다. 문의를 하니 공직자들도 희망자들이 이곳으로 파견을 오거나 거주자 우선으로 뽑는다고 한다. 범죄 없는 도시에 있고자 한다면, 그런 마음이면 되는구나 싶은 생각이 다시 들었다. 순찰하듯 산책하듯 시청을 둘러보고 도로에 접어들어 우리 동네와 마찬가지로 청소부 아저씨를 발견하고 관찰을 하였다.

'청소부 아저씨가 있잖아! 그러면 남몰래 쓰레기를 버리는 사람들이 있다는 거겠지. 그러니 청소부 아저씨가 계시겠지.'

그런 생각으로 관찰하는데 쓰레기를 줍는 게 아니고 화단을 정리하고 계셨다. 의문을 가지고 다가가 질문을 하였다.

"선생님. 이곳에는 쓰레기가 없나요? 보이지 않습니다만."

"이곳에서는 가끔씩, 아주 가끔씩 어린아이가 버릴 법한, 흘렸을 법한, 그런 쓰레기가 나오긴 합니다만, 우리 청소부들의 주된 업무는 화단 정리와 낙엽 정리에 있어요."

"아~ 담배꽁초 같은 것은 없나요?"

"이곳 시민이 아닌가 보네요. 그런 질문은 관광객들이 가끔씩 하긴 하죠. 내가 김 회장님과 처음 도시 설계할 때부터 같이 한 사람인데, 성인이 된 사람들의 손에서 쓰레기가 버려지는 경우는 없습니다. 가끔 어린아이들이 손에서 놓친 과자 봉지가 있기는 하죠. 그 과자 봉지를 국과수에 보내면 부모를 찾을 수 있습니다. 그리고 부모에게 2,000원의 과태료를 부과하지요."

"그럼 부모들의 불만이나 항의는 없나요?"

"이곳의 법을 따라야 하니까요. 그래서 부모들 또한 당연하게 여기지요. 그리고 자녀에게 자녀가 한 행동에 대한 교육을 합니다. 그리하여 초등학교에 들어가기 전인 코흘리개가 아니면 쓰레기를 버리는 경우는 없지요. 그러한데 성인이 담배꽁초를 버린다는 건 있을 수 없는 일입니다. 물론 저도 이곳에서 생활하기 이전에 서울에서 환경미화원을 했지만, 서울과 이곳 범죄 없는 도시는 비교 불가입니다. 그러니 선생이 그렇게 의아하게 질문하는 것도 당연하다 생각됩니다만…. 어디서 왔나요?"

판사 정치상

"서울에서 왔어요. 서울의 거리와 확연하게 달라서 계속 선생님을 관찰했지요. 화단에서 담배꽁초가 나오지는 않나 하구요."

"여기선 담배꽁초를 볼 수 없을 거요. 흡연실 휴지통에서나 볼 수 있겠지. 처음 접하면 신기하게들 생각하지요. 이것이 우리 시의 최대 관광 상품이지요. 깨끗하고 깔끔한 도로로 외국 관광객과 국내 관광객이 모여들고 있으니 말이오. 그 관광객들은 저와도 기념사진을 찍고 가곤 하지요. 멕시코에서 처음 한국을 찾은 '어서와한'이란 친구는 우리 말을 아주 잘하는 친구였는데, 연락처까지 주고받고 결국 우리 집과 그 친구의 서울 집과 멕시코 집을 서로 방문하는 관계가 되었지요. 친구 두 명도 재미난 탤런트를 가졌고, 그의 여동생은 우리 아들과 사귀고 있지요. 며칠 안 됐지만 국제결혼을 해서 사돈지간이 될지도 모른다오. 말이 길어지니 별말이 다 나왔구려. 그럼 이만 일 보겠소이다."

"아차. 선생님 저와도 사진 한 번 부탁드립니다."

그리하여 정찰 활동을 마치고 가나의 집으로 향했다. 서울시도 요즘 조금씩 변화가 생기고 있지만, 이곳과는 비교 불가 그 자체라 하겠다. 나만 봐도 나만을 생각하는 쓰레기 불법 투기를 하니 말이다. 걸어가는 중 보도블록을 보니 껌딱지 하나 없는 게 공사를 어제 했나 싶을 정도였다. 내 아는 이가 껌딱지 처리사업을 하며 불평을 해도 예전에 비교 해서지 아직도 고수입에 만족감을 드러내고 있으니 비교 불가는 당연하다라 하겠다.

"가나야. 집 앞이야."

"어, 들어와."

회장님이 계실까? 어머님이 계실까? 옷깃을 여미고 집 안으로 들어갔다. 역시 이곳의 집은 모두 잠금장치가 없고 정원이 있는 집이라도 담벼락이 없다. 고로 대문도 없다. 집안에 들어가니 가나가 이제 일어났는지 부시시한 모습으로 나왔다. 부시시는 예쁘다라는 말인가? 부스스 해도 예쁘니 하는 소리이다.

"오빠 친구들 불러 한잔할까?"

"대낮부터? 너 알코올 중독 아니니?"

"난 준 알코올 중독자지. 스무 살 때 정신병원에서 1년 지낸 적도 있어. 학교에는 유학 갔다고 하고 알코올 중독을 치료하기 위해 정신과를 갔지. 처음에는 무진장 힘들어서 매일 자살을 생각했지. 그런데 죽고 싶진 않았어. 힘들다는 걸 자살하려 했다고 표현하는 거지, 정말 죽고 싶지는 않았던 거지. 내 친구도 나와 비슷한 증상으로 같이 치료를 받았는데 결국 그 친구는 자살을 택했어. 우리 둘은 몰래 옥상으로 와 담배를 피다가 자살과 죽음에 대해 이야기하던 중이었는데, 그 친구가 갑자기 옥상 난간을 이불감아 넘듯이 넘어가서 결국 생을 끝내고 말았지. 죽음을 택한 그 친구는 정말 죽을 용기가 있었다고 생각해. 나는 사실 죽음에 대한 공포가 항상 있었거든. 말로는 죽고프다 했지만, 그건 죽고 싶지 않다는 울부짖음이었지. 지금도 죽고 싶다란 나의 표현은 '내가 힘들어서 죽고 싶으니까 나를 힘들게 하지 마.'라는 메시지를 전달하는 거야. 오빠, 알아둬. 내가 죽고 싶다고 하면 날 위해 모든 걸 해줘야 해."

"그래, 널 위해 다 해줄게."

"오빠, 나 죽고 싶어."

"그래, 원하는 게 뭐야?"

"친구들 불러서 낮술 하자."

"음… 아주 힘든 부탁이지만, 내가 가나의 목숨을 구할 수 있다면 기꺼이 친구들 보고 수라상을 준비하라고 하겠네."

"땡큐. 나 좀 씻고 나올게."

"같이 씻자."

"오빠 친구들 섭외하고 와."

그리하여 친구 몇 놈을 부르고 바지, 셔츠, 팬티, 양말을 2미터 간격으로 벗어제낀 뒤 욕실로 들어갔다. 그녀는 욕조에 물을 받아 두고 꽃잎을 잔뜩 뿌러서 자기 몸을 은폐하고 있었다.

'그런다고 내가 못 찾을 줄 알고?'

나는 그녀의 등 쪽으로 다리를 들이밀어 공간을 확보하고 그녀의 매끄러운 등과 욕조 사이를 미끄러지듯이 파고 들어가 그녀를 포근하게 안아주었다. 지금이 오후 2시 19분 4초 1408프레임인데 따뜻함과 포근함 때문에 그녀의 맨 등에 기대 있음에도 졸리기 시작했다. 어제 축구를 하고 술을 한잔한 탓이기도 하겠지만, 먹잇감을 품고 이렇게 졸리긴 실로 오랜만이다. 내 여자친구라 언제든 할 수 있다는 의식이었을까? 섹스머신은 손가락도 작동하지 않고 전원도 꺼져 있다.

"오빠, 자는 거야? 뭐야~ 나를 품고 조는 건 예의가 아니잖아. 어제 뭐 했어?"

"아니야. 자다니. 자기와 같이 있으면 자다가도 벌떡 일어서는 나인데. 어제? 어제 친구와 축구하고 늦게까지 한잔하기는 했지. 그래도 오기 전까지 푹 잤으니 졸릴 리가 없지 않겠어? 헤헤헤."

그렇게 피곤함을 뒤로하고 욕탕에서 머신의 전원이 다시 작동하기 시작했다. 왼손 집게손가락으로 꼭지를 틀고 중지와 약지와 소지로 부드럽게 받쳐 들었으며, 오른손은 의무감으로 예열을 시작했다. 가녀린 왼손을 나의 오른손 위를 포개놓고 오른손을 뒷짐을 지고 머리 쓰다듬고 가슴을 감싸고 뿌리를 뽑으려 한다. 그리고 쌍방울을 울렸다 깨트렸다 반복하며 기계를 작동시키고 있다. 예열을 마친 우리는 욕조의 물을 거의 다 튀겨 내고 물의 온도마저 뜨겁게 데우고 있다. 이때 전화기가 울린다.

"잠깐만."

"어어허어."

"어, 말해."

「이번 주 낚시 가는거 어때?」

"알았어. 있다 전화할게."

「예약 건 때문이니까 지금 말해봐.」

"나 씻는 중이고 스케줄을 봐야 하니까 기다려봐."

그러는 중에 영상 통화 버튼이 눌렸다. 결국 우리가 관계하는 장면을 그대로 친구에게 중계하는 격이 되었다. 휴대폰의 스피커에서

「치상아 가나 씨랑 같이 있구나. 말을 하지. 내가 다시 전화 하꾸마.」

"오빠, 안녕하세요?"

「아 제수씨… 아, 안녕하세요?」

나는 황급히 전화를 끊으려 하는데 그녀가 부끄럽지 않은 듯 반갑게 인사를 나누었다. 내가 스케줄을 확인하는 중에도 그녀는 친구 놈과 계속해서 통화를 이어간다.

"오빠, 우리 집에 오는 거예요? 치상 오빠가 우리 집으로 오라고 하지 않던가요?"

「그런 말 없던데요. 아마 내가 제주도 간다고 해서 연락 안 한 모양인데 캔슬 됐거든요. 그리로 가지요.」

"네. 올 때 치킨 3마리 부탁드립니다. 감사합니다."

「네 알겠습니다. 그럼 전화 끊을게요.」

"아니에요. 통화하면서 오세요. 중계도 보시면서. 제가 신음소리도 제대로 넣어 드리겠습니다. 호호호"

그녀는 제정신인가? 아니면 즉흥적으로 흥분한 것인가? 우리 둘은 휴대폰을 거치시켜 놓고 하던 일을 계속 이어갔다. 나의 머리와 뿌리까지 사정없이 왕복하고 그녀의 신음소리는 더 커져갔다. 다시 그녀는 나와 분리하고 휴대폰 앵글을 정면으로 맞춰놓고 다시 나를 일으켜 열중쉬어 자세로 세우고 자기는 무릎을 꿇고 나의 허벅다리를 안으며 나를 삼켰다 뱉었다 반복했다. 그녀의 눈은 마약을 한 듯 그 어느 때보다 풀려 있었다. 그리고는 중계 카메라를 보며 눈을 찡긋거리기도 혀를 날름거리기도 하면서 친구 놈을 자극하였다.

"가나야 너무 그러지 마. 쟤 오지도 못하고 사고 나서 죽겠다."

카메라를 보며 나의 머리를 반쯤 깨물고 침까지 주르륵 흘리며 혀가 머리에 걸려 제대로 돌아가지 않으면서도 꿋꿋하게 말을 잇는다.

"오빠. 전화 끊을까요? 운전에 집중 안 되는 거예요? 스르릅 짜르잡."

「아니에요. 운전에 전혀 방해 안 되니까 계속하세요.」

"조심히 와라. 치킨 잊지 말고, 자슥아."

「어 그래 알겠어. 알겠다구.」

휴대폰 액정화면의 그놈은 넋을 완전 놓고 있다. 그놈도 침을 흘리고 있다. 나도 적응을 했는지 허리를 펴고 늠름하게 대화에 끼어들었다. 이렇게 우리는 중계를 했다. 마지막 발사는 보통 목젖에다 하지만, 오늘은 그녀의 미간과 인중으로 향했다. 우리의 정사가 끝나고 그녀는 흘러내리는 나를 보고 낼름거리더니 카메라를 보며 한마디 한다.

"빨리 와요, 자기."

제대로 미친년이다.

우리는 머신의 정비를 마치고 나와 집에 있는 냉장고를 뒤져 안주를 만들었다.

"오빠, 냉장고를 부탁해."

낯익은 제목이다. 나는 퓨전을 좋아한다. 간단한 라면을 예로 들자면 면과 스프만 넣고 끓이지 않는다. 갖은 야채와 된장이나 고추장, 마요네즈와 불고기 소스, 거기에다 여러 가지 육류를 곁들이면 라면은 더 이상 라면이 아니다. 요리다. 그리하여 냉장고에서 여러 가지를 꺼내 특급 안주를 만들고 친구들을 기다리며 먼저 술자리를 시작하였다.

"오빠 요리 솜씨는 최고라니까!"

"고마워. 한식, 중식, 일식, 양식, 아프리카식까지 다 되니까 말씀만 하세요."

"셰프야? 어떻게 그 요리를 다 배웠어?"

"고시 공부 하면서 낙마를 생각하고 요리 공부도 병행했지. 혹시 고시 패스 못 하면 이것도 해보자 생각해서. 그때 한 걸 자기한테 이렇게 써먹네. 배워서 남 주진 않는다고 하잖아."

"누구누구 불렀어?"

"을를하고 이용이. 그리고 자기가 모르는 친구 한 명 불렀지. 괜찮지?"

"난 오빠 친구라면 누구라도 좋아. 그때 그 괴팍했던 오빠도 알고 보니 진국 인 거 같더라고. 인생이라는 시트콤에 그런 인물은 있으면 양념처럼 괜찮더 라. 나쁜 게 아니고 괴팍하니."

"네가 그리 생각해 주니 고맙고 고마워."

그러면서 느닷없이 본인이 알고 있는 술에 대해 이야기를 늘어놓는다.

"오빠, 난 술과 섹스를 너무 좋아해. 그래서 연구를 해봤지. 술과 알코올성 지방간에 대해 이야기해볼게. 술이 과하여 급성으로 탈이 나거나 사고를 유 발하는 경우는 쉽게 이해하나, 만성적인 과음이 어떤 기전으로 질병을 일으 키는지는 복잡한 이해가 필요하므로 우리가 쉽게 인식하지 못하는 거 같아. 이것을 이해하기 위해 술, 즉 에탄올이 어디서부터 오는지를 따져봐야 해. 에탄올은 감자나 고구마 같은 곡물류나 과일류 등을 발효하면 얻을 수 있는 데, 심지어 몽골에서는 마유주라고 말 젖을 발효하여 술로 만들어 마셔. 열 거한 것들은 모두 탄수화물을 다량 포함하기 때문에 가능한 것이지. 즉 인 체에서는 소화기를 통해 흡수된 알코올을 간에서 분해해서 열이 나게 하는 등 에너지를 얻고, 최종적으로 아세트산으로 만들어 소변으로 내보내지. 인 체가 에너지원으로 쓰는 탄수화물 중에서 가장 빨리 대사를 일으킨 뒤 쓰 고 정리하는 이유는, 혈관 뇌 장벽이란 뇌 보호 장치를 알코올이란 입자가 너무 작아서 쉽게 통과하고 혈중알코올농도가 올라감에 따라 뇌 기능을 마 비시킬 확률이 급격히 증가하기 때문이야. 그래서 인체는 서둘러 간에게 명 령을 내려 가장 먼저 정리하도록 하지. 이는 알코올이 독성물질 비슷하게 인 식되기 때문이지. 물론 간 학회에서 권장하는 일주일에 3회 이하, 소주 반병 이하의 음주는 통상적인 간 기능을 가진 일반인에게 문제를 일으키기 힘들 지만, 예외는 언제나 있기 때문에 본인의 컨디션을 고려하여 음주하는 습관을 가져야 해. 그럼 적정 음주량을 과하게 넘겨서 자주 마시면 우리 몸에 어떤 일이 일어날 거 같아?"

"글쎄. 중독이 되나?"

"중독은 심각한 정도이고. 그냥 간단하게 생각해서 탄수화물을 많이 먹으면 일어나는 현상이 조금씩 진행된다고 보면 돼. 쉽게 살이 찌고, 근육 감소가 빨라져 무기력해지고, 낮에 피곤하고 밤엔 숙면이 안 되는 이런 일상이 반복되면 건강검진 상 알코올성 지방간 진단이 몇 년 안에 쉽게 나오지. 그러나 이런 음주를 하지 않는 사람들도 과량의 탄수화물 섭취가 반복되고 오래되면 비알코올성 지방간 진단이 나오는데, 얼마 전 논문에 지방간 진단의 20%를 차지한다는 보고가 있었지. 이는 알코올이든 탄수화물이든 과한 양이 몸에서 어떤 변화를 일으킬 때, 간에 무리를 주는 기전이 비슷하게 발생하는 걸 보여주는 것이지. 예를 들어 탄수화물을 과다섭취 하면 마치 한우의 안심이나 등심에 마블링 된 지방이 생기듯이 근육 부위에 미세한 지방이 연필심처럼 끼는데, 이는 결국 그 부위의 근육이 지방화된 것이므로 근육이 없어지는 것이며 결국은 근육 손실 속도가 빨라지면서 중요 관절의 인대가 다치고, 이는 고령이 될수록 쉽게 퇴행성 관절염으로 이어지지. 정리하면 알코올이 간 기능을 심하게 방해하면 지방간이 되고, 이때 간이 해야 하는 중요 기능 중 하나인 단백질 합성을 제대로 못 하게 해서 노화속도를 가속화하고 기능을 급격하게 악화시키는 근육 감소증을 유발한다는 기전이지. 결국 담배처럼 만병의 근원이 될 수 있는 것이 알코올이지만, 만약 적절한 음주량을 지키면서 적절한 양질의 단백질 안주를 같이 섭취한다면 균형 잡힌 식사로 크게 손색이 없을 거야. 이는 우리 같은 애주가들에게 건강을 위한 유일한 탈출구가 될 거라 생각해."

"음… 그렇군. 그런가? 그런 것이군. 그나저나 그런 건 어떻게 아는 거야?"

"의학서적을 보다가 유 원장의 「술과 알코올성 지방간」이란 걸 읽고 알게 되었지. 그러니 우리도 죽어라 마시지 말고 살자고 마셔야 해. 오빠. 알았지?"

"그래… 그러자꾸나."

그런 대화를 하는 우리 곁에, 마치 친구들을 기다리는 듯 산더미 같은 술병이 진을 치고 있다. 친구들이 합류하고 내가 한마디 한다.

"다리 밑에 있어도 넌 내 친구야. '성공한 사람과 만나라.' 보통 이렇게들 이야기하지. 그럼 반대로 성공한 사람이 하는 소리는 '성공하지 않은 사람과 만나지 마라.' 또는 똑같이 '성공한 사람과 만나라.' 그러면 성공하지 못한 나를 누가 만나 주겠니? 어느 상황에서 그렇게 말할 수 있겠지만, 기본적으로는 맞는 말이 아니라고 생각해. 그렇지 않니?"

"난 네가 다리 밑에 있으면 안 볼 건데."

"진짜는 아니겠지?"

"나도 지금 생각해 봤는데, 안 볼 이유는 없을 거 같아. 다리 밑에 도시락과 치맥 가지고 갈게."

"참 낭만적인데, 우리 2차를 다리 밑으로 갈까?"

"생각해보자."

이렇게 서로의 성공을 기원하면서도 서로의 실패도 짐짓 생각해본 것인지 모르겠다. 서로의 우정을 생각하며 2차로 치맥과 여러 안주를 사서 다리 밑으로 이동했다. 밤 공원에 남녀 커플, 남남 커플, 여여 커플, 가족 모임 등 각양각색의 인파가 지나쳤다. 그리고 우린 본능적으로 여여 커플에 대한 얘기를 나누고 범죄 없는 도시의 상황도 안주로 나누었다. 이 친구는 나보다도 범죄 없는 도시에 대한 지식이 없었기에 내가 아는 연애법에 대해 이야기 하니 당장 가자고 난리였다. 지금은 안 가더라도 곧 녀석이 혼자라도 갈 것 같은 예감이 드는 건 어찌 보면 당연한 것…

"야! 정말, 사실, 팩트, 실화냐? 가나 씨 정말 그런가요?"

"네. 뭐. 오빠 말이 맞아요."

"야! 내가 거짓말한 적 있드나?"

"너야 거짓말 문화재 아니냐. 그건 그렇고. 하하하! 우리, 범죄 없는 도시에 지금 가볼까?"

"음… 가는 거야 가는 거지만, 네가 성희롱이나 성폭력을 하면 안 돼!"

"당연하지. 나를 뭘로 보는 거야? 나 호가 매너 정직해!"

이렇게 해서 강변의 사람들을 보다가 결국 본능이 우위를 점하며 본능적으로 움직였다. 가나는 그걸 마다할 위인이 아니다. 하지만 오늘은 먼저 집에 간다 하고는 우리 곁을 떠났다. 택시비가 많이 나오는 건 지금 우리에게 중요하지 않았다. 난 직해의 업종에 대해 자연스레 질문을 하였다.

"요즘 핫한 곳 있니?"

"웃기지만 언론 플레이에 의해 변동이 생기기도 하고, 유행에 따라서도 달라지고, 유명인의 거취에 따라서 달라지기도 하지."

"음~ 그렇군. 그럼 집값이 요동치겠네?"

"그럴 때는 그렇지. 부동산 투자라고 그러잖아. 우리 같은 시골 출신은 집이라 하면 움직이지 않고 고향에 뿌리내리고 있는 그런 집을 말하지만, 부동산 투자를 하는 이들은 집값을 먼저 다루지. 지금 사는 아파트가 100억이었다면, 지금 시세가 20억 오른 상황이야. 너 같으면 이 집을 팔고 다른 곳으로 가겠니? 아니면 더 살고자 하겠니?"

"글쎄. 집값이 오르면 좋은 거 아니냐?"

"그렇지. 그런데 그 집값이 내려가기 시작하면, 넌 어떻게 하겠니?"

"그러네…. 보통 사람들은 어떻게 하니?"

"네 생각하고 같은 경우가 많아."

"나? 내가 무슨 생각을 하는데?"

"크크크. 고민 말이야. 우리가 살던 시골집도 집값이 오르내리면서 변동이 생기면 우리 같은 촌사람도 고민할 수 있겠지. 팔고 가느냐. 오르거나 내리거나 지키고 앉아 그냥 사느냐."

"네 말 들어보니 그렇기도 하겠네. 나도 아까 너의 질문에 쉽게 대답하지 못한 게, 고민이 됐거든. 정감 있는 우리 시골에 집들도 황금이 뿌려지면 지금 내가 생각하는 영원한 집이 안 될 수도 있겠다는 생각이 들긴 하네. 내가 황금 보기를 돌같이 보지 않는 한."

"우리가 고민하는 건 값어치가 아닐까 생각해본다. 넌 야구에서 투수가 좋은 기록을 내는네 삼진이 좋은 기록이냐? 초구 아웃 카운트가 좋은 기록이냐? 어떤 게 좋은지 몰라도 둘 다 값어치가 있지. 공 27개로 한 경기 아웃 카운트를 전부 잡는 것과 한 경기 27개 연속 탈삼진은 둘 다 경이로운 기록이지. 집이 바뀌어서 좋다 나쁘다는 개인의 선택인 거 같아."

"그렇군. 그렇겠군. 나의 감정은 유지하는 게 좋다고 생각하지만, 그에게 있어서는 고가에 집을 팔고 새집을 장만하는 게 더 좋은 생각이겠지."

"그래서 유명한 어느 스님은 '산은 산이요 물은 물이로다.'라고 그 명언을 남기셨지."

"크크크. 그러게. 정말 명언이지."

"내 생각뿐 아니라 모두가 그 생각을 할 수도 있겠지만, 그분은 선입견이 없는 분 같아."

"선입견? 그게 뭐니?"

"너도 알고 있는 걸 질문하는 거 아니냐? 크크크. 나도 그 단어를 설명하려니 어렵구만. 네가 어떤 대상과 만나기 전, 네가 알고 있던 다른 사람으로부터 들은 말이나 떠도는 소문 등으로 인해 생긴 부정적인 인식과 그 대상에 대한 평가 등을 선입견이라고 하지. 그래도 선입견이 어느 정도는 존재하지 않나 생각해."

"없을 수도 있지."

"그래. 없을 수도 있지만 대개는 가지고 있을 수 있다는 거지. 가령 너의 딸이 20살이 되었다. 그래서 기호식품이라 할 수 있는 담배를 피운다. 그건 이해할 수 있다. 거기다 담배꽁초를 두 손가락으로 튕겨서 길거리에 버린다면 그건 어떻게 생각하겠니? 아마 조금은 영향을 받겠지. 아님 말고 허허허."

"그런 그렇고 범죄 없는 도시는 아직 멀었나?"

거의 다 와간다는 택시 기사님의 대답이 나오고, 우리는 잠시 후 범죄 없는 도시의 거리를 서성였다. 평온한 거리에 우리의 흑심은 범죄가 아닌 관심으로 의식되었다. 상상만으로도 흥분되고 기분이 좋아졌다. 용기에 용기를 더하여 관심 있게 지켜보던 그녀의 뒷모습을 향해

"저기… 시간 있으세요?"

"네? 무슨 일이세요?"

"날이 더운데 시원한 맥주 한잔 어떠신지요?"

"네? 어디서요?"

"근처 맥주집으로 가면 어떨까요?"

"네. 저 친구 한 명 불러도 될까요?"

아싸~! 속으로 쾌재를 부르며 물론이라고 만 번은 답한 거 같다. 그녀는 통화로 친구에게 근처까지 오라하고 우리는 마땅한 맥주집을 찾아 거리를 거닐었다. 이게 꿈인가 싶기도 하고 이뤄질까도 기대도 하였다.

순간 내 전화기가 울리고 가나가 다시 온다고 한다. 방해가 될 것도 같고, 조언을 해 줄 것도 같은 오묘한 기분이다. 이윽고 우리는 뭉치게 되었고, 잔은 오고 갔다. 일상적인 대화를 주고받다가 용기를 내어 밤에 서로 일일 파트너를 하겠냐고 물었는데, 가나가 신경 쓰지 말라는 눈치를 주어 더 집요하게 청해 보았다.

"네? 아니요. 저흰 갈증을 해소하기 위해 맥주 한잔 하러 왔을 뿐이에요. 일일 파트너는 할 생각 없습니다. 그냥 맥주 파티로 흥을 내요."

역시 이놈이 한 말은 망상이었을 뿐이라고 생각했다. 기대감은 산산조각이 나버리고 나도 산산조각이 나 피곤이 엄습해 왔다. 그래도 더 이상 일일 파트너 애기를 꺼내는 건 이곳 범죄 없는 도시에서는 하면 안 될 거 같아 아쉬움을 시원한 맥주로 달래고 있는데, 그녀들이 소곤소곤 거리며 귓속말을 한다.

"그럼 우리 2차로 맥주 한잔 더 하고 일일 파트너 해요."

우하하하. 이게 웬 횡재인가?

아까 가나가 알코올성 뭐라 뭐라 그런지 얼마나 지났다고 계속해서 술로술
로 정신을 알코올에 담고 있다. 그 순간 '내가 이 순간을 위해 살아오지 않
았나?' 하는 생각이 들었다. 다시 나의 컨디션이 살아나고 다시 술맛이 생겼
다. 그리고 꿈도 이룰 수 있었다. 이게 정말로 가능하구나. 과거에도 헌팅으
로 누군가를 만난 적은 있지만, 요즘 같은 시대에 이렇게 통한다는 게 신기
했다. 어쩌면 이곳 범죄 없는 도시에서는 약육강식이 지배하는 동물 세계와
는 전혀 다른 동물의 왕국 같았다.

맥주로 흥건히 취하니 서로 밀접하게 대화를 나누게 되었고, 이 아가씨들도
속내를 드러냈다. 기대감에 가득 차 있고 이제 서로 손잡고 떠날 채비를 하
였다. 그런데 내 파트너가 취기가 많이 온다며 비틀거리고 힘들어했다. 불길
한 예감은 틀리지 않았다.

"미안해요. 오늘 너무 피곤해서 들어가서 쉬어야겠어요."

이게 웬 청천벽력 같은 말이란 말인가? 이곳 범죄 없는 도시에서는 불필요
한 집착은 없어야 한다는 게 일반적이다. 그것만큼은 나도 인정할 수밖에
없었다.

그런데 이건 또 무슨 시추에이션인가. 이 친구는 이 아가씨와 오늘을 같이
있잖아. 그럼 난? 진정으로 낙동강 오리알 됐구나.

썩소를 머금고 셋을 보내준 나는 가나와 함께 아침을 맞이했다. 그리하여
나와 친구 놈의 범죄 없는 도시에서의 첫 데이트는 매듭지어졌다.

아~ 뜻이 통하면 되는구나.

이런 상황을 이해해주는 가나가 신기하고 고맙다.

아침부터 우리 둘은 내가 좋아하는 형을 만나러 다시 여행을 떠났다. 우리
를 반갑게 맞아준 형은 결혼 20주년이 되기 일 년 전이라며 아내에게 보내
는 편지에 대해 물어 보며 어떠냐고 했다.

"자, 한번 들어봐. - 사랑하는 호맘에게. 일 년만 더 채우면 결혼 20주년이
네…. 참으로 유수 같다더니 잠깐인 것이 인생이라서 영생이라 이야기기하

는 영혼의 존재에 비하면 눈 깜빡하는 찰나의 순간이 바로 삶인 것 같아. 사실 20여 년 전, 호망과 동고동락하면서 그 이전의 나와 비교하면 삶의 방식이나 사고의 큰 줄기가 바뀌어서 지금의 내가 된 것을 느껴. 그만큼 나를 변하도록 해주고 또 나를 충분히 인식하는 큰 자극의 대부분은 자기를 통해 얻었다고 해도 과언이 아닐 거야. 부모님께서 내 나이 20세까지 나를 양육하시고 정신세계를 이루도록 도와주신 가장 큰 조력자였다면, 지난 20여 년에 걸친 내 인생을 잘 이끌어주고 성취하도록 도와준 것은 바로 당신이야. 고마워. 그 무엇으로도 답할 순 없지만 계속 흘러가는 인생의 동반자로서 결혼생활의 전반기가 거의 채워지고 있다고 생각하기에 지금까지 이뤄온 인생을 다시 돌아보고 후반기를 준비하기 위해 많이 대화하고 느끼고 아끼면서 나아가자. 더워지는 여름을 맞이하며. 7시 5분 2초에. - 어때?"

"형의 진심이 담겨 있습니까? 그렇다면 아주 좋습니다. 저는 관심법을 하는 사람으로서 형이 형수님을 사랑하는 마음이 고스란히 담겨 있는 거 같네요. 과거 '너 혼자 산다'란 프로에서 여자 출연자들이 저처럼 멋진 남성이 나오면 '꺄악~! 꺄악~!' 거렸는데, 그 여자들이 그 사람을 얼마나 좋아하는지 흥분상태가 시청하는 내가 손발을 오그라 트렸다니까요. 반대로 같이 고정 출연한 멋진 남성을 보고는 친근함의 표현인지 상반된 반응을 하였죠. 거기서 여자 출연자들이 저처럼 멋진 사람에게 '꺄악~ 꺄악~'거리고 입가에 미소를 지으며 노골적으로 좋다고 하는 것은 형이 볼 때 성적 어필을 하는 건가요?"

"섹스 어필은 아니지. 유명인이고. 너처럼 조각 같은 사람이기에 좋아하는 것이지."

"음… 전 섹스 중독자로서, 그리고 관심법을 하는 사람으로서 그 여자 출연자들이 잠자리를 생각한 것이라 생각해요. 그러나 그녀들도 형처럼 섹스 어필은 아니라고 하지요. 그건 우리 사회가 만들어낸 포장된 대화법이지요. 제가 가나를 만나기 전, 아니 지금도 그렇고 이후로도 스타 김비아 씨와 사

귀고 싶은 건 분명해요. 하지만 그러면 아니 되고 아니 될 수밖에 없는 상황
이라 사회가 만들어낸 포장된 대화법으로 '그냥 팬으로서 좋아하는 거지.'라
는 답변을 하는 것이지요. 가나 넌 어떻게 생각해?"

"음… 오빠 말에 동감. 연인은 닮는나고, 서도 섹스 중독자거든요."

가나의 웃는 새(웃는 의미, 웃는 모양새)가, 아무래도 이 형도 넘보는 거 같다.
미친년. 나 같은 년. 나 같은 18차원.

"보세요. 이렇게 청순하고 가련한 가나도 그렇다잖아요."

"그래 네 마음대로 생각해."

"그럼 충신에 대해 이야기해봐요. 한 나라의 충신이 적군에게 포로로 잡혀
가 항복하라고 하면, 형 같으면 항복하겠습니까? 같은 하늘 아래 두 임금을
섬길 수 없다며 할복을 하거나 사약을 마시겠습니까?"

"글쎄. 몇 날 며칠은 생각해 봐야겠는데…. 난 사약."

"그것은 임금 중심의 사상이지 충신 중심은 아니잖아요. 저라면 죽은 목숨
과 새 생명을 바꿔서 항복하겠습니다. 그때 다시 돌아간다는 마음은 없어
야 하겠지요. 내 마음을 다 바꿔서 철저하게 항복한 왕에게 충성을 다 한다
는 생각으로 다시 태어나야겠지요. 인간으로서 쉽지는 않겠지만요. 저라면
요. 자기는?"

"오빠 말에 동감"

형이 우리 둘을 보며 미소 짓는다. 대화가 끝날 무렵 형이 시골 비빔밥이라
며 반찬 없이 비빔밥 세 그릇을 가져온다. 사탕 키스, 떡볶이 키스, 햄버거
키스, 쌈밥 키스, 비빔밥 키스, 한정식 키스. 네가 먹는 맛을 느끼고 싶다.

"가나야, 우리 비빔밥 키스하자."

"어? 그게 뭔데?"

"내가 비빔밥을 먹고 반을 씹어서 네게 주는 거지."

"싫어. 더러워."

"원효대사가 되렴. 원효대사는 배움을 위해 먼 길을 가다 깨우쳐 돌아왔잖

아. 우리 인식에 더러운 것이지, 내가 먹는 건데 뭐가 더럽니? 넌 나의 소중하다면 소중하고 하잘것없다면 하잘것없는 것도 마시잖아. 난 네가 먹어본 그것은 먹어본 적 없거든. 근데 내가 먹는 이 비빔밥은 먹을 수 있지 않겠니?"

"그래도 싫네… 옆에 오라버니도 계시고…."

"왜?"

"몰라."

그렇게 말하면서 비빔밥을 다 먹어 간다. 그사이 난 형과 이런저런 대화를 나눴다.

참 저놈이란. 크게 싫은 감정은 아니지만 뭔지 모를 꺼림칙함에 거절했다. 그리고 그 직후 '뭘까? 비빔밥 키스. 한번 해볼까?'라는 생각을 하고 있었다.

"오빠, 그럼 내가 먹다 줄게."

"그래 그거지."

긴장되고 떨리지만 내가 뱉어준다니 아까 오빠의 제안보다 덜 긴장되고 덜 떨린다. 이것도 내 중심적 관념에서 생기는 거겠지. 오빠가 뱉어준 비빔밥을 먹기는 싫으나 내가 뱉어서 오빠가 먹는 건 내가 싫은 게 아니니 말이다. 나는 내가 배려심이 깊다고 생각하나, 이런 걸 보면 겉으로만 그런 척할 뿐 속물이란 생각이 들었다. 겉으로라도 배려하니 다행이기도 하고… 결국 두어 숟갈 남은 비빔밥을 한 숟가락 입에 넣고는 무의식중에 깍두기를 하나 먹었다. 그리고 웃으며

"미안, 미안. 그래도 이건 내가 먹고, 오빠에겐 비빔밥만 줄게."

"괜찮아. 괜찮아요. 이거나 저거나지."

그리하여 태어나서 처음으로 비빔밥 키스를 하였다. 전달하려 입을 맞추는데 어색하고 어떻게 전달해야지 고민했다. 입을 벌리려니 흘릴 거 같아서 잠깐 망설이다가 사탕을 내뱉듯이 입 밖으로 나온 비빔밥을 오빠가 그대로 흡입하여 비빔밥 키스가 완성되었다.

"음~ 너의 비빔밥 맛있는데 깍두기는 한 번 씹은 거니? 두 번 씹은 거니? 거의 깍두기 그대로인 거 같은데. 음~ 맛있군."

"아주 지랄들을 하는군요."

황낭 신기한 듯 맞은편에 앉은 오빠가 아래턱을 늘어트리고 있다.

이렇게까지 오니 나도 한번 받아먹고 싶어서 달라고 제안했다.

"오빠 나도 줘봐."

"어, 먹어봐."

오빠의 비빔밥 그릇을 내 쪽으로 가져다준다.

"아니 이거 말고"

"뭐? 비빔밥 키스? 싫다면서?"

"나도 받아먹어 보고 싶네."

"역시 넌 보통 또라이가 아니야. 처음에 싫다고 했을 때 너 같지 않았어. 하하하."

그러더니 이래저래 비빔밥을 정리하더니 크게 한 입을 먹고 깍두기와 김, 어묵조림, 두부조림, 양념통의 밴댕이 젓갈 등 일부러 몇 가지를 실실거리며 흐뭇하게 먹고는 나와는 반대로 한참을 씹고 나서 나를 불렀다. 나는 처음보다 더 망설이다가 오빠의 입술로 다가가서 입에서 나오는 크기만큼 입을 벌려 받았다. 식감? 식감은 아주 부드러우나 나의 의식은 아직 준비되지 않아서 미간을 찌푸리기보다 세네 겹 접으면서 우물거리며 맛을 보았다. 잠깐 밴댕이 젓갈 맛이 나더니 이내 비빔밥의 참맛이 느껴졌고 오빠의 장난기가 더해진 미묘한 맛도 느껴졌다. 맛을 느끼고부터 나의 표정은 온화하게 변했고 지금 비벼진 오빠의 비빔밥 맛도 궁금해서 한입 더 달라고 했다. 숟가락으로 정리하고 마지막 한 숟가락으로 보이는 비빔밥을 머금고 다시 오빠가 양념통으로 젓가락을 향하기에 이번엔 그냥 비빔밥만 달라고 주문하였다.

"응, 그래."

우리는 애틋한 키스를 할 때 지긋이 눈을 감는 연출이 아닌 잡아먹을 듯한

판사 정치상

살아있는 눈빛과 입 모양을 하며 입에서 나오는, 뿜어져 나오는, 튀어나오는 쭈욱 나오는 똥 같은 식감(?)을 느끼며 다시금 맛을 음미하였다. 맛을 음미하는 순간 거부반응의 찌푸린 표정에서 원효대사의 깨우친 표정으로 바뀌었다. 그냥 비빔밥이고, 먹기 전의 비빔밥과 똑같았다. 물론 오빠의 타액으로 흥건히 양념 되어 있지만, 깨우친 원효대사가 다시 해골 물을 마실 수 있을지는 의문이지 않은가? 나 또한 맛을 느끼고 깨우쳤다 하더라도 다시 오빠의 입에서 똥처럼 나오는 비빔밥 키스를 해야 한다면 미간을 찌푸릴 것이다.

"오빠, 그냥 받아먹을 만한데?"

"그럼. 내가 먹는 것이고 네가 먹는 것인데 뭐가 이상해? 우리의 생각이 이상했던 걸 수도 있지. 동물에게서 배운다. 식물에게서도 배운다. 새가 새끼에게 먹이를 줄 때 게워서 주잖아. 우리 다음에 게워서 위액 키스, 구토 키스 한번 해보자."

"노! 크크크. 더 이상은 안 돼?"

나도 웃음이 나왔다. 웃음이 나온 이유가 '구토 키스도 한번 해볼까?'란 생각이 들어서다. 이렇게 간단히 식사를 하는 동안 생애 처음 사탕 키스, 떡볶이 키스에서 최고로 발전했다 말 할 수 있는 비빔밥 키스를 경험하고 지랄을 하였다. 그 모든 것을 지켜본 오빠의 형은 체념한 듯 보였으나, 본인도 마음 한편으로 여자친구와 구상과 계획을 하고 있다는 얼굴빛이었다. 그렇게 말하고 싶은 이유는 설명하기 힘들다기보다 그냥 그런 느낌이 들었다.

그 오빠에게 문제만 남기고 우리는 여행을 종료했다.

좌석 번호표

"1807190번 사건 구형하세요."

"피의자 홍모 씨와 원모 씨는 피해자의 차량 사이드미러를 훔치려다 피해자가 저항하자 흉기를 휘둘러 부상을 입히고 도주했고, 뒤늦게 병원으로 옮겨진 피해자가 결국 사망한 사건입니다. 피의자 두 명에게 모두 징역 70년을 구형합니다."

판사 정치상 선고한다.

"남의 물건을 훔치려 한 죄와 자기 재산을 지키려고 피해자가 저항함에 흉기로 사람의 목숨을 앗아가 인간의 존엄성을 파괴하였기에 무기징역을 선고한다."

이곳도 빨리 범죄 없는 나라가 되어야 할 텐데…. 언제까지 이런 범죄가 되풀이될지 참으로 안타깝다.

퇴근하고 이혼한 아는 형님께 갔다. 나를 반기기가 무섭게 술상을 보고는 독백에 잠겨 인공지능에 대한 생각과 이혼담을 늘려 놓는다.

"치상아. 이제 머지않아 AI가 일하고 기업이 구상하고 사람은 놀고 유익한 일을 하는 시대가 올 거다. 모든 일을 AI가 하지는 못하겠지만, 거의 모든 일을 AI가 하고 사람들은 평화 속에서 삶을 영위할 것이다. 인터넷 기사에 AI의 시대란 글이 나온 것을 보며 나 역시 그 시대가 도래할 것임을 직감했다. 편의점에 점원이 없고 쇼핑센터에도 점원이 없다. 그리고 버스, 택시 모두 AI가 도맡으니 우리 인간 중에는 봉사를 업으로 살아가는 이들이 많아진다. 당연하게도 받아들여지고 신기하게도 받아들여진다. 우리가 어릴 때는 모두 사람 대 사람이었는데… 격세지감은 이럴 때 쓰는 말인가? 나도 아내와 이별했지만 우린 서로 지켜주었다. 성격 차이라는 아쉬움의 표현을 했지만, 우린 서로 맞바람의 결과로 서로를 이해 아닌 이해를 해야 했다. 처음 그렇게 서로 아닌 척 싸우기를 몇 해, 서로에게 지쳐도 갔고 결정적인 게 아내의 바람 피는 정황을 집에서 확인한 순간이었다. 나도 몰래 외도를 하여 아내의 외도가 심증이 있어도 얼버무리며 넘어갔는데 나의 집, 나의 안방에서 그러하니 이것은 피가 거꾸로 솟을 상황이었다. 나는 얼어서 그년과 그놈을 어쩌지를 못하고 옷을 입고 나올 때까지 거실 소파에서 기다렸다. 영화에서처럼 부엌칼을 들고 쳐들어가야 하나, 현관에 있는 전기톱으로 두 연놈을 토막 내야 하나 고민했지만, 그럴 용기가 나지 않아 두근거리고 무거운 마음으로 두 연놈이 나오기를 기다릴 수밖에 없었다. 말없이 와서는 쭈뼛쭈뼛 소파에 일정 간격을 두고 앉은 모습이, 누가 누구의 남편이고 부인인지 알 수 없을 노릇이었지."

"둘 다 할 말 있음 해봐! 어예(말을 아주 놓아는데 다 못 놓고 약간의 높임이 들어간듯한?)!"
"이 상황에서도 당당하게 말을 놓지 못하고 반말 비슷한 말을 하였지. 이 모든 게 나를 대변하고 있다고 해도 될 터이지."
"…정말 할 말이 없네요."
"참나. 아니 외각 변두리 모텔도 아니고 어떻게 내 집에서, 내 방에서 이럴 수가 있지?"
"면목이 없네요. 입이 열 개라도."
"여보, 잘못했어요. 앞으로 이런 일 없도록 할게요. 아니 당장 끝낼게요."
"참나. 내가 이런 꼴 보려고 지금껏 처자식에게 헌신했나? 오늘 내가 전화기에 문제가 없어 그대로 출근했다면 이후에도 지금까지처럼 계속 여기서 바람을 피웠겠지. 아~ 이 일을 어쩌면 좋은가? 아~."

"여보 잘못했어요. 한 번만 용서해 주세요."

나는 진정이 되지 않았다. '아내가 바람을 피우나?'라고 생각하고 그럴 수도 있을 거라 생각한 것과 현실은 너무 달랐다. 물론 나도 바람을 피고 있긴 했지만 들키지 않았기에 바람을 피지 않은 것으로 여겨지는 상태. 그래서 지금 상황을 더욱 받아들일 수가 없었다.

"어찌 됐건 둘 다 나가! 당장 나가!"

둘이라고 해야 하는지 두 연놈이라고 해야 하는지. 아무튼 내 앞에서 사라지길 바랐다. 놈이야 나가는 게 당연하지만 년이 나가는 건 어떻게 해석을 해야 할까. 나가라고 해서 나가는데, 나가라고 한다고 진짜 나가느냐고 윽박을 질러야되는 건지 답이 나오지 않는데 둘은 내 시야에서 사라졌다. 이 상황을 마주한 내가 할 수 있는 게 무엇일지 생각해 보았다. 마지막이라고 할 수 있는 이혼이었다. 나의 불륜은 끝내 드러나지 않았기에 아내의 잘못으로 인한 이혼으로 결론이 났다. 이혼 후 나도 그녀와 헤어지고 홀로 지내고 있다. 새로운 그녀를 기다리며 혼자 독백에 잠겨본다.

'내가 다시 결혼을 하지 않는 이유는 무엇인가? 번식이라는 본능을 거역하고 혼자만의 삶을 살아가려 하는구나. 그러나 또다시 본능적으로 이성을 찾아 나서는구나. 나를 좋아하고 나를 이해하는 이성을 만나기 쉽지 않으나 떠돌고 떠돌아 인연을 기다리며 인연이 나타나는 것은 운명에 맡기고 있구나. 어릴 적 나는 성의 노예가 되어 매일을 성의 노리개로 보냈는데, 시간이 지나 성행위도 힘들다는 것을 느껴서 이제는 인연을 찾는 게 간절하지 않은 듯하구나. 친구가 아내와 날 찾아왔을 때 혼자인 내가 처량하기도 하고 한편 자유롭기도 하다는 생각을 하며 셋이 같이 어울려보누나. 자식들을 애들 엄마에게 보내고 홀로 쓸쓸함을 만끽하며 여생을 살아가고자 해도 때론 황홀한 하룻밤을 기대하기도 하누나. 그 누가 인생은 외롭다고 하였나. 나는 모두와 함께 하고자 하누나. 때로는 다시 혼자이기를 희망하고…'

판사 정치상

"그리곤 너 같은 친구를 기다리지."

"제가 친구들과 모이면 형 초대할게요."

"그래 고맙다. 그리고 오늘 19시 5분 9초에 뉴스를 봤는데, 잠을 자지 않는 임상 실험이 성공했다는구나. 이전 실험 대상자들은 조현병 증세와 신체 부작용이 많다고 하는데 이번 실험으로 그러한 부작용을 완벽히 해결했다더군. 내가 꿈꿔왔던, 잠을 자지 않는 인생을 살 수 있게 되었어. 누군가 그랬지. 자는 것은 죽은 것이라고. 이제 삶이 다 할 때까지 밝은 세상을 살아갈 수 있겠어."

"그럼 에너지도 줄지 않나요?"

"그건 아니지. 잠으로 인한 피로가 없어지는 것이고, 축구할 때나 운동할 때 지치는 건 쉬어줘야지."

"잠을 안 잔다. 생각만 해도 흥분되네요. 놀기 좋아하는 저도 내일을 위해 자야 된다는 게 나머지 공부 또는 잔업을 하는 것처럼 싫었는데 이제 충분히 놀 수 있겠네요."

"그렇지. 노는 것뿐 아니라 내가 업적을 이루고자 하는 것에 더 집중할 수 있게 되었지. 고로 예술을 하는 이들은 더 좋은 작품을 만들 수 있겠지. 정말 흥분된다. 개중에 잠을 낙으로 삶고 행복의 지표로 삼는 이들은 기존의 삶을 영위하겠지. 그들의 의견도 당연히 존중받겠고 말이야. 내가 전에 왕릉에서 19시 9분 17초에 아는 형, 아는 동생과 식사를 하며 산책을 했지. 도심에 있는 왕릉이라 분위기가 사뭇 다르더라고. 빌딩 숲 사이로 제법 넓은 왕릉을 보자 흡사 순간 시골이나 산속에 들어와 있는 느낌을 받았지. 감탄하면 감탄할수록 좋은 느낌을 받는 순간이었지. 시골 동생인데, 그 친구가 건축가야. 내가 건축 설계를 주문했어. 그 동생이 하는 말이 '건물의 용도가 현실적으로 실용적인 것이냐, 아니면 공상 속의 이상적인 것이냐?'라 묻더라고. 난 이상적이지만 현실적인, 말하자면 누구도 상상하지 않았던 건물을 내가 만든다면 얼마나 좋을까 생각했어. 초가집이라도 내가 짓는다면 애착

이 남다르겠지. 그런데 내가 지하 200층, 지상 500층 높이의 건물을 짓는다면 그 얼마나 자부심이 대단하겠는가? 내가 잠을 자지 않는다면 건축을 배워 내 손으로 설계한 지하 200층, 지상 500층짜리 건물을 짓고자 한다네. 지하 500층, 지상 1,000층으로 하지 뭐. 하늘에 닿게."

"에이 참. 형님도."

"다음은 식욕이 안 생기고 에너지가 축적되어 먹지 않아도 되는 미래를 생각한다. 노화란 당연한 이치지. 정신도 그렇고 신체도 그렇고. 노모와 나이 든 딸의 대화를 들어보면 나이가 들어도 엄마를 이해하기는 힘든 거야. 같이 밥을 먹는데 노모가 뭘 좀 흘리니까 딸이 뭘 그리 흘리냐고 말하더란 거야. 노모는 그랬지. '네가 너의 딸을 낳고는 나를 이해했듯이, 음식을 흘리고 정신이 깜빡거리는 것도 네가 내 나이가 되어야 이해할 것이다.' 그 말에 딸이 눈시울을 적시며 미안하단 사과를 했다지."

"아~ 그럴 수 있겠네요. 늙으면 애 된다는 걸 머리로 알아도 진짜 아는 게 아니지요. 내가 늙어 봐야 아는 거지, 들어서 아는 건 정보에 지나지 않을 테니까요."

"자! 그럼 화제를 바꿔보자. 네가 대통령 출마를 했다 치자. 널 지지하는 사람들이 있고 다른 후보를 지지하는 사람들이 있잖아. 네가 당선이 됐을 때 널 지지하지 않은 사람들을 어떻게 대할 거니?"

"응? 뭐 그래도 사랑해야겠죠. 날 지지하지 않았다고 해서 날 미워했다고 볼 순 없으니까."

"그럼 반대로 네가 지지하는 후보가 당선이 안 되고 다른 후보가 당선이 되었다면, 넌 그 사람을 지지하겠니? 지지하지 않겠니?"

"음… 글쎄요. 지지하지 않아도 따를 거 같은데요."

"보통 그러지 않을까 생각이 들어. 입장 바꿔서 생각해 보면 당선된 내가 날 지지하지 않은 사람들도 진심이든 아니든 안고 가듯이, 내가 지지했든 안 했든 지지해주는 척하려나? 그 정도는 하겠지. 당선되고 날 지지하지 않았다고 몹쓸 시민들, 몹쓸 국민들 할 게 아니듯, 대통령 당선자를 대할 때도 그 정도는 하겠다 싶네. 그런데 이게 우리 생각과 다른 게, 일부는 내가 선택한 후보가 대통령이 안 되면 당선된 대통령을 잡아다 찢어 죽이려 하는 이들도 있더라는 거지. 난 삼자 입장에서 어느 정도의 적대관계인지 내막은 알 수 없지만, 주적인 양 헐뜯는 이들을 나로서는 이해하지 못하겠더라고."

"그럴 때 형의 장점 '산은 산이요, 물은 물이로다.'라고 생각해요."

"음… 최종적으로는 그렇지."

"따분한 정치 얘기 그만하고 내가 복싱을 배웠을 때 얘기해줄게. 내가 20살 때였지. 복싱을 배운 지 얼마 되지 않아서 우린 코치님께 졸라서 아마추어 복싱 시합을 나갔어. 그때 재미있었던 게, 아마추어 시합에 관중이 있으면 얼마나 있겠니? 그런데 그때 나의 시합에는 10만 명의 관중이 왔었지."

"설마요."

"난 거짓을 이야기하지 않아."

"그건 알지만, 농담으로 들리는데요."

"네가 못 믿을 만도 하지. 어떻게 10만이란 관중이 왔느냐면, 그때 내가 관중이 있는 상태에서 시합을 해보고 싶어서 아르바이트생들을 모집했거든. 3시간 10만 원에 비교적 쉽게 인원을 확보하고는 내 시합 전후 자리를 빛내주고 내 경기에서 열띤 응원을 주문했어. 그때 아마추어 시합임에도 많은 관중이 찾아서 방송 3사가 생방송으로 전국에 중계했지. 그때는 아주 재미있고 특별한 순간이었어. 내가 몸이 녹슬어 지금은 도전하기 힘들지만, 다시 몸을 단련하면 그때처럼 관중을 동원하고 한 번 더 해보고 싶어. 다른 종목으로 시선을 돌려 바둑도 말이야. 이돌환의 기분을 느끼고자 하는 거지. 순간 내가 이돌환이 되는 거지. 하하하. 그때 생방송 이후 축하 전화라고 해야 할까, 패한 것에 대한 위로 전화라고 해야 할까? 전화가 많이 왔어. 그런데 그다음 날 새벽 3시에 축하 전화와 문자 메시지가 제법 왔지. 그때 난 생각했지. 이 사람들은 잠도 없나? 예의를 지켜가며 축하나 위로를 해야지, 사람들 다 자는 시간에 전화나 문자는 예의에 어긋나는 거 아니니?"

"음. 저도 예전에 새벽에 술 마시고 전화하는 친구나 문자하는 친구를 그렇게 생각했는데, 시간이 지나고 나니 그 친구들도 고맙더라고요. 언제나 혼자 있는 나를 위해 애써 전화나 문자를 해준 것이 너무 고맙더라고요. 요즘은 새벽에 오는 문자나 전화를 기다리고 있어요. 그 친구들도 매일같이 그러는 게 아니기 때문에 기다려지겠죠? 아마 매일 그런다면 그 친구와 절교라도 해야겠죠. 헤헤헤."

"음 그리 생각해도 될법하군."

그리하여 답이 없이 대화는 마무리되고 어김없이 술잔을 들이켰다.

"야~ 술 없이 어떻게 살아갈 수 있을까?"

"형만 그렇지 안 마시고 인생을 즐기는 사람들이 얼마나 많은데 그러세요~."

"그렇지. 나 말이야 나. 너 마약 해본 적 있니?"

"아니, 마약을 일반인이 어떻게 구해요?"

"그렇지. 나도 마약은 안 해봤지. 그러나 마약에 대한 일반적인 정보가 있고 이미지가 있잖아. 그래서 말인데 난 술을 마시면 마약을 한 기분이야. 환각 상태라고 하는 몽환적인 느낌인 거지. 나의 뇌가 머리 속에 있는 게 아니고 머리에서 10㎝ 위에 떠 있는 기분? 헤헤헤. 전달이 안 되려나? 어쨌든 난 술 마시면 기분이 너무 좋아져. 우리 아버지께선 주무시다 돌아가셨지만, 어머니께선 약주 하시고 3월 늦겨울에 마당에서 주무시다 돌아가셨는데 나는 그 결과를 꼭 안 좋다고 보지 않아. 지금 나의 기분에 따르면 행복하게 다른 세계로 가셨다는 생각이 드는 거야. 물론 돌아가신 것을 좋다고 생각하는 건 아니지만, 교통사고나 과로나 지병 등으로 돌아가신 것에 견주자면 행복하게 돌아가신 거라는 거지. 이 사고는 오직 나만 하고 있는 사고지. 오해 말고 들어. 헤헤헤."

"형은 술 마시고 한강 다리 찾아가지만 않으면 돼요."

"야! 내가 죽고 싶다는 소리 억만 번을 해봐라. 죽는지. 죽어야 죽는 거지.

죽고 싶다고 말하고 죽는 사람은 못 봤다. 죽을 땐 우리 어머니 아버지처럼 소리 없이 죽는 거야. 오히려 너처럼 강직하게 살고자 하는 놈이 내일 주검으로 나타난다. 헤헤헤."

"에이, 뭔 소리예요. 난 오백만 년 살 건데요."

"오백만 년? 제발 50년만 더 살아라."

"있잖아요. 난 자는 걸 죽는다고 생각하고 잠에서 깨는 걸 태어난다고 생각하는 사람이에요. 고로 나는 지금 360×40×5살이에요."

"엥? 뭐라고?"

계산기를 두드려보며

"내가 지금 40살이고 1년이 365일이고 내가 한 번 자면 평균 세 번 정도 알람을 재설정하고 일어나니 하루 평균 5번 죽고 태어나는 거지요. 헤헤헤."

"참 너란 놈. 너 불가사의나 되라."

홍건히 취한 우리는 밑도 끝도 없는 막말 퍼레이드를 계속해서 이어갔다.

"너 차 샀다며? 뭐로 샀냐?"

"국산 SUV 샀어요."

"아, 그렇구나. 너 외제 SUV 산다더니 생각이 바꼈니?"

"그게, 내가 지금 공직에 있잖아요. 아무래도 주변 사람들의 시선이 의식돼서 무난한 걸로 했어요."

"야, 뭐 차도 간섭을 하냐? 출퇴근만 하고 볼 사람도 없지 않니?"

"그래도 다 보지요. 그리고 판사가 무슨 돈이 있다고 외제 차량을 타고 다니냐고 중얼중얼 거리고. 애들 셋 키우면서 그런 여유가 어디 있냐고들 난리지요. 나도 눈치 안 보고 다니고 싶다고요. 참나 원. 참나."

"너네 아파트 주차는 잘 되어 있냐?"

"말도 마요. 밤에는 주차할 곳이 없어서 난리죠. 어쩔 수 없이 이중삼중으로 주차를 하고 새벽에 차 빼주는 경우도 허다해서 피곤해요."

"좀 오래된 아파트라 그렇겠지. 예전에는 가구당 한 대라면 이제는 최소 두

대는 될 테니까."

"주차도 주차지만, 주차장 환경이 너무 지저분한 게 더 마음에 안 들어요. 청소를 하긴 하나 본데 치워져 있는 시간은 하루이틀로 끝이고, 또 쓰레기가 쌓여가는 게 참 안타까워요. 내가 이사가고 싶은 첫 번째 이유에요."

"네가 바꿔봐."

"예전에 내 차에다가 '아름다운 주차 공간 쾌적한 우리 아파트'라는 문구를 써 놓고 다녔는데 내 차 주변에 더 버리는 거예요. 그래서 그것도 얼마 안 지나서 떼버렸죠. 정말 어려워. 물론 다 그런 건 아니지만, 웬만하면 그러는 것 같으니 말이에요. 혀만 차죠. 쯧쯧."

"우리 아파트 주차장은 지은 지 얼마 안 되어 그런지 몰라도 여유도 많고 쓰레기를 찾아볼 수가 없어. 이게 그 유명한 '깨진 유리창의 법칙'이겠지. 오래된 너희 아파트는 깨진 유리창에 비유되고, 새집인 우리 아파트는 안 깨진 유리창의 법칙이 적용됐다고 볼 수 있지. 그리고 우리 아파트는 범죄 없는 도시 가까이 있잖아. 그것이 영향을 미쳤을 수도 있고. 조만간 이곳도 범죄 없는 도시에 편입될 예정이야."

"음. 그런 영향도 있겠군요. 저는 범죄 없는 도시에 인접해 있는 형이 부러워요."

주차장 분위기와 범없시에 대해 애기하다 나의 옷차림을 보고는 한마디 한다.

"너 그건 그렇고 바지가 그게 뭐냐? 너 게이냐? 똥꼬 보이겠다."

"아~ 난 패션 리더라고요. 이제 나를 시작으로 핫팬츠가 남자들 사이에서 유행하게 될 거라고요."

"도대체 그런 핫팬츠를 입는 이유가 뭐야?"

"응? 음… 편해서. 여자들이 편하다는 걸 입어보니 그렇더라고요."

오늘 처가네 가기로 했으나 나의 애마가 아픈 관계로 지하철을 타고 범없시를 찾았다. 처가는 범없시에 얼마 전에 이사를 왔다. 고로 나도 처음 이곳을 찾아간다. 가끔 정 검사가 한 번씩 갔다는 얘기나 그렇고 그런 곳이란 얘기

판사 정치상

만 들었지. 그 첫 경험을 지금에야 하게 되었다. 그런데 이곳에서 사람들은 특이한 행동을 하고 있었다. 연배가 비슷한 사람들끼리 눈빛 교환을 하더니 서로 뭔가를 꺼내 대조하고는 그대로 있기도 하고 자리를 바꿔 앉거나 서거나 하였다. 멀리서 본 그것은 명함 크기의 증표 같았다. 내리면서 주변을 기웃거리면서 확인해보니 주민등록증이었다. 다가가 여쭤보니

"아~ 이곳 범죄 없는 도시는 대중교통 이용은 물론 공원 벤치 등도 연장자가 우선적으로 앉을 권리가 있다우."

이게 무슨 말이야? 듣고도 이해를 못 해 다시 물으니

"건강한 어른이 불편한 청년을 위해 양보할 수 있고, 건장한 청년이 노인을 양보해주는 것도 당연하지만, 똑같이 건장하다면 민증 번호순으로 우선순위를 가지게 되지. 또 시간이 지나면 서로 양보하며 알아서들 서로서로 배려하며 조금씩 앉아서 가기를 한다우. 이건 법이 아닐세. 우리 서로의 암묵적 예의라고 생각하지 민증을 제시하는 건 기준을 잡기 위한 것일 뿐 굳이 민증을 제시하지 않아도 서로서로 양보하곤 한다네. 그러나 우리 노인들끼리는 나이를 맞혀 본다거나 게임에서 '내 카드가 더 높은 패이다.'라는 식의 재미를 위해 하는 것이라고 보면 된다우. 젊은이들도 가끔씩 그리기는 하는 모양이던데… 우리 노인들은 '재미로 하지 않는다네.' 한다우."

이건… 어떻게 생각해야 하는 상황인가. 먼저 태어난 순서대로 자리에 앉을 권한이 있다니. 생각하기 힘든 것이 이곳에선 이루어지고 있구나. 어찌 보면 이곳에서의 약속이겠지. 이런 약속은 오히려 서울이나 일반 도시에 적용되면 좋을 것 같다는 생각이 든다. 예전에 내가 어렸을 때 버스를 타면 친구들끼리 서로 어색하면서도 양보를 하고는 했는데, 요즘 지하철에서는 양보하는 모습을 찾기가 힘들다. 표현이 잘못됐는지 모르겠지만, 과거에는 양보하는 사람의 비율이 100%였다면, 지금은 70~80% 되는 것 같다. 그 20~30%가 아주 크게 느껴지기에 편하지 않다고 말한 것이 아닐까 생각한다. 범죄 없는 도시에 주민등록증 번호 순서대로 배정하는 우선권은 우리 도시에 꼭

필요할 것 같다는 생각을 하며 처가에 도착하였다.

며칠 만에 가나를 만나러 범죄 없는 도시에 왔다. 엊그제 정 판사님도 다녀 가셨다며, 많은 것을 보고 느끼고 배웠다고 하셨다. 그럴 것이 우리 도시와 다른 점을 많이 목격했을 테니, 느낌이 많은 것은 당연할 것이다. 가나와 만난 뒤, 우리는 배가 고파서 아무 집에 들어가 간단하게 배를 채우고 커피를 한잔하면서 여유를 가졌다. 우린 잠깐 눈이 마주쳤고 소파에서 부드럽게 서로를 탐닉하였다. 결국 불이 붙어 우린 소파에서 애정을 나눴다. 절정에 달할 때쯤 주인이 돌아와서는 우릴 못 본 체하며 지나갔다. 우리를 생각해서인지 안방에서 잠시 머물렀다. 우리가 난처하게 부동자세로 몇 초를 보내자 주인장은 볼일이 있어 나가야 하는 건지 아니면 자리를 비켜주려고 한 건지 다시 밖으로 나갔다. 나가면서 하는 말이

"하던 거 하세요."

적응이 안 되는 나는 다 죽어 있었지만, 그녀는 더 달아오른 숨소리를 내며 나를 원하였다. 나는 순간 얼었지만, 잠깐의 순간이 지나고 다시 궤도에 진입하여 정사를 끝낼 수 있었다. 우린 같이 샤워를 하고 나와서 느긋하게 그 집을 나서기로 하고는 머리를 굴려 계산을 하였다. 간단한 식사를 포함한 호텔비. 그렇게 계산하고 해당 금액을 테이블에 놓고 나왔다. 남의 집에서 정사를 치르면서 흥분됨과 불안함이 공존했는데, 불안함이 시원함으로 바뀌자 이색적인 경험에 만족도가 최고조에 다다랐다.

"자기는 떨리지 않아?"

"떨림이 더 흥분되잖아. 전에 오빠 친구와 통화하면서 했을 때도 말이야. 나도 아까 주인이 왔을 땐 순간 긴장됐는데, 왠지 훔쳐봐 주길 바라면서 더 달아올랐던 거 같아. 이게 공개 섹스의 기분을 느껴보고자 하는 걸까? 아무튼 주인이 오고 더 흥분한 건 사실이야. 오히려 빨리 나간 게 아쉽더라고."

"역시 자긴 대단해. 보통이 아니야."

판사 정치상

이렇게 범죄 없는 도시에 조금씩 적응해 가고 있는 나였다. 뭔가 범죄를 저지르면 안 된다는 강박관념이 있고 내가 무결점 생활을 할 수 있을까란 의구심이 들기도 하지만, 이 정도의 개념을 가지고 간다면 이 도시에서도 적응하며 살 수 있을 것 같은 마음이 든다. 스스로 조심하고 또 조심해야겠지만, 이곳에서는 오히려 사소한 것을 범죄로 취급하지 않기도 하니 말이다. 내가 경험한 예로, 우리나라의 무단 가택출입이라든지, 정해진 곳에서 유턴을 해야 한다던지, 무단횡단 같은 것이 이곳에선 합법이다. 이처럼 이곳의 법은 자유분방한 것이 많다. 나도 이곳에서 무리 없이 살 수 있을 거란 생각이 드는 이유이기도 하다. 가나를 데려다주고 오면서 이곳에서의 삶을 생각해 보았다. 인간은 적응하기 나름이니 긍정적으로 적응하여 내가 추구하는 그런 삶에 더 가까이 가고자 하는 것이다.

7시 5분 12초. 친구와 유명산 갔을 때를 떠올려봤다. 등산객 중 준비가 미비한 우리에게 물과 참외를 주신 분들께 감사의 인사를 드리고 싶다. 비교적 낮은 산이라고 만만히 보고 준비 없이 산을 올랐는데 갈증이나 죽을 지경이었다. 지나가는 등산객 분께 정중히 부탁드렸다.

"저어… 죄송합니다만, 내려가시는 중이시면 남은 물이 좀 있을까요?"

같은 질문을 두어 차례 하니 그분께서

"여기 남은 물 가져가세요."

그러는 것이었다. 너무나도 고마워 미안한 마음이 들기도 하였다. 준비 없이 산을 올랐다는 사실에 부끄러움을 느꼈다. 염치도 없었고. 그리하여 나와 친구를 살려준 그분에게 감사 인사를 했다. 유명산 정상 조금 밑 봉우리에는 패러글라이딩을 하는 곳이 있어서 한동안 패러글라이딩 하는 걸 지켜보았는데, 마치 내가 하는 것 같은 느낌이 들었다. 예전에 율동공원에서 번지점프를 구경할 때 느꼈던 그런 간접 경험으로, 직접 패러글라이딩을 한 것처럼 흥분이 고조되었다. 나이가 든 탓인지 무서운 건 무서웠다. 어렸을 땐 온

갖 역동적인 레포츠는 다 하고 팠는데, 지금은 간접적으로 느끼고자 한다고 할까? 그만큼 예전만큼의 도전도 없어진 건지도 모르겠다.

그때 친구와 나눈 의견이 있었다. 등산객 가운데 나물을 채취하는 이들이 있었는네, 친구는 이곳에서 담배꽁초를 버리는 것이나 저렇게 나물을 채취하는 것이나 다를 바 없다 하였고, 나는 그건 다르다 했다. 나물 채취하셨던 어머니가 생각나기도 했고. 나 역시 산나물과 들나물을 채취하기에 반대 의견을 주장했던 것이다. 이것도 그러하겠지만 나는 긍정적으로 봄이다. 나의 이기적인 긍정.

지금 시간 7시 5분 15초. 등산을 마치고 내려오며 내 스승님에 대해 생각했다. 은혜를 많이 받았음에도 시간이 지나 은혜의 정도가 작아진 것인지 예전만큼 송구하다는 느낌은 아니었다. 예전에 내가 제자였을 땐 당연히 스스로를 제자라 생각했지만, 내가 과외를 하고 제자를 두다 보니 어느새 누군가의 제자가 아닌 누군가의 스승이기만 한 것 같았다. 배은망덕이란 말은 이러함을 비유하는 게 아닌가 한다. 옛 스승님께 안부를 묻고 뒤늦게라도 도리를 해야 하지 않나 생각했다. 그리고 세월이 지남에 같이 늙어 간다는 것도 이해가 되고 말이다. 7시 9분 21초 내려오는 길에 알고 지내던 동생을 만나서 인사를 건넸다. 친한 동생은 아니었어도 아는 동생이었기에 인사를 하였지만, 그 동생은 눈이 마주치고 나의 인사를 들었음에도 나를 무시하는 것인지 아니면 못 본 건지, 그도 아니면 못 본 척하는 것인지 1미터 앞에서 인사하는 나와 나의 친구의 인사를 받지 아니하였다. 나야 그 친구가 그렇고 그런 동생인 걸 감안하고 혀만 찼지만 내 친구는 울분을 토했다.

"저런 싸가지 없는 새끼를 봤나. 치상아. 너 어떻게 아는 놈이냐?"

"나보다 다섯 살 적은 검사인데, 법원에서 만나도 싸가지 없기로 유명해. 그러나 일은 잘해. 참 아이러니하지. 그렇게 인성을 비춰도 본인이 필요한 인물들에게는 예를 갖추고 잘하는 거 보면 대단한 난 놈인 게지."

"아~ 욕 나오네. 따라가서 뒤통수를 한 대 치고 올까 보다. 가정교육을 어떻게 받았기에 저렇게 싸가지가 없냐?"

"아서라. 아서. 가정교육의 문제일까? 내가 저놈 아버지를 아는데, 아버지는 저렇지 않아. 아버지는 교양 있고 상냥하고 친절하신 분이거든. 그분이 가정교육을 그렇게 했다고 보지는 않는데. 저놈이 직접적인 관계 이상의 인물이라고 생각하면 그렇게 행동하는지도 모르지. 언제고 저놈과 술을 한잔하며 뇌 속을 여행해 봐야겠다."

"그 여행 할 때 나도 동참하자. 아~ 욕 나오네. 산행 때 즐겁고 상쾌하고 건강했던 게 반감이 됐잖아. 이것도 손해배상 청구 안 되냐?"

"아서라. 아서"

이렇게 우리의 유명산 산행은 마무리되었다. 내 다음 생에는 패러글라이딩을 해 보리라.

기쁜 슬픔, AI 안구

 "구형하세요."

내가 아는 사람의 형을 구형해야 한다는 게 안타까움으로 다가온다.

"피고인은 과거 성폭력 전과가 있는데 다시 유부녀 납치에 이은 성폭력을 한 혐의가 있습니다. 그리고 유부녀를 납치하고 성폭력을 한 전력이 더 있다고 주장하고 있어 그 부분에 대해 조사 중에 있습니다. 자수한 납치 성폭력 건수는 매우 많고, 피해자들이 신고를 하지 않는 한 피해자를 언급하지 않겠다고 강조하고 있습니다."

정치상 판사가 피고인에게 질문한다.

"왜 추가 범행이 있다고 진술을 했음에도 피해자들을 밝히지 않는 것인가요?"

"네. 저는 유혹을 하고 합의하에 관계를 맺었다고 생각합니다만 이번 건처럼 피해자가 저를 납치에 이은 성폭력으로 신고한다면 인정할 수 있으나, 지금 검사가 말한 피해자들이 신고할 마음이 없을 수도 있기에 피해자들의 이름을 말할 수 없습니다. 관계를 가졌던 그 누구라도 성폭력이라고 신고한다면 그 부분에 대해서는 인정하겠습니다. 이번 건처럼 합의하라고 생각했던 게 아니라고 신고할 경우, 자수와 진술을 통해 죗값을 줄여보고자 밝혀지지 않은 부분까지 자수를 하게 된 것입니다."

"그럼 이후에 똑같은 건으로 신고해 오는 경우가 있다면 인정을 하겠다는 것인가요?"

"네. 제가 관계한 사람 이라면요."

판사 정치상

"그럼 피해 보지 않은 사람이 신고할 거라고 생각하십니까?"

"꼭 그렇지는 않지만, 만에 하나 그런 경우가 생긴다면 저는 저지르지도 않은 범죄까지 인정하게 되는지라 '관계 맺은 사람이 신고한다면'이라고 이야기한 것입니다."

"네. 알겠습니다. 정치상 검사 구형하세요."

"그럼 이번 건에 대해 구형을 하겠습니다. 징역 10년에 사회봉사 1,000시간을 구형합니다."

"네. 180617번 사건의 피고인에게 징역 5년과 사회봉사 2,000시간을 선고합니다."

남정네에게는 난처한 사회다. 그 누구에게도 말 못 하는 사건이 벌어졌을 때, 여성이 속으로 두근거렸을지 수치스러웠을지 밝히기 힘든 사회였고, 여성의 가슴 명찰을 봐도 성폭행으로 벌금형, 징역형을 사는 사회이다. 성폭력에 대한 태풍이 불어 서로의 인식이 더 바뀌야 된다고 생각한다.

남자는 더 생각하고 여자도 생각하고. 홀로 사는 이는 사회에 지고만, 초라한 패배자일 뿐이다. 또는 동물적으로 독립된 삶을 사는 사람일 것이다. 어울리려면 타협을 해야 한다. 사회와 이성과 자연과 그 모든 것과 말이다.

오늘은 일을 마치고 군산에 있는 친구가 문득 생각나 예고 없이 찾아갔다.

"어쩐 일이야?"

"문득 네 생각에 함 볼까 해서 왔지. 헤헤헤."

"참. 내가 일이 있으면 어쩌려고?"

"네가 일이 있다면 난 널 만나러 온 게 아니게 되니 근처 친구를 만나면 되지."

"그 친구도 선약이 있다면?"

"그럼 근처 선배에게 술 좀 사달라고 하는 거지."

"선배마저 선약이 있다면?"

"음. 그러면 군산 앞바다에서 낚시를 하거나 낙지를 잡으러 바다에 가는 거지. 너무 걱정하지 말게."

"적어도 출발할 때라도 연락은 줘야 할 거 아니냐."

"특별 이벤트지, 너에게. 그래서 싫으냐?"

"아니. 싫진 않네. 그러고 보니 좋네그려."

"난 출발했을 때 나만의 계획을 짜고 온 것이여. 우선 널 보러 왔지만, 보지 못한다면 다른 친구. 또 보지 못한다면 다른 선배. 또 보지 못한다면 노을. 노을마저 보지 못한다면 감성돔과 낙지 보러 가고. 그 애들마저 못 본다면. 난 낭만과 자아 성찰을 만나고 갈 여행을 계획하고 왔다고 말하고 싶은 거지."

"음. 그렇군. 그렇고말고. 음."

"자, 한잔합세."

서론을 끝내고 술잔을 기울이며 안주로 나의 행복을 꺼내었다.

"우리가 행복이라고 말하잖아. 그 행복을 단어를 바꿔서 말하면 어떨까 하는 생각을 해보았지.

'기쁘고 감동적이어서 행복하다.'

그 말에 좋다는 개념만 들어 있다 해도 되겠지? 그럼 이 말에 대해서는 어떻게 생각해?

'슬프고 비극적이어서 행복하다.'

말이 안 되나? 난 슬픔을 아주 좋아하는데 슬플 일이 많지 않아서 안타까울 뿐이야. 부모님께서 돌아가셨을 때도 부모님께서 돌아가신 것이 싫었을 뿐 부모님께서 돌아가셔서 슬픈 것은 좋았지. 뭔가 말이 안 되나? 말이 안 되는 것은 우리가 통상적으로 생각하는 감정을 단어로 만들었기 때문일 거야."

"무슨 말인지…"

"희로애락이라는 것이 있는데, 우리는 공식처럼 기쁘고 즐거운 것만이 행복하다와 어울린다고 생각해서 함께 사용하고 있지. 하지만 그 공식에서 벗어나 슬프고 화내는 것도 행복의 요소로 사용해도 된다는 거지."

"그럼 화내면서 행복하다고 말할 수 있다는 거니? 울면서도 행복하다고 말할 수 있고?"

"우리가 통상적으로 행복이라고 하면 밝은 것을 생각하지만, 꼭 그렇지 않아도 행복하다 말할 수 있을 것 같아. 이를테면 부가 행복과 직결되지 않는 것은 우리가 인정하잖아. 그러니 화를 내거나 슬픈 일이 생겨서 행복하다고 표현하는 이가 없어서 그게 성립이 안 된다는 통념이 생긴 게 아닌가 하는 거지. 어쩌면 행복이라는 단어는 슬픔, 고통, 무료, 우울, 등등 안 좋은 단어들을 배제한 단어라고 봐도 될 터이고."

"네가 그걸 인정한다면, 그런 표현은 억지가 아닐까?"

"그럴 수도 있지. 그래도 내가 그렇게 표현하는 것은 가난해도 행복하다는 말에서 응용했다고 할 수 있지. 가난은 불행, 환상은 행복, 고통은 불행, 슬픔은 불행, 부는 행복 등등 모두 맞는 얘기가 아니듯이, 아닌 것과 아닌 것을 연결해서 말해도 되지 않을까 생각하니 나의 관념이 바뀐 것이지. 나에겐 그렇다는 것이니‥. 아직 그런 표현이 억지로 들리고 보일 수도 있지만, 난 그러하니 그리 봐줘."

"참, 너란 놈이란. 하하하."

이렇게 정리되지 않은 우리만의 관념을 안주 삼아 소주의 참맛을 느껴갔다. 이 친구의 이야기를 들어보니 내가 생각했던 행복이 제한적이었구나 하는 생각을 하게 되었다. 지금 당장은 인정하지 않고 더 생각해보겠지만, 이렇게 인정하는 부분이 있다는 것은 어느 정도 받아들일 수 있는 생각이 아닐까 한다. 더 생각해보겠다.

불행이 행복이다?

슬픔과 고통이 행복이다?

가난이 행복이다? 가난과 부는 많이 들던 거라 어느 정도 정리가 되지만….

초라함이 행복이다?

비굴함이 행복이다?

늙음이 행복이다?

피곤삶이 행복이다?

수치스러움이 행복이냐?

안 좋은 것만 나열한 건 아닌가 하지만, 이 친구의 사상을 빌리자면 안 좋은 게 안 좋은 게 아니라고 하니 말이다.

잠깐! 늙음은 안 좋은 게 아닌 거 아닌가? 후후. 참고로 난 빨리 늙고 싶으니 늙음이 나쁘지 않지만, 일반적으로 젊어지고 싶어 하니 늙음은 나쁜 것으로 간주해야 하려나. 다시 한번 생각해본다. 안 좋은 게 좋은 것이다. 우리가 그렇게 생각을 해도 그렇게 느끼기는 쉽지 않을 것이다.

원효대사가 해골 물을 좋게 생각하고 마시지 않았듯이, 이 친구가 고통을 알면서도 좋다고 하면 원효대사 이상이라고 해도 될까? 그러나 확인을 해볼 수가 없구나. 그러려니 해야 하나? 훗.

그리고 나는 친구와 인사를 나누고 대리운전을 하여 김바파 회장님을 뵈러 갔다. 7시 5분 22초. 마구간을 치우려고 하시는 건지 회장님께선 편안한 체육복 차림으로 나오셨다.

"정 검사. 오랜만이야. 그동안 잘 지냈는가?"

"네. 회장님 덕분에 잘 지내고 있습니다. 보자 하신 용건이 무엇인지요?"

"급할수록 돌아가라 하네. 서두르지 말게나."

"네. 알겠습니다. 그나저나 회장님 복장이 완전 마구간 가시는 차림입니다."

"왜, 눈에 거슬리나?"

"에… 그게…"

회장님의 체육복 바지는 타이트하게 붙어 있는 옷인 데다가 팬티를 입지 않았는지 귀두의 라인이 보이고 툭 튀어나온 게, 성기가 성이 났는지도 모를 만큼 툭 튀어나와 있었다.

"네. 눈을 어디에 둬야 할지 모르겠습니다. 혹시 속옷은 입으신 건지요?"

"아닐세. 입지 아니하였지. 나도 의식은 하고 있네만 모르는 척하고 다니지. 내 특유의 성적 취향을 이런 패션에서도 드러내고 싶은 것이라네. 한번은 내가 SNS에 3년 동안 올렸다가 삭제한 사진이 있는데, 지금 생각해보면 괜스레 삭제했단 생각이 드네. 나를 보여주고자 올렸다가 남들의 시선을 의식해서 삭제했으니 내가 잘못했나 싶기도 하고 말일세."

"어떤 사진인데 3년 만에 삭제하신 겁니까?"

"음. 그게 말일세. 나이는 숫자에 불과하다는 거 알지? 내가 가나 엄마한테 원하는 건데, 내가 셀카로 그 사진을 찍었다네. 나의 모든 걸 받아 주길 바라는 그 마음. 내가 그 사진을 가나 엄마 생각하며 찍었지. 가나 엄마였다면 덜 이상했겠지만 난 그것을 여자의 마음으로 남자를 위하며 여자인 나를 위해서라고 생각하고 찍었지. 자네가 보기에 흉측한가?"

"그 사진을 직접 보지는 못했지만, 회장님께서 그러하셨다면 삭제도 하실 만했겠는데요. 그 사진, 볼 수 있겠습니까?"

"여기. 보게나."

나는 내가 찍은 사진을 정 검사에게 보여주었다. 정 검사가 보더니 웃음을 참는 게 느껴졌다.

"우리 사이 숨길 게 없지 않은가? 허심탄회하게 말해 보게나."

"네. 그럼 저의 느낀 점을 말해보겠습니다. 우선 입안에 머금고 있는 것은 무엇입니까?"

"크림 케이크의 크림이라네."

"회장님께서는 크림 케이크의 크림을 왜 입 안 가득 머금고 계신 것을 찍으셨습니까? 크림 케이크가 묻은 케이크도 아니고 왜 하필 크림만."

"그게 내가 3년 만에 삭제한 이유라네."

"제가 생각하는 그것을 상상해도 되겠습니까?"

"자네가 상상하는 그것이 나 역시 연상한 그것일 걸세."

"음… 저도 주변에서 가나만큼은 아니지만 음란 마귀라 불리고 있습니다. 이 건 누가 봐도 그렇게 보이구요. 회장님의 지금 의상도 회장님을 대변하는 것 이라 생각합니다. 고로 지금의 당당한 회장님이시라면 굳이 안 내려도 되겠 나 싶은 게 서의 소견입니다. 원래 회상님께서는 음란문화를 양반문화로 승 화시키려 하셨고, 범없시에도 적용을 시키셨잖습니까? 그런 회장님이신데 이제와 그런 회장님이 아니시라고 발뺌하는 것 같고, 애써 도망치듯 삭제하 신 게 아닌가 생각이 듭니다. 그리고 회식장소에서 셀카 방송을 하실 때는 지금의 편안한, 아주 편안한 운동복을 입으시고 회장님의 성적 매력을 발산 하시는 게 아닙니까? 우리나라에서는 아직 편견과 선입견을 가지고 있습니 다만, 회장님의 업적이 인정되는 이곳 범없시에서는 회장님의 행동이 곧 이 벤트이자 서프라이즈라 생각합니다."

"자네의 의견을 들려주어 고맙네."

"별말씀을. 저야 이 귀한 저녁 시간을 회장님과 함께여서 영광입니다."

아직 내가 이 친구에 대해 많이 모르지만, 이런 소견을 가진 친구라면 가나 를 맡겨도 되겠다 싶군. 나도 나이가 들어도 아직 팔팔한 걸 보면 가나나 가 나 주구메(가나 엄마)도 나 같을 것일 텐데, 얌전히 잘 있구먼 그려. 뒤에서 호박씨야 내가 확인할 수 없으니. 그러할 지라도 응원하고, 그러하길 바라는 지도 모르겠다. 내가 팬티를 안 입고 운동복 위로 귀두의 실루엣을 드러내 는 것도 나의 성적 취향에서 오는 것이리라. 그것을 나는 충분히 느끼고 관 심을 받고자 한다. 삭제한 사진은 그럴 의도로 올리고 3년간 유지했지만, 그 로 인한 여파가 피곤할 걸 생각해서 삭제하기도 했다. 그 사진으로 떠들고 뭔가를 느껴보라는 의도였다. 이 친구를 사위로 얻는다면 나의 후계자로 낙 점해야겠단 생각이 들었다. 사업에는 문외한이겠지만 가나가 있으니 내조를 잘 하리라.

이렇게 저녁에 반주를 거하게 하고 한강공원에 바람을 쐬러 갔다. 젊었을 적 낚시하던 추억, 야영하며 여자들을 꼬시던 추억, 수영하던 추억, 잠수해

판사 정치상

서 작살로 쏘가리와 장어를 잡아서 장작불에 구워 먹던 추억 등 짧은 시간 동안 주마등처럼 향수에 빠져들었다. 이 친구와 비슷한 세대도 그렇게 하고 놀려나?

"자네, 한강에서 야영은 해보았는가?"

"전에 몇 번 해보았습니다. 한 번씩 해보기는 하지만, 전 한 번 간 곳은 잘 가지 않습니다. 기대를 가지고 새로운 곳으로 여행하기를 좋아합니다. 물론 추억을 회상하고자 다시 가는 경우도 있긴 합니다만. 식당을 가더라도 새로운 곳을 다니기를 좋아합니다. 정을를 프로가 하는 얘기에 영감을 받아 저도 이곳저곳을 다니기 좋아합니다."

"정 프로가 무슨 말을 했기에?"

"네. 자기는 레슨을 할 때 회원들에게 자기를 떠나 다른 프로에게 레슨을 받아보라고 권유한다 더라구요. 제가 '넌 회원도 없는데 그렇게 스스로 떠나보내면 어떻게 하니?' 했더니 '사랑하니까 떠나보내는 거야. 내가 사랑해서. 그 회원이 나에게서 벗어나 더 좋은 사람에게 레슨을 받아 실력이 향상되면 난 그걸로 족하고, 혹시 날 잊지 못하고 돌아와 다시 사랑해줘도 좋고 말이야.' 그 말에 저도 여행을 다니며 좋은 곳이 있었던 곳을 다시 찾아가기도 하지만 새로운 프로를 만나러 가서 그 프로에겐 무엇이 있나 기대를 하며 여행을 떠나곤 합니다."

정 프로와 레슨 외적으론 대화를 안 하였기에 그런 것까진 알 수 없었지만, 전에 나더러 다른 곳에서 연습하거나 레슨 받는 걸 권유하긴 했었다.

"그리고 요즘 사람들이 제 차를 보는 인식이 아주 좋아졌어요. 지금 몇 시죠? 아, 6시 18분 24초군요. 예전에는 차에 타고 있으면 다른 차와 똑같은 시선을 느꼈는데, 이제 제 차를 보는 시선이 천사를 보는 시선처럼 느껴져요. 저 역시 요 며칠 동안 저와 같은 차량을 소유한 이들의 선행이 릴레이식으로 알려진 걸 알게 됐죠. 순식간에 사람들의 인식이 '저 사람도 착할 거야.', '저 양반도 불의를 보면 참견하고 해결해줄 거야.', '저분도 안전운전을 하고 난폭 운전자를 잡아서 혼내줄 거야.', '담배꽁초 버리는 앞차와 고의사고를 내더라도 끝까지 자백을 받아낼 사람이야.', '저분도 뺑소니 차량이 있으면 협력해서 검거할 사람이야.' 등으로 바뀌었어요. 요 며칠 발생한 저와 같은 차량을 소유한 인물들의 선행으로 인해 주차장을 가도, 주유소를 가도, 횡단보도에 정차하고 있어도 모두 나를 천사 보듯 하고 있어요. 사람들의 인식이 변하는 게 매우 순식간이라는 것을 느꼈어요. 그래서 요즘 저는 차를 타고 있다는 것만으로도 자부심을 느껴요. 물론 제가 그런 위인은 아니지만요. 그래도 차에만 타면 그런 사람이 된 거 같아요. 그래야만 할 거 같고요."

"그것은 좋은 현상이지. 그렇게 사람들의 의식이 바뀌면서 청계천의 고가도로가 사라졌듯이, 지리산의 도로도 사람들의 바뀐 의식 정도에 따라 집 이상의 높이는 다 걸어가야 하도록 도로를 없앨 수도 있지. 내가 아는 형이 지리산에 1,500고지까지 차가 올라가는 것을 보고는 '아름다운 자연을 걸어가며 느껴야지, 차가 정상까지 가는 것이나 산 중턱까지 가는 것은 잘못되었다.'며 반대 입장을 표명했지. 예전에 청계천 고가도로가 없어졌듯이 지리산의 도로도 없어질 수 있다고 생각해. 등산도 그렇고 다른 모든 것도 마찬가지지. 그리고 난 올라가는 것도 좋지만 내려오는 것도 좋아하지. 기대하지. 주목하지. 주가가 오르더라도 관심을 가지고 주가가 폭락해도 관심을 가지지. 스타가 성장해도 관심이 가고 스타가 추락해도 관심이 가는 거야. 그래서 지금 잘 나가고 있는 스타들이 내려오지 않았음 하지만, 그들의 귀추는 주목하지. 영원히 내려오지 않고 서서히 희미해져 가고, 세월이 더 흘러 반쯤 잊혀졌을 때 다시 한번 빛나는 그런 스타이기를 바라지. 그리되지 않은 경우는… 물론 안타깝지. 물론 무조건 몰락하기를 바라지는 않아. 꽃길만 걸어선 안 된다고 하지만, 굳이 가시밭길을 갈 이유는 없지 않겠나? 나는 그런 생각을 한다네."

"회장님, 그 형님과는 언제 산행을 하셨는지요?"

"어제 아침 7시 6분 2초에 출발했지. 다른 형도 있었는데, 그 형님이 88세이시고 다른 형님이 90이신지 92인지 93이신지 모르겠네. 하여간 나도 이제 산행이 힘들어졌지만, 형님들은 힘들어 하시면서도 정상까지 오르는 걸 보며 체력관리를 잘하셨다 싶었지. 그리고 고등학교 때까지 100㎞ 국토 순례의 의무를 다 같이 찬성하며 흥을 돋우고 산행을 마무리하였다네."

그렇게 회장님과 헤어지고 가나와 만났다.

아는 동생과 그녀의 연인이 찾아왔다.

"나도 애기가 나와서 말인데, 오빠 만나기 전에 오빠보다 50살 더 많은 할아버지를 만나봤어. 그때의 기분도 참 묘하더라고. 난 내가 원하면 다 꼬셔봤지만, 할아버지에겐 관심이 없는 것이 사실이었지. 물론 첫 만남도 서로 관심을 가지고 만난 게 아니고 같이 일하는 일터에서 테이블을 사이에 두고 그 할아버지의 옛날이야기를 듣는 것이었어. 그런데 힐끔힐끔 내 다리를 보더라고. 나는 그 할아버지의 시선을 느낀 순간 불쾌함을 느끼는 대신 흥분되었어. 이게 이상야릇하더라고. 할아버지가 노신사라 그런 것도 있을 것 같지만, 그 할아버지 노신사 아니어도 그랬을 거 같아. 노신사야 내 기준에 서니까. 늙은 변태 할아비라도 흥분했을 거 같아."

"도대체 너의 색기는 언제부터 그렇게 발달한 거니?"

"오빠 색기, 색기 하지 마. 난 음란이 아니고 에로틱이야."

"엥? 음란함과 에로틱은 무슨 차이냐?"

"음… 음란함은 남자고 에로틱은 여자고! 됐고! 아무튼 할아버지가 내 다리를 볼 때 내가 딴 곳을 보는 척하며 다리를 좀 벌렸더니 아무렇지 않게 행동하더라고. 다리 봤다 얼굴 봤다…. 반응이 없자 노골적으로 다리를 쩍 벌렸지. 그랬더니 내 얼굴을 빤히 보더라고. 보통은 눈을 돌리거나 힐끔힐끔 볼 텐데 희한한 영감이다 싶어 말을 걸어 보았지. '어르신 지금 뭐 보고 계세요?' 그랬더니 '아가씨 보고 있수다.', '아니 제가 아니라 어르신의 시선이 저의 은밀한 곳을 보고 있잖아요.', '오해 말아요. 전 아름다워서 아가씨를 본 것 뿐이라우. 그리고 지각변동이 일어난 것뿐이라우.' 어쩜 그 말이 맞기도 하지. 누군가가 날 보는 시선을 느끼고 내가 오버한 부분이니. 하여간 그렇게 처음엔 아닌 척 만나면서도 그 할배한테 마음이 가더라고. 신기하지?"

"응. 그릴 수도 있지."

"뭐가 그럴 수도 있어? 참. 오빠도 참."

"생각해 보아요. 자기와 내가 지금 만나고 있잖아요. 그걸 생각해 보면 가나 씨가 할아버지와 만나는 게 불가능한 건 아닌 거죠."

"하긴. 저도 드는 생각이 나인지라 사랑이라 표현하지, 남이었으면 불륜이라 했겠죠. 바람 피운 남자가 불륜녀 사랑했다는 격이니까요. 작가인 제가 하는 얘기지만 앞으로는 이런 일들이 비일비재할 거예요. 전 저의 작품들처럼 시대를 앞서 나갈 뿐이라 생각해요. 어제 꿈에서 제가 지나가는 여인의 젖가슴을 만지니 Y컵이더라고요. 무슨 생각으로 지나가는 여인의 가슴을 만졌냐고 묻겠죠? 가슴 펴고 당당한 그 여인을 보고 있노라면 '날 봐주오. 날 만져주오. 날 가져주오.'란 신호 같은 게 있어요. 물론 당사자는 기겁하고 소스라치며 아니라 하지만, 난 그렇게 느끼죠. 물론 그렇다고 현실에서 실천하는 건 아닙니다."

"하하하. 당연하죠. 그런데 말입니다. 아까 말씀 중에 Y컵이라고 하셨는데 그건 무슨 말인지요?"

"그런 생각을 왜 하게 됐냐면, 남자인 저는 여성의 가슴 크기의 기준을 모르지만 여성용 속옷의 사이즈를 A, B, C, D 등 알파벳으로 표현하는 건 알잖아요. 우리 자기가 A컵인 것처럼. 꿈속의 그 여인은 날 유혹했는데 화사한 핑크빛 시스루 안쪽의 젖가리개 안쪽의 가슴 사이 공간이 끝이 없더라고요. 그리하여 포 카드에서 10, J, Q, K, A, 2 이렇게 연결되듯 D, C, B, A, Z, Y 라고 표현한 것이죠."

"오빠 제발~! 나만 바라봐 쫌~! 내가 못 살아."

"그럼요. 전 자기밖에 없는걸요. 생각이 그렇고 꿈에서 그랬다는 거지요. 염러 말아요. 그리고 '내가 20대의 꽃미남이라면, 그 상황에서 피해자는 어떤 기분일까?'도 생각해보았고, '내가 40대의 꽃중년이었을 때 그녀는 어떤 기분이 들까?'도 생각해보았고, '내가 80의 꽃할배였을 때 그녀는 소스라칠까? 아님 자기가 20대 때 노신사에게 느낀 흥분을 느낄까?' 생각해보지만, 그 반대인 20대의 슈렉이, 40대의 슈렉이, 80대의 슈렉이 그랬다면 또 어떠할까란 생각을 해보지요. 당하는 여인의 입장에서 기분이 나쁘기도 할 테고, 더럽기도 할 것이고, 묘하기도 하겠고, 신기하기도 할 것이고, 특별하기도 할 것도 같고…. 물론 제 생각이고 좋을 수도 있겠지만요. 제 상상이지만 특별한 경험일 것 같아요. 이런 나의 생각이 나의 상상에 정당함을 부여하려 하는 건 아니에요. 좋건 안 좋건 특별하긴 하다는 거죠."

"그렇게 둘러대면 특이한 상황이긴 하죠."

"성이란 건 우리의 본능 중에서도 최상위에 있는 본능인데, 강제로 억압하면 폭발하는 것이지요. 영화 「내시의 반란」을 보면 왕이 없을 때 내시들이 궁녀들과 놀아나는 장면이 있고, 그 둘 사이에 사랑의 감정이 싹트는데 왕이 돌아와 그녀를 품는 장면을 면전에서 보고 있으니 내시가 옆에 진열돼 있는 칼로 왕의 목을 베는 장면이 나오죠. 그 사건으로 한동안 내시라는 것을 없앴다가 다시 내시 제도를 도입하지요. 그러나 또 똑같은 사건이 발생하자 지위를 막론하고 평등하자 하여 내시의 거세를 없애고 왕의 침실에 내시를 두지 않는 이른바 출퇴근 내시가 된 것을 보면, 아무리 왕이라도 예도가 있고 상도가 있듯 성도가 있다 하여 침실 가까이 사람을 두지 않은 것이죠. 이처럼 보이고 들리는 것에 반응하듯 여성의 옷차림에 나의 생각과 성기와 손이 반응할 수가 있는 것이지요. 물론 해서는 안 되지만. 제 소설에는 그런 상황이 연출되죠. 종교에서는 나쁜 생각 자체가 죄악이라 하였는데, 나쁜 생각을 하지만 실제로 행하지 않는 것과 나쁜 생각은 안 하지만 살인은 한다면 누가 더 나쁜 것이라 말할 수 있겠어요? 누군가는 '둘 다.'라고 하겠지만, 저는 무교이고 결과론자인 입장에서 저를 옹호하고자 하는 거죠. 가령 '나는 나쁜 생각을 하지 않습니다.'라고 선언을 한 사람이 살인, 강도, 강간을 저지르는 것과 '난 저놈 죽일 거야. 은행을 털어야지. 저 여자 따먹고 싶다.'고 말한 사람이 죽이고 싶다는 사람 앞에선 '형님, 형님.' 그리고, 은행에 저축만 할 뿐이고, ㄱ 여사를 감상만 하는 것 중에서 누가 더 나쁜 것인지들요. 나는 철저히 전자요. 그래서 내가 과거 30대 때 70대 할머니들을 만나고 80대 할머니들과 데이트 상상을 실천하긴 했죠. 그러나 그때 우린 틀리지 않았어요. 서로 사랑했으니까요. 지금 제가 당당하게 우리 자기를 만날 수 있는 포석을, 전 30~40년 전에 깔아둔 것이죠."

"역시 우리 오빠는 작가야. 호호호."

"40년 전에 자기를 만나기 위해 포석을 깔아두었다는 건 나의 변명에 지나지 않지요. 그땐 할머니들께 관심이 갔던 게 사실이니까요. 범죄 없는 도시의 김 회장님도 몇 번째 부인인지 나이 차가 30~40년 난다고 하지 않았나요?"

"네 가나 씨 아버지와 어머니는 그 정도 되지요."

"우리가 생각하는 것에 비해 더 많은 세계가 있는 것이죠. 예전에는 컴퓨터가 바둑으로는 인간보다 한 수 아래였는데, 컴퓨터의 발전으로 이제는 역전이 되었죠. 그러면서 무엇이 바뀌었냐면, 알고 있던 답이 정답이 아닌 경우가 많다는 거지요. 우리가 노인공경을 하지만, 어느 어르신을 공경해주는 건 그 어르신이 고마운 것일 뿐 나이 든 사람이 유세할 필요는 없다는 거예요. 하시는 말씀이 '노력해서 나이를 먹은 게 아니다. 세월이 지나 나이가 찬 것인데 나이 먹었다고 어른 대접 받으려 하고 무게 잡을 필요는 없다.'는 거지요."

"'나이는 노력하고 의지와 상관없다.'라…. '나이는 숫자에 불과하다.'란 말과 같은 뜻이나 느낌이 다르네요."

"우리 오빠 작가라니까! 헤헤헤."

"다른 분이 하신 멘트 인용하는 거예요."

"굳이 인용했다 하지 않아도 돼, 오빠."

때로는 도란도란, 때로는 열변을 토하며 대화의 재미를 느낀다. 이 형님에 대해서도 조금 알아가는 그러한 자리였다. 대화가 참으로 재미있다는 생각이 드는 중이다. 예전에 할머니들께서 마실 나가시면 뭐 하는 얘기인가 도통 알 수가 없었는데 이젠 이해를 할 거 같다.

"전 며칠 전 허위정보를 유포했지. 전 세계에 연락 닿는 대로요."

"뭐?"

"SNS로 유명 축구선수, 야구선수, 골프선수, 바둑선수, 테니스선수, 권투선수 등등의 계정에 가서 '우리나라는 담배꽁초나 쓰레기를 버리지 않는 나라다. 혹 버리는 자가 있다면 골목마다 치안 방범용 CCTV를 통해 투기자를 단속하여 방송사에 공개수배를 한다.'고 했지요."

"난 그런데 관심이 많지 않아서 무감각한데 오빠 유독 신경 쓰는 거 같아."

"난 검사로 있으면서 별의별 사건을 다 겪어왔지만 나의 최후? 아니 최대 목표는 환경운동에 있어요. 그게 무슨 숙명 같은 느낌이에요. 초등학교 때 교육을 받은 게 나의 뇌리에 깊이 각인되어 있어요. 현실 속에서 환경운동을 한 건 초등학교 때부터 지금까지 버리지 않은 것과 눈에 보이는 쓰레기를 조금은 형식적으로 쓰레기통에 버리는 등 철저히 남에게 보여주기 위한 행동, 애써 겸손해하는 표현을 쓰면서 남들이 볼 때 줍고 안 보면 안 줍는 행동을 한 것과 을지로입구역 근처 백화점과 백화점 사이에 위치한 냉면집에서 아르바이트를 하면서 그 근처 빌딩이란 빌딩과 명동거리를 활개 치며 손수 적은 손글씨를 문구점에 가서 복사를 하여 호외인 양 사람들에게 전달하고 이번 건과 평소 SNS로 홍보하거나 기사로 피력한 게 다지만. 내 뜻이 DNA 확인 회사를 만든 사람과 같은 만큼, 곧 우리나라가 쓰레기는 물론 범죄 없는 나라가 될 것이라 생각해요. 범죄 없는 도시가 날로 넓어지는 것도 그 과정이 아닐까 하는 거지요. 그러면 나의 직업인 검사라는 직업은 언젠가 없어지겠지요? 그때면 난 기쁘게 산으로 갈 수 있을 거 같아. 무인도도 좋고. 산이 있는 무인도가 제격은 제격인데. 헤헤헤."

"오빠, 무인도 백사장에 레드카펫 깔아놔. 내가 놀러 가줄게. 근데 가나 씨랑 같이 가는 거야? 혼자 가는 거야?"

"글쎄. 상의해봐야겠지. 그전에 우리가 그때까지 갈지가 관건이지."

"왜? 사이 안 좋아?"

"지금은 정말 좋지. 그러나 나도 그렇고 가나도 그렇고 우린 섹스 증후군이
라 바람피는 걸 이해한다 해도, 내심 나만 바람피길 바라는지도 모르고. 결
론적으로는 사람의 앞일은 알지 못한다는 거지. 크크크. 내가 그때 가나와
같이 있지 않으면 너 아는 동생 선물로 좀 데려와라. 나와 사랑 좀 하게."

"오빠도 참 싱겁긴. 우리 얘긴 별로 안 하고 딴 얘기만 한 거 같네. 그래도 이
렇게 보면서 수다 겸 의견을 나누고 정보교환도 하니 내 맘이 한결 편해졌
네. 고마워."

그러면서 애는 나를 꽉 껴안아 주었다.

'네가 호랑이 소굴로 들어오는구나.'

나는 형님의 따갑지 않은 시선을 의식하며 그녀의 젖가리개 등 쪽 끈을 만
지작거렸다. 내가 할 수 있는 건 그것이 전부이기 때문이다. 형의 그녀이기
에 그 정도의 행동만 취한 것이다. 예전에 따라다니던, 나를 친구로는 생각
하지만 연인으로는 생각하지 않는 친구가 있었다. 야한 이야기 다 받아주고
스킨십도 어느 정도 허용되고. 그래도 싫다 하여 그럼 관계 안 해도 좋으니
호텔에 가서 같이 있자 했더니 '안 할 거면 왜 가냐?'고 하고, 가면 '왜 안 하
냐?'고 하는데 도는 줄 알았다. 그때 난 느꼈다. 나라는 동물을….

여자와의 데이트는 참 힘들구나. 가나와는 아직 서로 통하니 불편함이 없지
만 여자와 같이 있는 건 에너지 소모가 대단하단 걸 느꼈다. 뭔가 목적을 가
지고 행동하는 내가 눈치로만 상대를 대하고 진심이 없는 것 같은? 설명하
지 못할 무언가가 있어 내가 힘들어함이었으리라….

이 둘은 우리 집을 나섰다.

국제 테러범이 인질의 몸값을 요구하고 있다. 대통령은 모두 다 들어준다고

한다. 돈에 대해선.

"신중히 생각하셔야 합니다. 요구하는 대로 다 들어주어서는 국고가 바닥이 날지 모릅니다."

"네. 제게 생각이 있습니다. 테러범들이 원하는 돈으로 무엇을 할지 들어보고, 그 하고자 하는 것을 다 들어주면 되지 않겠습니까. 하지만 목숨을 위협하거나 폭력적이지 않은 것만 들어준다고 하세요. 땅을 달라면 주고 집을 달라면 주고 비행기나 자동차, 옷 그 무엇도 준다고 하세요."

그러자 테러범은 땅과 비행기, 총기류, 폭탄류, 금품 모든 걸 원하였고, 대통령은 모든 걸 들어주었다. 그렇게 모든 걸 받은 테러범이 또 원하고 원하자 또다시 모든 걸 들어주었다.

과연 그렇게 다 받게 된다면 테러범이, 아니 내가 최종적으로 원하는 건 무엇이 될까? 총과 폭탄으로 또 누구를 위협하고 또 무엇을 받아낸단 말인가? 이 세상이 내 거인데. 이제 우주를 달라고 해야겠구나. 그랬더니 우주도 주는구나. 난 뭘 더 바라고 싶은 걸까? 너의 고통을 원하는지. 너의 목숨을 원하는지. 그렇지만 협상 내용에 목숨과 폭력적인 것은 빠져있으니 난 뭘 더 원하겠는가?

"어이, 어이. 이보게 친구. 뭘 그리 골똘히 생각하나?"

"아~ 아니야. 넌 뭐든 다 준다면 뭘 바랄 거야?"

"글쎄? 돈? 땅? 음식? 자동차? 그것들은 다 돈하고 같다고 봐도 되려나?"

"만약 네가 테러범이라면 넌 뭘 바랄 거야?"

"내가 테러범이라면? 글쎄? 돈? 땅? 여자? 비행기? 자동차? 근데 왜 갑자기 그건 묻는 거야?"

"테러범이 원하는 게 무엇일까 생각해보았지. 도대체 그들은 무엇을 가지고자 테러를 저지르는 것일까? 나의 목숨을 원하나? 너의 목숨을 원하나? 무엇 때문에 목숨을 원하나? 아니면 목숨 말고 다른 무엇을 원하나? 하고 말이야."

"그러게. 악이여 없어져라. 저 멀리 사라져라."

그리고 우리는 멍게 통조림을 따서 와그작와그작 씹어 먹었다. 멍게 껍질 통조림인데 아주 별미였다. 멍게 통조림을 만든 이는 꽁치 통조림을 보고, 꽁치의 시느러미와 안에 있는 뼈까지 부드럽게 먹을 수 있다는 것에서 영감을 얻어 이 통조림을 만들었다고 한다. 바둑계의 알파고 사건 이후, '과거에는 틀렸다고 했지만 지금은 옳은 것이다.'로 바뀌는 게 여러 분야에서 확인되고 있다. 이 멍게 통조림도 마찬가지다. 과거엔 멍게 껍질을 버렸지만 지금은 식용으로 쓰고 있으니 말이다. '역시 내가 생각한 것들은 이전 누군가가 다 이뤄놓은 것이구나. 나 같은 이가 있었구나.' 하는 생각이 들었다. 사람은 비슷하기도 하고 철저히 다르기도 한 것 같다. 교집합이기도 하고 합집합이기도 하고 여집합이기도 한 것이다. 테러범들은 교집합일까? 여집합일까? 이렇게 공포스런운 테러에 대해 이야기 하다 죽음이라는 것으로 화제를 이어갔다.

"넌 죽음을 어떻게 생각하니?"

"글쎄. 생각해보지 않았는데……."

"생물학적 관점에서 바라본 죽음에 대한 재미있는 이론이 있어. 들어봐. 일단 생물 시간에 배운 인간의 세포 수는 60여조 개인데, 이걸 두 분류로 나눈다면 체세포와 생식세포로 나뉘지. 체세포는 일정 기간이 지나면 근육이든 신경세포든 죽어서 쓰레기처럼 정리되지. 바로 백혈구 중 다핵세포에 의해서. 생식세포는 필요하면 복제를 하여 자기와 똑같은 것을 만들 수 있기에 그 개체가 생명력을 가지고 있는 한 불멸성을 지니지. 이것은 단세포인 해조류나 균류(생식세포=체세포) 등 지구 탄생 초기에 나온 것들인데 좀 더 발전하고 복잡한 생명체는 유성 생식이든 무성 생식이든 불멸성은 생식세포에게 몰아줬어. 이는 체세포에게 생식체를 만들 의무를 면제하며 생명체를 다양하게 만들어주는 분화를 할 수 있도록 해주는 계기가 됐지. 즉 단세포에서 다세포 생물이 되어 상상도 할 수 없는 복잡한 기관이나 어마어마한 덩치로 진화하게도 된 거야. 물론 몇 수십억 년이 걸렸지만 말이야. 그리고 진화하여 생긴 정보는 DNA라는 전자칩 같은 핵산에 저장하여 후대로 끊임없이 전달하고 환경이 바뀌면 적응하지 못한 생명체는 도태되고 좀 더 유리한 정보를 가진 개체는 더욱 진화하지. 이 모든 게 바로 생식세포만 딸랑 잘 유지하여 전달하면 되니까 가능해진 거란 말이지. 바꿔 말하면 우리 인간도 보다 나은 환경에서 살 후대에게 생식세포를 전달하고 그 책임을 다하면 죽음을 맞이해도 된다는 거지. 우리의 뇌도 체세포의 변형일 뿐. 따라서 지각력 있는 우리의 뇌는 자기의 죽음에 대해 깊은 실망과 슬픔, 두려움을 느낄 수 있는 유일한 기관이란 거야. 이는 먼 조상 세포가 바로 생식세포와 체세포로 분리하기로 결정했기 때문에 일어난 일이고, 우리의 정신도 개체의 소멸에 의해 육체와 분리되는 것이지. 죽음이 의미가 있는 것일까? 그건 나무, 새, 조개, 동물이 되기 위해 지불하는 대가이지. 인간의 체내에 있는 60조 개의 세포 중 유일하게 죽음을 지각하는 세포는 뇌세포이며, 여기에 의식이 깃들어 세상을 반쪽, 즉 '나'와 '내가 아닌 것'으로 정확히 분리하지."

인간의 육체적 삶은 다가오는 죽음이 만든 경이로운 선물이다. 죽음을 기억하라. 너도 반드시 죽는다. 영원한 건 절대 없다.

나는 사랑을 했다. 그 사람은 가정이 있으나 나는 사랑을 했다. 우리가 처음 만나게 된 것은 같이 일을 하면서다. 서서히, 아주 서서히 사랑이란 감정이 자라고 있었지만, 그것을 인지하지 못하다가 싹이 트고 나서야 이것이 사랑이라는 것을 알게 되었다. 오빠는 처음에 가정의 일원으로서 힘들어했지만, 우리의 사랑이 가정의 힘듦보다 우위에 놓이면서 백년해로를 다짐했던 아내와 자기의 분신이자 전부라고 말하던 아들딸과도 연을 끊으려 하고 있다. 나 역시 사랑의 힘으로 이겨내고 헤쳐나가려 하지만, 여론이 또 다른 장애물이 되어 내 앞을 가로막았다. 예전에 옳다고 생각했던 것들이 지금 생각해보면 틀린 것이다. 그것은 앞으로도 똑같이 적용되리라 생각한다. 미래에 지금의 내가 가정이 있는 오빠를 사랑하게 된 것은 잘못된 것이라 할지라도, 지금은 오빠가 과거에 지금의 아내와 백년해로를 언약한 것이 틀렸다고 해석하기 때문이다.

만약 미래에서 나를 보고 '그렇게 했으면 안 되었다.'고 말해도, 지금의 나는 옳은 일이라고 생각할 것이다. 아니 생각한다. 아니, 이것이 옳다. 지금 우리가 헤쳐나가야 할 것은 주변의 시선이고, 그 여자와 오빠의 이혼이다. 그러나 이혼이 생각처럼 쉽지 않은 상황이다. 아내가 아들과 딸을 생각해서 이혼을 해줄 수 없다고 했기 때문이다.

"오빠, 그래서 이혼이 안 된다는 거야? 나랑 결혼은 어떻게 해? 우리 그냥 결혼하면 안 돼?"

"조금만 기다려 봐요. 자기. 지금 계속 설득하고 있으니까요."

"오빠. 그렇게 기다린 지가 6시 8분 17초인 현재 이 시간까지 2년 6개월이나 걸렸다고. 도대체 언제까지 기다려야 돼? 아들딸이 걱정되는 거야?"

"아니에요. 나에게는 이제 자기밖에 없으니까 그런 걱정은 하지 않아도 돼요."

"오빠, 말은 그렇게 하고 다시 아내와 아들딸이 있는 가정으로 돌아가려는 건 아니지? 예전에 오빠 만나기 전 내가 한 말 때문에 나를 버리려고 생각하는 건 아니지?"

"예전에 무슨 말을 했기에?"

"나의 자신감의 표현. 유혹한 남자는 다 넘어오게 했다는 말! 그걸 생각하고 또 다른 멋진 이가 나타나면 지금의 오빠를 버리고 멋진 이를 따라 떠날 것이라는 생각 때문에 말로만 '너를 사랑한다. 가정은 정리할 것이다. 자식들과 연을 정리하겠다.' 하고 안전장치를 계속 설치하고 있는 게 아니냐는 거야! 이렇게 오래 끌 이유가 없지 않냐고! 나 너무 속상해."

나도 모르게 눈물이 났다. 나 역시 처음에는 주변의 시선을 의식하지 않았으나 시간이 지나면서 '이제 너 헤어질 때 안 됐니? 이제 만날 만큼 만났잖아?'라는 말에 매번 '아냐! 이제부터가 시작이야. 우리 아직 열렬히 사랑하고 있다고. 그런 말은 삼가해주기 바래.'란 말을 녹음기 반복재생 하듯이 하는 게 괴로웠다. 우리 사랑의 결실을 결혼으로 증명해 친구들 앞에서 당당하게 웃어 보이려 했는데, 사귀는 시간만 길어질 뿐. 이렇게 조르고 있는 현실과 지금까지 어려웠던 일들이 파노라마처럼 스쳐 가며 눈물을 쏟고 말았다.

"왜 울어요. 겉으로는 피 한 방울 안 나올 거 같은 우리 얼음공주님께서."

"뭐야. 지금 놀리는 거야!? 나 지금 속상해 오빠!"

"알지요. 지금껏 기다리라 하고는 또 기다리라고 하는 나도 신경 쓰고 있으니까. 너무 속상해하지 말아요."

계속 눈물이 흘렀다. 언제나 밝게 보이도록 행동해도 내 안의 인륜적인 것을 그르치는 건 아닌가란 생각이 들어서일 거다. 내가 이 남자와 결혼을 하고 또 나 같은 이가 이 남자를 데려가면 나는 그녀를 어떻게 생각해야 할까 잠시 생각해보았다. 우리 둘만 산다고 산으로 갈 수도 없는 노릇이고…

'아니 지금의 내가 옳다.'

그러니 나는 더 강해져야 한다. 내가 아닌 그녀가 꺾일지라도, 지금의 나는 강하고 아름다워야 한다. 잠깐 속상함은 묻어놓고, 지워두고 나는 강하고 아름다워야 한다. 그녀를 짓밟고 그들을 짓밟아서라도…. 잠시 눈물을 머금고 오빠와 기분전환 차 치상 오빠를 만나러 갔다.

"어서 와. 우리 집은 처음이지?"

"전에 오빠 집에 많이 왔었잖아."

"이사한 집은 처음 아닌가?"

"응. 이 집은 처음이지. 근데 집이 더 작아졌다?"

"응. 어려워져서 작은 집으로 옮겼지. 하지만 과거 큰집에 살 때는 주제넘게 살았던 거 같아. 지금 이 집이 내 생활에 맞다고 생각해. 전의 생각은 틀렸고. 다시 말하지만, 지금 나에게 맞는 집이라고 생각해. 형님, 누추한 곳으로 와주셔서 감사합니다."

"아니에요. 혼자면 이 집도 대궐인데요."

"두 분은 무슨 상담을 받으시러 이곳까지 오셨나요?"

"다름이 아니고, 요즘 오빠의 이혼이 진행이 되지 않아서 우리가 잠깐 싸웠거든. 우리 오빠가 싸우는 사람은 아니라서 나 혼자 잠깐 울고불고했어. 그 와중에 내가 그 여자에게 미안한 마음이 삼삼 들기노 해서 내가 이러는 게 맞나 생각하게 된 것도 있고. 순간 많은 생각이 들어서 오빠를 찾아왔지. 물론 오빠의 대답은 정해져 있지만."

"뭐? 어떤 말? '그래, 니 마음대로 해?'"

"응. '그래, 니 마음대로 해.' 마음에 안정을 주려고 오빠의 말도 안 되는 말을 들으러 온 거야."

"그 여자라 하면 지금 이혼을 진행 중인 형님의 그… 쏘리. '형님의'가 아닌가? 음 내 생각은… 그러네. 우리의 일반적인 인륜과 윤리라는 테두리에서는 너와 형님처럼 그러하면 안 되잖아. 그러나 우리는 그 모든 굴레의 인정을 받을 수도 있고 아닐 수도 있지. 그런 것들, 지금으로선 너무 신경 쓰지 않아도 된다고 생각해. 너와 형님도 생각이 있으니 말이야. 예전에 아녀자 한 명이 여러 남자를 만나 물의를 일으킨 적이 있는데, 알고 보니 그 여자는 가정에 충실하면서 여러 남자를 만나고 다녔어. 그중 미혼자도 있고, 유부남도 있고, 유부남 중에도 나이가 30살 많은 남자도 있었지. 그 30살 많은 남자도 가정이 있었지만 그 여자를 만났어. 그 남자를 유부남으로 불러야 하는지 할아버지로 불러야 하는지는 아리송하지. 그런 희대의 불륜녀가 있었어. 나는 너의 편이니 너의 상담을 들어주고 이렇게 대면하지. 만약 이혼을 안 해주는 그 여자의 오빠였다면 너와 형님을 이렇게 대면할 수 있겠니? 그럴 경우 나의 눈이 돌아가서 너와 형님의 목을 가로라도 좋고 세로라도 상관없이 베었겠지. 하하, 너무 잔인했나? 그런 관계에서는 그런 생각이 들겠지 그렇다고 칼부림은 않겠지. 내가 하고픈 말은, 우리는 정도를 걷는다는 것이지. 두 사람의 정도가 적어도 범위 전후이지 않나 생각해. 왜? 우리는 사회적인 동물이니까. 두 사람 같은 관계가 성립되지 않는다면, 아니 되겠지만 지금 둘은 당당하다고 말하고 있잖아요. 그리고 바람을 피우는 건 우리 사회에서 공공연하게 이뤄지고 있는 것이지. 애인 없는 사람이 어딨냐? 나이 차 나는 애인이 있으면 '능력 좋네.', '나도 썸 타고 싶다.'고 하지. 얌전한 고양이 부뚜막에 먼저 올라간다잖아요. 형님처럼요. 하하하. 형님 보면 누가 바람필 거라고 생각하겠어요. 언제나 골똘히 생각하고, 매너 있고, 처자식만 생각하는 사람이 그럴 거라고 생각하는 이는 많지 않을 테지만, 그건 그리하겠다고 생각해서 그렇게 가정적이었던 게 아니라 사회적 의식과 인식에 영향을 받고 형식적으로 한 행동이었다고 생각해요. 그렇다는 게 지금 두 사람의 관계로 증명되잖아요. 물론 모두가 그런 건 아니지만요. 결혼식에서 '검은 머리 파 뿌리 될 때까지' 이런 말은 그냥 표현에 지나지 않는다는 것이지요. 과거 형님의 결혼은 틀리고 지금 두 분의 결혼과 여론의 불륜은 맞는 것이지요. 또 이후 두 사람의 미래에 따라 오늘을 판단하겠지요. 그때 우리가 이만큼의 나이 차를 무시하고 형님의 가정을 뒤로하고 재혼을 한 상황을 두고, 그땐 틀렸고 지금 내가 성수대교 위에서 떨어지려 하는 건 맞다고 하면서 '난 죽을 거야. 날 건지지 마.'라면서 중계방송 카메라를 의식하며 스스로의 죽음을 옳다고 할 수도 있겠지요. 물론 나중은 아무도 모르는 것이지만요. 결국 누구에게나 적용되는 한마디 '그래, 니 마음대로 해.' 하하하! 어때, 그냥 정해진 답을 들으니 마음이 안정됐니?"

"오빠는 마지막을 왜 그렇게 하는 거야? 우리 오빠가 날 버리고 자살할 거 같아? 우리 오빤 날 두고 절대 죽음을 택하지 않아! 그렇지? 오빠."

"응. 당연하지요."

"형님이 죽으려 한 이유가 있겠지요. 그 이유는 민화 네가 이 세상에 없기 때문일 수도 있지. 헤헤헤."

"이제 그만! 나 맘 상하기 전에."

"쏘리. 미안. 오케이. 알았어. 표현을 극단적으로 한 거니 미래는 염려치 마. 두 사람의 앞길에는 꽃길만 있을 테니까. 검은 머리 파 뿌리."

"오빠!"

그러면서 민화는 내 목을 부여잡고 헤드락을 했고, 난 풍만한 가슴에 푹 파묻혀 아프지도 않지만 고통을 호소하며 허리춤을 잡고 엄살을 부린다. 대화가 마무리된 시간이 6시 8분 14초. 이야기를 비슷한 다른 이의 내용으로 바꿨다.

"어제 태양계에서 가장 아름다운 토성 별장의 성폭행 무죄에 대해선 어떤 견해를 가지고 계신가요? 어찌 보면 두 사람과 비슷한 상황이라고 봐도 될 상황인데요."

"그러게. 그런가? 오빠, 우리와 그들은 다르지."

"그럼, 정반대. 허허."

"그들은 사랑이 아니라 이용이지. 하룻밤의 쾌락을 원했거나 나의 성공을 위해서 기댔거나 빌붙었던 것이고, 남자로서는 여자를 성 노리개라 생각하고 가까이 있었으니 이용했다고 봐야지. 그들도 사랑이라고 했다면 우리 같았겠지. 내 생각인데, 성폭력을 한 이들을 엄격하게 처벌한다면 성폭력은 없어질 것 같아."

"음‥ 엄격하게? 어떻게?"

"남자의 거시기나 목을 자르면 성폭력은 없어지지 않을까?"

"야야야. 무섭다 야. 하하하. 그래도 목숨 내놓고 성폭력 할 거 같은데?"

"오빠, 목숨 걸고 섹스를 한다고? 에이. 그럴 사람이 어딨어?"

"그 상황이 되면 그럴 거라 생각해. 다른 이유로도 목숨을 끊는데, 본능적인 섹스를 할 수 있다면 목이 잘려도 된다 하는 이들 역시 있을 거라는 거지. 크크크. 우리 조금 현실적인 얘기로 돌아오자."

"오빠가 오버했잖아."

"원인 제공자는 너야. 하여튼 네가 생각하는 '어제는 틀리고 오늘은 옳다'라는 말은 '너는 틀리고 나는 옳다.'라는 억지와도 같은 것이야. 이곳은 사회적으로 살아가고 희망적으로 살아가는 세상이야. 과거에 틀렸다면 반성하고 다잡는 게 바람직하지. 내가 틀렸단 걸 인정하면 그에 맞게 변화하면 되는 거야. 그럼. 어제는 틀리고 오늘은 옳다고 한다면 진실은 존재하겠니? 과거가 먼 과거가 아니고 아까처럼 어제와 오늘, 더 짧게는 1시간 전과 5초 전으로 축소해 보면 진실이 어떻게 존재하겠니? 지금 내가 하는 건 다 맞는데. 그리고 말을 끝낸 수초 후에는 방금 했던 말이 다 틀렸는데. 그렇지 않니? 그런 억지가 어딨니? '과거는 틀렸고 지금은 옳다.'라는 말이 막말 대잔치와 똑같지. 안 그래요, 형님? 형님도 대화에 참여 좀 하세요."

"두 분이 너무 열띤 토론을 하셔서 전 방청자로 역할을 할까 했지요. 각자의 입장에서 살아가는 것인데, 저는 운명론자이기 때문에 너무 관여하고 싶지는 않아요. 저의 바람은 폭력과 고통은 주지 않는 것입니다. 저의 지금 아내도 고통스러워하지는 않거든요. 아들딸 결혼시키고 헤어지자 하는 거지 지금 저를 못 잊어서, 저를 좋아해서 이혼을 하지 말자는 건 아니거든요. 적어도 저의 아내는 고통은 없걸랑요. 제가 운명이라고 하며 테러조직 같은 극단적으로 악행을 저지르는 자들 또한 운명이라 치부하고 '그래, 니 마음대로 해라.' 할 수는 없지만, 우리가 살아갈 때 인정되는 부분까지는 개개인의 생각이 영향을 미친다고 봅니다. 물론 좋게 인정되는 부분의 기준을 잡기가 어렵지만요. 일반적인 기준에서는 우리의 관계가 부적절하지만, 우리 입장에서는 적절하거든요. 사회적으로 말하자면 부적절할 수 있지만 우리 관계를 지켜보는 사회적 관계로는 받아지기도 하니, 우리는 그 경계에 놓여있는 상황이라 하면 적절한 표현이겠네요. 테러범들은 선과 악의 경계를 벗어난 악이라면, 우리는 사람들이 지켜보고 지켜볼 만한 악행이 아닌가 생각해요."

"오빠, 그게 무슨 말이야? 왜 우리가 나쁘다는 거야? 우리는 사랑하고 있잖아."

"그렇지요. 우리는 사랑하고 있지요. 그렇지만 다른 사람의 관점에서 본다면, 사회적인 윤리에 어긋난 쪽으로 기울어져 있는 상태라고 봐야지요. 그러나 용납할 수 있기도 한 경계에 있는 것이지요. 우리는 주변의 시선을 조금 걷어냈고 윤리적인 입장에 대해서는 모른 척하는 대응을 하고 있다 생각해도 되겠지요. 한 인간의 감정으로 저는 당신을 사랑하고 사회적이라는 둘레에서 사회성을 무시하는 우리라고 볼 수 있다고 봅니다."

"오빠, 그렇게 말하지 마."

"네. 그래요. 말은 안 하지요. 저도 당신밖에 없으니까요."

우리의 관계와 정반대의 관계를 가지고 가볍게 토론을 하였다. 나의 사랑은 식지 않을 것이다. 영원히 오빠와 함께할 것이다. 커피와 가벼운 빵을 먹는데 날벌레가 한 마리 날아와 나의 빵에 잠깐 앉았다 날아갔다. 난 대수롭지 않게 그 빵을 들어 입으로 가져가는데 오빠가 빵을 잠깐 보잖다.

"잠깐만요. 금방 파리가 앉았다 갔잖아요."

"응. 왜?"

옆에서 치상 오빠도 의문스러운 눈초리로 내 입 앞에 있는 빵을 가로채는 오빠를 바라보았다.

"형님. 왜 그러십니까?"

"네. 균이 있나 보려고요."

"날벌레가 앉아서 균이 생겼다고요?"

"네. 잠시만요."

그리고는 오빠가 그 빵을 뚫어지고 보고는 입에서 소리를 뱉어낸다.

"제가 AI 인공 안구를 이식해서요. 제가 보는 것은 현미경으로 보는 것과 같은 것이에요. 그리고 사람을 보고 있으면 피부가 분석되고, 피부에서 발생하는 열량 파악으로 그 사람의 근력도 확인 할 수가 있어요. 자기. 이 빵 먹지 마세요. 날파리의 다리에서 넘어온 치세이라균이 발견되었어요."

하지만 난 토끼 눈을 하고 오빠가 연구하는 박사님처럼 보고 있는 빵을 가로채 내 입으로 집어넣었다.

"오빠. 난 그런 거 몰라. 치상이 균? 크크크. 내 지금껏 그런 균들에 노출되어 평생을 먹어왔는데, 잠깐 날파리 앉았다가 날아갔다고 내가 그 빵을 안 먹을쏘냐? 난 파리가 국물에 빠져도 건져 내고 먹는 사람이라고."

그렇게 오빠에게 윽박지르고 AI 안군지 에라이 안군지를 무시하였다.

그리고 평소 치상 오빠에게 불만이었던 나의 소견을 이야기한다.

"오빠. 여자들에게 스킨십 좀 하지 마."

"그건 너무 걱정하지 않아도 돼. 그들도 나의 터치를 느끼니까."

"그건 오빠 생각이지."

"난 스킨십을 하며 눈을 마주치는데 불쾌함과 만족감을 파악하지. 난 궁예의 관심법을 하는 AI 감성 판단 안구를 이식했거든."

"웃기고 앉아 있네."

국토 순례 의무

"구형하세요."

"정치준 씨는 20세 전에 국토 100㎞ 순례 의무를 5분의 1도 채 미치지 못하는 15㎞ 정도를 다녀온 것이 전부입니다. 이로 미루어 봤을 때 애국정신이 부족하고 사회질서를 해할 염려가 있어 입국금지를 구형합니다."

"선고합니다. 정치준 씨는 학창 시절 예술적 재능을 가지고 청소년들의 모범이 되었으나, 성인이 되기 전 국토 순례를 통해 애국심을 가져야 하는 의무를 위반했고, 이는 청소년들의 우상임을 역이용하며 사회에 해를 가할 수 있을 것으로 판단되 입국금지를 선고합니다."

나는 선고 후 잠시 생각에 잠겼다.

정치준 씨의 가족은 어떻게 하면 될지…. 그것은 입출국 사무소에서 정치준 씨만이 확인 가능하다. '자식이 무슨 잘못이 있냐.'고 할 수도 있다. 물론 자식이 더한 경우를 이야기할 땐 예외지만. 이 문제는 특정 상황이 아니라면 정답이 존재하지 않으리라.

저녁 7시 6분 9초에 월드컵 경기가 있어 가까운 순대국밥집으로 가서 소맥과 순대 모듬을 시켰다. 오기로 한 친구는 축구선수 출신이라 TV 해설보다 더 생동감 있는 해설을 들었다. 신통방통하게도 오분 후 아는 형님도 친구분과 축구를 보러 오서서 합석을 해 시청했다. 먼저 36분 첫 골을 실점하고 61분 동점 골을 넣었다. 동점 골의 기쁨도 잠시, 75분 추가 실점으로 2대1로 지고 있으며 마음을 졸이며 보다 길어진 추가시간에 이윽고 97분 드라마틱한 동점 골로 연장까지 갔다. 연장에서 우리는 연장 전반 5분 역전 골을 넣은 뒤 불안한 리드를 가져가다가 정말 드라마 각본처럼 120분 버저 동점 골을 허용하여 승부차기로 갔다. 승부차기도 백미였다. 우리가 두 골을 실축하고 마지막 세 명이 다 성공한 반면, 상대 팀은 마지막 두 명의 키커가 실축을 함으로써 승부차기에서도 역전승을 일궈냈다. 정말 내 생에 이렇게 드라마 같은 축구는 처음일 듯하다.

"정 판사. 여기 올 때 뭐 타고 왔나?"

"저요? 지하철로 왔습니다."

"그래? 정 판사가 맞구먼."

"왜 그러십니까?"

"뒤에서 보는데 긴가민가해서 부르지 않았지. 근데 계단을 올라가면서 휴대폰을 쳐다보면 위험하다네."

"네, 형님. 감사합니다. 그래도 천천히 걸으며 안전을 최우선으로 하고 있습니다. 그때 휴대폰을 본 이유는 집필 중이라서요. 제가 전문작가도 아니잖습니까? 지하철 이용할 때, 차량 이용할 때, 신호대기 할 때처럼 짬 나는 시간만이 상상력을 글로 집필하는 시간이거든요."

"그렇군. 그래. 틈나는 데로 하면 좋지. 그나저나 지금 몇 시야?"

"6시 9분 11초입니다."

"어제 바둑 봤니? 세계에서 제일 먼 나라의 바둑선수 손데스가 왔는데, 한국 바둑 팬이 사진을 찍자고 하니 동양인을 비하하는 제스처를 해서 물의를 일으켰지. 그런데 눈 찢는 제스처를 꼭 비하한다고 받아들일 필요가 있나 싶기도 해. 애정표현이라고 생각해도 될 텐데 말이야. 동양인이 눈이 작은 건 사실이고, 그런 우릴 알아본다고 해도 될 텐데 말이야. 그리고 축구 영웅 마라도와 손데스에게 동양인을 비하하려 그런 제스처를 취했냐고 물어보고 싶어. 내가 볼 때 그들 정도의 국제적 공인이라면 생각 없이 행동했으리라 생각되지 않거든. 우리가 너무 비판적으로 바라보는 건 아닐까라는 생각이 들어. 물론 그런 행동이 동양인 비하라는 인식이 만들어진 까닭도 있겠지만…. 앞으로 그런 표현을 하는 건 손데스의 친구가 자기를 놀렸듯이 친근함의 표현으로 받아들이자고. 언더스탠드?"

"네. 그렇게 받아들여도 되지요. 과거에는 사람을 앞에 두고 섹스를 하면 하는 이가 동물인지 보는 이가 동물인지 물었지만, 요즘은 공공장소에서 성행위를 하면 하는 이가 동물인지 보는 이가 동물인지를 묻지요. 해석하기 나름인 듯합니다. 그리고 책을 보는 건 영감을 찾으려는 거지요. 제 책을 일기 형식과 소설 형식으로 쓰고자 하는데, 몇 글자 적으면 소재가 고갈되어 인문 서적의 좋은 글귀를 인용하구요. 특히 책을 들고 다닌다거나 계단을 이용하는 건 '평등의 지팡이는 계단을 이용하는구나.', '책을 항상 읽는구나.' 그런 이미지를 가지려는 컨셉 정도로 생각하시면 됩니다. 물론 저를 아는 이들은 거의 없을 테지만. 제가 법전 이외는 잘 보지 않습니다만, 그럼에도 책을 들고 다니는 이유이죠. 게다가 제 손에 책이 있으면 조금이라도 보게 되니 일석삼조 이상의 효과가 있다 할 수 있습니다."

"보란 듯이 책을 들고 다니고 보란 듯이 계단을 이용한다는 말이야?"

"네. 뭔가 시선이 느껴지는 게 제법 좋습니다."

"그것도 그러하겠네. 내가 전에 패러글라이딩을 하기 위해 준비 운동을 하고 설명을 듣고 있는데 저 뒤쪽에서 1979년 2월 28일생 정도로 보이고 키가 178에 74kg쯤? 혈액형은 O형인 듯 하고 머리숱이 조금 없고 40살 정도부터 콧구멍의 콧수염이 하얗게 몇 가닥씩 난 것 같고 쌍꺼풀 수술을 아주 살짝 하고 빨강과 파랑이 좌우로 대칭되는 상의와 빨강과 파랑이 좌우로 대칭되는 바지를 입은 채 아주 해맑게 웃는 사람을 보았지. 그가 날 보고 있었는데, 그래서 날 아는 사람인 줄 알았어. 나도 그때 날 봐주는 사람이 있어서 그런지 무대에 서는 가수들의 기분을 느낄 수 있었어. 그 한 명으로 말이야. 지하철에서 정 판사가 그렇게 보여주기식으로 책을 들고 다니고 보란 듯이 계단을 이용하는 느낌을 알겠구먼."

"네. 전에 포항 가서 잠수를 하여 멍게를 잡으러 갔는데 낚시하는 사람이 몇 명 있더라고요. 그때도 잠수하고 올라올 때마다 그 낚시꾼들과 눈이 마주치는데 그것도 의식이 되었지요. 마치 내가 해남이 되었고 중계 카메라가 날 찍고 있는 것 같았어요. 남을 의식하는 건 사람의 본능인 거죠. 그때 먹은 멍게의 맛은 하늘에서 준 선물이 아니고 바다에서 주는 선물이었죠. 저는 아직도 그 맛을 잊지 못합니다."

"그렇군. 한번 포항 바다 가자고."

그렇게 생에 최고의 명승부를 보고 집으로 행했다. 멍게 향이 솔솔 느껴졌다.

오는 길에 정 검사에게 내일 스케줄을 물었다.

가나와 함께 격렬한 시간을 보내는데 정 판사의 전화가 왔다. 순간 피곤했지만 통화를 종료하고 가나와 격렬한 사랑을 나누고 세상 편하게 누워 있던 중 오는 길에 술에 취해 길에서 나처럼 누워있는 사람을 떠올리고는 '이 시간에 하는 일이 다 다르구나. 나는 살아가며 어떤 존재일까? 이 사회적인 현실에서.'란 생각을 해보았다. 다 자기 뜻대로 살아간다고는 하지만 같은 시간에 누구는 길에서 의도치 않은 잠의 노예가 되고, 누구는 어려운 이웃을 위해 헌신하고, 누구는 얌전히 있는 주택을 불 지르고, 누구는 누구를 죽이고, 누구는 매달 2만 원씩 후원을 하고, 누구는 하루 수당으로 100억씩 벌고, 나는 침대 위에서 격렬한 사랑을 하고 있네.

누구는 누구를 꼭 죽여야만 했는가? 무관심으로 치부하기엔 그 '죽임을 당하는 누구'가 나일 수도 있기에 우리는 소수인 범죄를 추방하려 하는 것이 아닌가 하는 생각을 해본다. 나는 어떤 존재로 살아가는가? 그냥 섹스만 하는가? 이것이 문화라며 당당한 게 당연한지. 또 콘서트를 이틀 앞두고 노숙을 하며 내가 좋아하는 그녀들을 기다리는 내가 있고, 이날 70년을 기부를 한 내가 있고, 그 70년 중에 도움받은 내가 있다. 내가 커서는 무얼 하고 있을까. 나는 그들이 그랬던 것처럼 누군가를 잠깐이라도 도와준 적이 있는가. 아님

70년을 기부한 것은 그들의 일이고 그들의 운명이라 치부하며 나는 나의 길만 가면 되는가? 도대체 내가 추구하는 삶은 무엇인가에 대해 생각해보았다.

술을 마시고 길에 누워 있을 때, 술을 마시고 그녀와 침대 위에 뒤엉켜 있을 때. 나는 자신이 일벌레처럼 일만 하며 사는지, 아니면 올레속이나 웰빙속(자유분방하게 나대로 산다는 뜻의 신조어)처럼 사는지, 한평생 봉사로 사는지 한평생 타락의 생을 사는지, 한평생 알코올 중독자로 사는지, 도대체 어떻게 살아가고 있는지 생각해 본다.

"하루하루를 살며 나를 기록해보게. 그 영향이 얼마나 있을지라도 나의 기록은 중요하다네."

김바파 회장님께서는 'SNS는 인생의 낭비다.'라는 말을 남겼는데, 단적으로 보면 그 말은 논란이 될 수 있지만 그 내면을 보면 잘못된 부분을 지적한 것이지 SNS 자체를 지적한 것은 아니었다. 그러나 일부에서 그 내용을 그대로 받아들여 김바파 회장님이 구설수에 오르기도 하였다. 본인은 의도와는 다른 기사에 대해서는 신경을 쓰지 않는다고 하시지만. 그래서 나도 내가 어떻게 살아가는지, 어떻게 살아갈 건지 생각해보기로 한 것이다. 지금의 직업 속에서. 지금의 환경 속에서 말이지.

"오빠, 밥 먹으러 가자."

"그래. 회장님의 기사에 대해 반응은 어떠시니?"

"우리 아빠는 무덤덤하게 넘기시지. 그런 감정이 있어도 내색하지 않으셔. 내가 우리 아빠 별명을 부처라고 지은 이유야. 우리 아빠는 약주하셨을 때 혼잣말과 설교하는 주사가 있을 뿐 아무 말씀도 안 하셔. 그런 분이 이런 대업을 이루신 것에 경외감이 들 뿐이지. 밖에서 너무 진을 빼고 오셔서 그럴 수도 있고. 하여간 내가 마음이 넓은 것도 아빠를 닮아서 그럴 거야. 엄마는 말괄량이 스타일이시거든."

"아, 그렇구나. 범없시에는 로봇이 많이 있잖아. 로봇의 인공지능은 어느 정도야?"

"지금은 어느 정도라기보다… 오래전에 영화 터미네이터를 만든 이는 미래에서 타임머신을 타고 온 사람임이 틀림없다는 생각이 들어. 요즘 우리는 AI를 걸음마 단계에서 활용하는데, 세상엔 선한 사람만이 존재하는 것이 아니기에 그 당시 아무리 좋은 의도를 가지고 AI를 만들었다고 하더라도 악인들이 악용하기 위해 프로그램을 변형하고 나쁘게 사용하는 거지. 예를 들어 아직 걸음마를 걷는 중이지만 안마의자를 인공지능으로 만들었다고 하자. '로봇아, 안마해줘. 팔. 다리. 목.' 이렇게 주문을 했는데 목을 마사지할 때 프로그램을 변형하면 바로 목 조르는 기계가 되지 않을까란 생각을 하게 되더라고. 하물며 미래에 더 발전된 인공지능과 성능이 있다면 그게 바로 터미네이터겠지. 그것은 상상만으로도 겁이 난다. 지금 범없시에 천사표 터미네이터가 우리와 친구가 되어 있다고 생각해 봐. 인간과 동물과 기계가 어우러져 사는 그런 미래를 상상하면 입가에 미소가 떠오르지 않아? 오빠. 문득 자랑에 대한 기준이 궁금해. 내가 자랑할 수 있는 게 무엇이 있을까? 그때 친구가 싸울 때 누구 코를 주저앉혔다. 갈비뼈 3개를 부러트렸다는 것이나 언젠가 고속도로에서 시속 250㎞/h로 달린 것이 자랑거리인지… 자랑도 하고 해야겠지만, 들었을 때 자랑거리인지 위세인지 위선인지 판단은 쉽지 않다는 생각에 더 생각하고 말을 해야겠다고 다짐하지. 무슨 생각 중에 문득 자랑에 대해 떠올랐는지는 모르겠지만, 자랑을 하기도 해야 살맛 나지 않겠어? 오빠 자랑거리 애기해줘!"

"내가 자랑거리가 있나? 어디 보자… 가나가 내 여자친구라는 게 자랑이지. 넌 나에게 최고의 선물이야. SNS가 자랑거리인가? 위세인가? 위선인가?"

장례 파티

"구형하세요."

"피의자 정치팔 씨는 7시 6분 20초에 이웃사람에 '짧은 치마 입고 반상회 와라. 화장을 진하게 하고 와라. 오빠라고 불러라. 사적으로 만나자.' 등 수차례 성희롱을 한 사실이 확인된 바 징역 5년과 일주일에 3시간씩 평생 봉사하는 형벌을 구형합니다."

오늘 하루도 지나간다. 오랜만에 을를을 만나러 갔다. 을를은 눈 가리고 치는 골프 대회를 호성적으로 마쳐 몇몇 사람을 초대하는 파티를 준비하고 있었다. 전에는 '한 홀은 오른쪽으로, 한 홀은 왼쪽으로 치는 대회'에도 나가 우승한 이력이 있다. 정 프로는 일반적인 시합에서는 신통치 않은데, 저런 특별한 골프 시합에서만큼은 두각을 나타내는 게 신기할 정도다. 특별한 사상이 잘 어우러진다고 봐야 할까? 후후후. 그리고 그중 단연 최고는 190622 특허를 가지고 있는 -골프 190622-이다. 정 프로의 얘길 들어봤다.

"을를아 넌 골프를 어떻게 그렇게 접목을 시킬 생각을 했니?"

깊은숨을 내몰아 쉬지는 않아도 한숨인 듯 한탄인 듯 숨이 깊어지며 말을 잇는다.

"치상아. 너도 알다시피 내가 골프로 성공 가도를 달린 건 아니잖아. 그래서 나도 내 나름의 레시피를 만들어 보았지. 골프장 건설을 필두로 '골프 같은 골프가 아니라 골프 같지 않은 골프를 만들어 보자.'라고. 그래서 내가 한 건 다 처음이 되었지. 내가 처음 시도한 산이 우리 동네 백운산이야. 내가 저 산꼭대기에 몇 타 만에 공을 올리느냐 해보았지. 228타가 나왔지. 보통 동산 시작 지점에서 나는 7번 아이언과 내가 좋아하는 53도 웨지 두 개를 들고 등산로를 우회해서 치고 나가고 오르고 해서 6시간에 걸쳐 한 홀. 아니 한 산 홀을 끝냈지. 정상의 홀은 내가 보는 가장 높은 곳 언저리 5미터라고 하고 마무리했어. 산마다 홀이 있는 건 아니니."

"네가 지금까지 몇 개의 산을 갔니? 골프로."

"우리나라의 산 21개. 해외 108개. 총 129개 올랐네."

"특히 기억나는 산이 있니?"

"분화구 있는 산에서는 분화구를 향해 샷을 하고 마무리하지. 백두산에서는 천지로 보내는 바람에 천지 수심 30미터까지 내려가서 그 볼을 회수했고. 일본 후지산에서는 마지막 샷을 날린 뒤 구조헬기의 도움을 받아 볼을 회수할 수 있었지. 제주도의 한라산 같은 경우엔 레펠을 이용해서 볼을 회수해 왔고. 각 산마다의 특징은 다 있지. 아주 이색적이라는 걸 도전해서 성공한 이들만 알 거야."

또 지역 간 이동 골프에 대해서도 이야기를 이어갔다.

"또 기억에 남는 여행 골프가 서울에서 독도까지 간 거야. 독도라는 섬도 특별했고, 여행 골프와 산 골프를 처음 시도한 것도 특별했지. 나의 로컬 룰로 바다는 배를 타고 이동하는 것으로 했지만, 다음 목표는 샷을 바지선으로 날리고 바지선에서 다시 바지선으로 넘어가자 정하고 그렇게 해서 성공했지. 동해안의 죽변항에서 독도까지 약 217㎞. 서울에서 죽변항까지 대략 320㎞. 총 537㎞ 코스를 2,685타 만에 갔던 것은 외국으로 나가겠다는 앞으로의 계획이 실행되기 전까진 최장코스일 거고, 가장 인상 깊은 코스기도 하지. 달나라에도 볼을 쳤던 걸 보면, 나는 거기서 영감을 얻어서 시도해본 걸 거야. 다음으로는 8,848m의 에베레스트와 하와이, 남극과 북극을 도전해 보려고 해."

"야~ 원대한 꿈이 있구나."

"원대하기보다 나다움이라고 하는 게 어울리겠지. 큰 뜻이 있어서가 아니고 심심해서가 더 어울릴 듯하니 말이야."

"그런 대답이나 너의 사고나 참 너답다. 정말 잘 어울린다. 하여간 못 말린다니까."

"부족한 내 속에 과거와 현새의 현인의 좋은 글귀나 명인, 속임을 직용하려는 하지. 겉으로만 그러는지도 모르지. 왜냐하면 우리는 사회적 동물이니까. 보이는 것은 남들의 눈을 의식하지 않을 수 없지 않겠니?"

을를과 헤어지고 지하철을 탔다. 7시 6분 23초에 수원역에서 소란을 피웠다. 을를과 낮술을 마신 게 과해지면서 정신을 잃었지 뭔가. 기차에 무임승차했다는 사실에 대한 불만을 마구잡이로 내뱉고 있었다. 지하철 타듯이 승차를 한 거 같은데, 정작 지하철 게이트를 지나지 않고 기차에 탑승했다. 그런데 왜 승차권 없는 사람을 입장시키냐고 적반하장을 하며 난동을 부린 것이다. 술이 깨고 정신을 차리니 부끄러웠다. 역무원들께 사과도 전하고 싶다. 이렇게 오늘을 마치고 다음날을 기약한다.

7시 6분 24초 시리아에 있는 친구 콜이 ISIS의 공격을 받아 총상을 입었다고 연락해왔다. 끝나지 않는 전쟁. 하루빨리 범죄 없는 세상이 왔으면 좋겠다. 내가 한 어제의 행동은 범죄에 가까운가? 아니, 범죄인가? 나부터 돌아봐야 하겠다. 직업 특성상 조심한다만 어제는 내가 제정신이 아니었을 수도 있으니 더 조심해야겠다.

다음날 저녁 7시 6분 26초 가나와 야구를 보러 갔다. 요즘 프로야구는 요일별로 다른 룰에 따라 경기를 한다. 나는 서울 팬이고 가나는 부산 팬이다. 월요일은 기존 룰로 하고, 화요일은 무사 1루 2루에서 승부치기로 진행하고, 수요일은 매 승부가 풀카운트 방식으로 볼 하나에 삼진과 볼넷이 주어진다. 아웃 카운트는 5개. 목요일은 스트라이크존을 기존보다 넓혀 스트라이크존을 벗어나면 출루하며 타자는 무조건 스윙하기. 금요일은 필드에 나무를 심고 언덕을 만들어 자연 속에서 플레이하도록 하고, 토요일은 홈런이 없이 강으로 빠지는 공이라도 주워오면 인 플레이, 관중석으로 들어간 볼도 관중이 던져주면 인플레이 되는 야구이며, 일요일은 선수의 아들이나 친구 두 명씩 동반하여 진행하기도 한다. 나는 특히 축구를 언덕에서 하는 것처럼 보이는 금요일 야구를 좋아한다. 가나는 어린 친구들이 야구를 하는 게 재미있다고 한다. 그리고 이색적인 것은, 필드가 회전하며 돈다는 것이다. 남산타워의 회전 레스토랑처럼 천천히 회전하며 전 좌석에서 똑같은 경치를 관람할 수 있게 하는 효과가 있다. 입장할 때 1루 쪽이었던 자리가 우익수, 중견수, 좌익수, 3루 방향으로 계속해서 돈다. 시야에 따라 야구의 재미도 배가 되는 것 같다. 선수들은 모든 경기에서 최선을 다해야 한다. 그래야 아름다운 패배이지. 질 것이 거의 확정적이라면 바둑처럼 6회나 7~8회에 시합을 포기하면 될 것이다. 야구에서 불문율이라는 말이 나도는 것에 대해 생각해 본다. 우리는 정치든 스포츠든 결과를 두고 평가하곤 한다. 그러나 그 평가도 때에 따라 달라지기도 해서 기준 자체는 불분명하다. 대통령이 임기까지 잘했다 해도 욕하는 경우가 있고. 특히 스포츠인 야구에서 불문율이라고 말하는 '점수 차가 많을 때 도루를 하지 않는다.'나 '3볼에서 스윙을 하지 않는다.'는 건 웃긴 상황이 아닐 수 없다. 그러면서 9회 말 2아웃까지 결과는 아무도 모른다는 말을 할 수 있나? 점수 차가 나면 앞선 팀은 농구에서 4~5초 남았을 때 공격을 포기하는 상황을 연출해야 한다는 건가? 왜 최선을 하지 않느냐는 말인가.

두뇌 스포츠인 바둑에서 특히 결과론을 이야기하는데, 그건 당연하다. 악수라고 평가되던 수가 이김으로서 악수였나 묘수였나 고개를 갸우뚱하게 만들고, 반집이라도 이기면 된다 말하고 실력 차가 나는 상대 선수에게 반집을 이기면 진땀승이라 말하는 게 우리다. 그 모든 것이 글을 쓴 기자의 소견이기도 하겠지만, 한 사람의 의중이 다수의 생각이 되는 듯한 기사는 내 눈을 찌푸리게 하곤 한다. 앞으로 최선을 다한 승자는 물론 패자에게도 따뜻한 말을 해야 된다 본다. 우리나라에서 가장 잘하는 국가대표선수가 시합에 나가서 졌다면 위로의 말을 해야 할진데 질책이라니. 그럼 가장 잘하는 선수 말고 2위나 3위를 출전시키란 말인가? 이처럼 스스로가 돌아봐도 얼굴 찌푸리게 만드는 경우가 있다. 항간에서는 나 잘되라고 질책을 했나 하셨지만…. 언제까지 내가 하면 로맨스고 남이 하면 불륜이더냐. 우리 모두가 더 성숙하기 바라마지 않는다.

혼자 멍하니 생각하고 있는데, 경기는 79대 73으로 가나의 부산 팀이 이겼다.

좋은 게 좋은 거다. 섹스도 때리면서 하는 이들이 있잖아. 사회적으로는 강간이라 하기도 하고, 성폭행이라고 하기도 하고, 범죄의 테두리에 있는 듯 하지만 그것이 둘만의 사랑이라면 우리가 개입할 문제는 아닌 것 같기도 하고. 뭐라고 정의내릴 수 없는 둘만의 쾌락이 있기에 성사되는 거겠지. 스포츠에서 져도 웃고 춤출 수 있겠지만 미친놈이란, 정신 나간 놈이란 시선을 의식해 우리는 슬퍼하는 척해야 하고, 그러다 보면 슬퍼지는 것인지도 모르지. 격렬하게 싸우고 져서 그렇게 기뻐하는 사람은 못 본 듯도 하고 말이야. 준우승이라는 것은 2등을 한 것인데, 풀 죽어 있을 게 아니라 우승자들과 함께 2위 세레머니를 해도 좋을 것이다. 같이 춤추고 노는 것에 2위가 무슨 상관이고 강등이 무슨 상관이냐 말이다. 슬픈 척을 해야 1등이 존재하는 건가? 그래서 강등 팀은 슬퍼하고 우울해하는 건가? 만약 우리 아버지께서 돌아가셔도 '우린 파티를 할 수 있다. 할 수 있지 않겠나.' 이렇게 묻고 싶다. 누구에게라도.

한 달 후 7시 6분 27초 나의 첫 번째 반바지가 나왔다. 남성미가 뿜뿜 넘치는 컬러풀한 반바지. 오늘 태어난 이 녀석을 보고만 있어도 가슴이 두근거린다. 하나에 3만 원. 천 원씩 올려 4만 원. 4만 원에서 백 원씩 올려 5만 원. 5만 원에서 10원씩 해서 6만 원. 6만 원에서 1원씩 해서 7만 원까지 가보는 게 나의 원대한 꿈이다. 내 새끼들이 태어나게 해준 관계자분들께 감사드린다. 못난 내 새끼일지라도 태어나도록 도와주신 분들이 계셨기에 세상에 나올 수 있었으니, 정말로 감사드린다.

이번 주말엔 이 새끼들을 입고 등산을 계획해 볼까 한다. 기대된다. 흥분된다. 패션리더의 등산이란 말인가? 보통 그 사람이 얼마나 대단한지 모른다. 그러나 우리는 자기 최면을 건다. '나는 할 수 있다. 나는 할 수 있다. 나는 패션리더다. 나는 패션리더다.'라고.

이 반바지 녀석 이전에 있던 여자들의 핫팬츠 같은 녀석들을 입고 나갔을 때는 '멋진데?'와 '그건 아니다.'란 평이 반반이었다. 나야 좋은 말을 듣고 갔지만, 일부에선 친하지 않은 사람들이 예의상 멋있다고 한 빈말이었다고 한다. 그럴 수도 있을 것이다. 좋다고 한 사람들은 다 나와 별로 안 친하거나 처음 본 사람이었으니 말이다. 상관없진 않을 것이다. 나는 할 수 있고, 나는 패션리더다.

가나의 나이트 섹스

"구형하세요."

"사건번호 181008. 두 피고인에게 각각 징역 20년에 집행유예 30년, 사회봉사 500시간을 구형합니다. 두 피고인은 보도에 나온 바와 같이 양육비 문제로 다투다가 3개월의 영아와 5살의 아이를 서로의 집 문밖에 각각 3차례씩 유기한 혐의를 인정했고, 인륜적으로 저질러선 안 되는 일을 저질렀습니다. 부모가 아니더라도 상상할 수 없는 행동을 한 것에 대해 국민을 대신해 심판을 해주시기 바랍니다."

"선고합니다. 구형과 같은 징역 20년에 집행유예 30년, 사회봉사 500시간으로. 이를 통해 다시 사랑으로 자녀들을 양육 할 수 있도록 선처합니다."

추석을 맞이하여 형네 가족, 누나네 가족이 와서 대가족을 완성했다. 명절이 한창인 와중에 간식으로 라면 먹을 사람을 모집했다. 조카들과 매형 한 분까지 몇 명이 모집되었고 나는 라면 요리를 시작했다. 가나의 영향이었을까? 음식이 남는 것을 싫어하게 되니 라면의 스프와 일반적인 파, 대파, 양파를 넣고 명절 요리 중 남은 음식들을 같이 넣었더니 요리하는 걸 지켜보던 이들의 비명이 들려왔다.

"아~! 삼촌 뭐 하는 거예요? 아이참!"

"기다려봐. 맛보면 끝장난다고 느낄 거야. 그리고 삼촌의 네임 밸류가 너희 아빠, 엄마보다 낮아서 그렇지 맛보면 놀랄 거야. 꼭 놀라진 않더라도. 너희들 커피 맛이 몇 가지인 줄 아니? 오만 가지가 넘어. 그리고 김치의 맛이 몇 가지인 줄 아니? 그것도 오만 가지가 넘어. 너희는 지금 스프와 대파, 양파,

계란의 맛에 길들여져 있어서 그렇지만, 이 삼촌의 잡탕 라면을 맛보면 놀라게 될 거야."

조카들의 만류에도 라면은 완성됐고, 조카들과 매형이 미간을 찌푸리며 앞 접시에 라면을 담아 후루루 짭짭 맛을 봤다. 그리고 긍정적인 멘트를 돌려주었다.

"먹을 만은 하네요."

"그럭저럭."

"하하하! 너희들의 평가는 너희 생에 최고의 맛이라고 해석할게. 너희가 그렇게 부정하던 예상을 뒤집고 이 정도의 평가를 받았다는 것은, 너희들이 갑자기 돌변해서 맛있다고 하기에는 쑥스러워 그러는 거라 생각해. 하하하!"

이 식탁에서 여자친구 얘기나 범없시에 대한 이야기를 나눴다. 일반적으로 우리가 범죄를 저지르는 건 아니나, 주변이 범죄가 난무하니 범죄는 그냥 받아들여지는 것인지도 모른다. 그런데 언론에서 듣던 범없시를 다녀오고, 또 범없시 홍보대사가 내 여자친구라니 호기심이 적잖이 많았다.

"다음에는 너희도 함께 가보자. 매형들도요. 범없시 거주자의 추천이나 초대면 신분증만 지참해도 언제든 출입할 수 있는, 그냥 사람 사는 곳이야. 상식이 그대로 적용되어 있고, 상식 이상의 마인드가 일반적으로 자리 잡고 있는 천국? 그 이상의 일상이라고 표현하고 싶다. 조만간 초대할 테니 함께 범없시로 여행 가자."

"좋아요, 삼촌. 정말 기대 되는데요?"

이렇게 라면으로 조카들을 홀렸다. 조카들도 훗날 삼촌의 잡탕 라면 레시피를 따라 하리라 생각한다. 스타는 유유하게 화장실로 향해 힘든 기마자세를 취하지만 얼굴은 거울을 보며 미소를 짓는다.

어제 6시 10분 12초 만났던 친구가 한 말을 떠올려본다.

"너 요즘도 책 쓰냐?"

아~ 나의 작품을 기다리는 애독자가 있구나. 작품 집필에 소홀하지 말아야겠다고 생각하며 오늘 다시 펜을 굴리고 있다. 아마추어 작가지만 판례를 소재로 한 인물을 여러 소재로 엮어서 다이나믹 하고, 가나의 영향으로 범 없시까지 배경으로 해서 극과 극을 추구하는 소설을 쓰고 있는데, 하루빨리 세상에 신보이고 싶은 생각이 들었다. 요즘 취미인 낚시와 바둑, 등산, 축구, 배드민턴, 당구, 볼링, 스쿠버다이빙, 패러글라이딩, 골프 등을 줄이고 집 필에 더 집중을 해야겠다는 결심을 망각하고 있었는데, 예상치 못한 상황에서 나의 길을 인도받은 느낌이라고 할까? 운명적으로 잠드려 하는 나를 일깨워준 친구가 다시 생각난다.

멈추지 말고 정진해라. 움직여라 정치상!

다시 한번 준비하다 멈춰 있는 '판례집'과 독서를 하며 발췌한 '발췌집', 을를의 영향을 받은 '아마추어가 보는 골프 시선', '그래, 니 마음대로 해'의 영향을 받은 '그래, 니 마음대로 처라!' 등 시작은 창대했으나 끝이 미약해진 저 책들이 창대함을 이루도록 더 뇌와 눈과 손이 움직여야 한다. 이 책이 세상에 태어날 수 있도록 부모 역할을 해야겠다. 아들딸은 낳지 못했지만, 책 한 권을 출판하게 될 거라 생각하니 자식이 생긴 것 같다. 천재이지 않기에 완벽하지 않은 나의 지식으로 인해 조금 모자라고 부족한 나의 자식을 그 어떤 서적보다 사랑한다. 그것은 고슴도치도 지 새끼는 사랑한다는 것과 일맥상통할지도 모르겠다.

때문에 낚시의 여유로움과 바둑의 기보, 등산하며 나누는 자연과의 대화, 축구의 예술성, 오락프로 시청, 자연다큐 시청, 연속극 시청, 프로 스포츠 관람 등등은 조금 늦춰보고자 한다. 늦어질 때 비로소 보이는 것들이 있으니 말이다.

"그리고 범죄라고는 생각하지 않지만, 남녀 화장실에서 의도치 않게 나의 음모가 떨어진 게 있으면 관리소에서 수거하여 DNA 확인을 통해 공공질서 요금으로 2만 원을 부과하게 되어 있어. 그건 놀랍기도, 의외이기도 하지만 범없시 시민들은 실수한 일에 대해서는 당연히 수긍해야 한다는 인식을 가지고 있더라고. 나도 이제 적응이 됐지만 처음엔 공중화장실에서 상당히 주의를 해야 했던 게 생각나네. 너희도 방문 시 궁금한 행위에 대해선 바로바로 질문해서 대처할 수 있도록 하라고."

"채변봉투 들고 다녀야 되는 거예요? 삼촌."

"아니야. 휴지통에 넣으면 되지. 근데 너희가 채변봉투를 어떻게 아니?"

"기팔에서 나왔어요.「기억하라 1988」."

그렇게 명절 연휴를 잡탕 라면과 범없시에 대해 이야기하며 술자리로 이어갔다. 조카 녀석들이 20살이 넘으면서 당당히 삼촌과 아버지 앞에서 폭탄주를 제작하며 분위기를 끌어 올렸다. 어릴 때부터 애늙은이로 통하던 나는 이 순간을 신세대와 즐기기로 하며 코끝을 물들어 갔다.

가족 모임을 마치고 김바파 회장님을 뵈러 갔다. 술친구를 해달라고 날 찾으신 것이다. 난 영광이었다. 내가 그토록 닮고자 한 그렇게 큰 인물이 나를 술친구로 찾아주시니 말이다.

"어서 오게. 정검사."

"네. 회장님, 편하게 이름으로 불러주십시오."

"그래도 아직 사위도 안됐고 그런데 어떻게 그러나. 허허허 그럼 이름 한번 불러볼까? 치상아~"

"얼마나 정겹습니까? 저도 회장님과 한잔 기울일 수 있어서 아주 좋습니다. 친구란 이렇게 나이를 뛰어넘는데 있는 것 같습니다."

"그래 바파라고 불러보게나. 친구."

"아닙니다. 무슨 말씀을 하시는지요."

"연기일세. 나를 어렵게 생각하고 있구먼."

"아닙니다…. 그럼 파야."

"고맙네. 어찌 보면 무리기도 하고 억지이기도 하지. 다름이 아니고 이산가족 상봉 영화를 보는데 몇 년 전에 돌아가신 아버지와 어머니가 생각나고 울고 싶어서 치상이 자넬 불렀네."

"네. 별말씀을요."

"난 늙었지만 우리 늙은이들이 우는 걸 보면 아주 슬프다네. 지금은 통일이 되어 자손들이 같이 살고 있지만, 통일 전만 해도 한 해에 한두 번 정도 이 산가족 상봉을 하곤 했지. 나도 어머니, 아버지가 생각난 거야. 아버지는 곶 감을 만들 감을 수확하신 다음 날 새벽, 가실 준비를 하셨는지 흰 쌀죽을 쒀 드시고 새벽 4시쯤 증상이 생겼네. 어머니께서 아랫담 친척 내로 가서서 위급상황을 알리려고 가셨는데 끝내 돌아가셨지. 내가 정말 많이 울었지. 소식을 들었을 때는 무덤덤했어. 이동할 때도 그랬고. 장례식장에 와서야 복 받친 듯 시원하게 오열하였네. 어머니께선 이곳에 오셔서 살자고 몇 번을 말 씀드려도 끝내 시골에 계신다 하셨지. 어머니께서는 늦겨울 3월 초에 만취 한 상태로 현관문 밖에서 주무시다 동사하셨는데, 내가 한이 되는 게 원형 손잡이 자물쇠가 녹이 슬어 잘 안 돌아가서 사고가 난 거 같아. 죄스러워."

회장님께서는 그렇게 혼자 울며 귀가를 청하셨다. 나도 부모님이 살아계실 때 잘해야지란 생각이 들었다. 난 어김없이 가나와 긴 밤을 보내고 행복한 오늘을 마무리하였다.

가나와 호텔을 나서 아침에 단골인 24시 국밥집에서 밥을 먹는데 이모가 묻 는다.

"치상 씨, 고추 좋아해요?"

요즘 소설의 섹스 신의 소재가 고갈된 듯 막혀 있었는데, 그 순간 문득 코미 디언 신낙엽이 생각났다. 그 친구의 사상이 불순하다 해야 하나? 위트가 있 다 해야 하나? 판단은 각자에게 맡기지만 그 친구로 인해 아이디어가 떠올 랐다. 신낙엽을 빙자하여 몇 줄이라도 더해 보고자 하였다.

"고추요? 좋아하죠. 허나 저보다는 제 여자친구가 더 좋아합니다."

"나? 나 고추 별로 안 좋아하는데."

판사 정치상

"너 좋아하잖아. 그것도 아주 큰 놈으로. 그리고 아주 긴 놈으로."

내 말이 끝나기가 무섭게 입안에 든 막창인지 곱창인지 혓바닥인지 '푸핫'거리며 내 얼굴과 내 상반신으로 국밥의 양념까지 모두 내뱉어 주었다. 무표정에 두 눈을 감고 시조를 읊듯이 소근거린다.

"내가 무얼 얼마나 잘못했니?"

"아니, 아니. 오빠 넘기는 찰나에 날 웃겨서 그만. 미안, 미안."

이모는 주섬주섬 내 얼굴과 상반신의 분비물을 닦아내고 난처해하셨다. 그럴수록 난 더욱 신낙엽에 빙의하였다.

"애가 고추를 좋아하는 거 이제 아시겠죠? 좋아 죽잖아요. 더 크고 더 길고 먹기 편하다고 굽은 놈을 더 좋아하고, 또 물이 많으면 더 좋아해요."

가나는 계속 키득키득 거린다. 그러는 중 이모는 계속해서 수건으로 나의 옷을 닦고 나의 아랫도리를 계속해서 닦아주었다.

"이모님. 그만해도 돼요."

내가 조금 난감해하면서 말렸지만 이모가 멈출 줄 모르고 닦으면서 자극을 하여 나도 모르게 흥분을 하게 되어 텐트가 쳐지고 말았다. 나는 겨우 이모님을 만류하고 정상적인 식사를 할 수 있었다. 한참을 웃던 가나가 나를 보고는

"오빠. 보쌈 하나 이모님 싸 드려."

"이모님. 좀 싸 드릴까요?"

"그럼. 싸 줘."

"이리 오세요. 싸 드리겠습니다."

"한 번 더 싸 줘."

"오빠. 더 싸 드려."

가나와 이모님은 계속해서 싸 달라며 웃음을 멈추지 않는다.

"이모님. 저는 냄비 하나 주시고요. 조개도 주세요."

두 여인네 사이에서 밀려보지 않으려고 나름 분투하였다. 시간이 갈수록 점

점 유치해져서 화제를 바꾸기로 하였다. 이모님이 아들이 장가를 안 간다고 걱정을 하셨다.

"장가를 안 가는 이유가 무엇일까요?"

"몰라. 소금 너 시나면 사람을 생산한다고 하고, 그 생산된 사람 중에 사기 배우자를 만든다고 하고. 현실적으로 자기를 사랑해주는 여자가 있을까 의문이라며 의기소침해 있어 걱정이야. 가족이 있어야 행복하다고 하면, 아들은 만나는 모두가 가족이라는 말도 안 되는 소리나 하니 내가 답답해 미치겠어. 내가 3남 4녀를 두었는데 그 녀석이 막내야. 자기는 가족이 우리 모두라고 하고, 친구네 가족도 자기 가족이라고, 만나는 모두가 가족이라고 한다니까. 하루는 막내 아들과 옆집 언니네 딸 둘과 아랫집 친구 이렇게 다섯이서 등산을 갔는데, 언니네 딸이 '오빠 결혼 안 하면 가족이 없잖아요. 그러면 불행해요.'라고 하니 막내 아들이 '너 왜 아버지와 언니, 동생하고 같이 안 왔니? 지금 이 순간 너의 가족은 지금 여기 있는 너와 옆의 동생. 엄마 셋밖에 없는 거다. 아버지와 언니, 오빠, 동생은 지금 없으니까. 그래서 너의 가족은 지금 여기 있는 우리 모두이고, 나의 가족도 여기 있는 우리 모두인 거야. 나와 혈연으로 연결된 가족은 아니어도 같이 있는 우리가 모두 가족이야. 오빤 그렇게 생각하기에 외롭지 않아. 한 번씩 외롭게 느껴질 때도 있지만, 그 외로움도 좋은 감정이라 말하고 표현하고 싶어. 누군가 슬픔이 좋다고 한 말과 같다고 볼 수 있지. 슬픔도 좋고, 외로움도 좋고, 수치심도 좋고, 부끄러움도 좋고, 우월감도 열등감도 다 좋다고 표현해도 될 거야. 그래서 오빠는 행복하기만 한 것은 불행하다고 생각해. 우리내 인생이 꽃길만 걸으면 너무 싱겁고 단순하지 않겠니? 격언이나 명언에 좋은 말이 얼마나 많니. 그 많은 말을 어떻게 다 따를 수 있겠니. 네가 하는 말이 최고의 격언, 명언이 되는 거야. 유명한 사람이 남긴 것을 따를 필요는 없어. 우리가 해석하면 그것이 최고가 되는 거야. 그래서 나의 인생관에서 결혼은 60이든 죽기 전이든 할수 있음 하는 거지 의무적으로 하고 싶지는 않아. 그리고 이 말은 아주 작은 핑계지만, 오빠는 애들을 싫어해. 꼭 싫다기보다 싫어. 애들보다는 아줌마나 할머니, 아가씨들과 형, 누나, 어르신들이 더 좋아. 고로 너와 나, 지금 우리 다섯은 가족인 거야. 난 혼자가 아니라고. 혼자 있을 때는 혼자지. 그건 부정하지 않지만 혼자 외로움을 만끽하는 것은 나의 특권이지. 그런 거야. 나의 인생관은.' 이러니까 언니 딸이 설득 당하더라니까. 웃기지도 않아서 말이야."

옆 테이블에서 이모를 부르자 이모님은 옆 테이블과 가족이 되었다. 우리도 마저 먹고 집으로 향했다.

아~ 내게도 욕이 하고플 때가 있구나. 긍정 마인드로 살아가지만 끝없는 욕을 들으니 갚아주고 싶은 마음이 드는구나.

"정 검사님, 괜찮으세요?"

"가만 있어봐. 정말 옷 벗고 나가 버릴까?"

이가 갈리고 한강대교로 가서 죽고 싶다는 생각이 들 정도이다. 오늘 6시 10분 22초. 언제나 모범이 안 되는 부장 판사가 개새끼란 소리를 수십 번 토해낸다. 아~ 옆에 여러 직원도 있는데 개새끼란 욕설로 나를 이렇게 구겨 놓다니, 정말 옷 벗고 나가고 싶은 충동이 들지만 참아야 하나? 가나와의 결혼도 앞두고 있고, 지금 나가서 변호사사무실 차리는 것도 경쟁이 최고조라 쉽지만은 않을 텐데. 그리고 무엇보다, 그 사람에게 지는 거 같아 명퇴하기를 기다리며 이를 갈고 갈아 본다. 직장이라고 같이 대면하지만 부장 개새끼가 나가면 내가 저놈을 볼까? 부장 그 새끼가 주변에 사람이 없는 건 그 인성 때문이다. 개 같은 인성이니 같이 있었던 이들이 연락을 안 하는 건 당연지사이다. 그래도 부장 개새끼를 인정할 수밖에 없는 것은, 윗사람들에게 아첨을 엄청 잘 한다는 것이다. 마시기 싫으나 잘 보이고 비유 맞추려면 매일같이 술을 사고 해야 한다나 뭐라나. 본인의 뱃살이 늘어나는 건 전부 저녁마다 술자리를 참석해서 그런다나 뭐라나. 하여간 대법원장이나 대법관

등 윗사람에게 잘하는 건 인정한다. 재수는 없지만. 대법원장님이나 대법관님이 부장 판사를 이용하는 건 아닌가 하지만, 부장 새끼의 말을 들어보면 서울대 나오고 그 위치까지 간 것 대단한 분이라고 한다. 그건 나도 인정한다. 하지만 내 이런 굴욕은 내 생에 안 된다면 나음 생에라도 갚아줄 것이다.

"아, 젠장! 그런데 저 비계한테 어떻게 갚지? 나로선 덤빌 엄두가 안 나는데…."

긍정 맨으로 돌아와 당할 운명이라고 나를 위로해야 하나? 그래야 마음이 편하려나? 항상 하는 얘기. 우월함보다 열등함이 더 살아있음을 느낀다고. 칭찬받는 것보다 욕 듣는 게 더 흥분되고 아드레날린이 분비되는 거라고 나를 위로하고 웃으며 내일도 부장 개새끼와 대면할 것이다. 직원들의 위로를 받으며 내 삶의 활력소인 가나에게로 향하니 개새끼로 인한 모욕감은 온데간데 없고 룰루랄라 콧노래가 나온다. 그래. 잠깐 모욕받고 행복하게 오래 살자. 아니 모욕적인 게 좋다란 느낌으로 승화시키자. 슬픔이 좋다고 하는데, 모욕감이나 수치심이야 더 가벼이 승화시킬 수 있는 것일 게다.

"아자! 아자!"

가나와 만나 한강공원으로 이동하는 길에 한강대교를 지나면서 핸들을 꺾을까 생각했으나 생각은 생각일 뿐이었다. 목숨을 끊는 사람들의 결단은, 그러지 못한 우리들은 알 수 없는 미지의 사상일 것이다. 가나와 저녁을 먹으며 오늘 있었던 일을 이야기하며 나도 모르게 울화가 치밀고 치욕스런 마음에 가나 앞에서 그만 눈물을 보이고 말았다. 울먹거리며 눈물을 삼키며 말을 이어갔다.

"가나야, 나 사람을 죽일지도 몰라."

"왜? 그것 가지고 사람을 죽여? 그 부장? 농담하지 마. 무서우니까."

"욕 듣는 이를 생각하지 못하는 그런 개는 명을 끊어서 세상에 본보기로 보여줘야 해. 살인사건이 그렇게 많이 발생하는데 그 개새끼는 누가 안 죽이나 몰라. 그 누군가가 안 죽이면 내가 할 거야."

판사 정치상

"알았어. 이제 그만해. 그만 삭혀."

"그럴까? 헤헤헤."

"오빠, 울다가 웃으면 어찌 되는지 알지?"

"항문에 수염 난다. 근데 항문에 수염 나는 건 사실인데 왜 그런 말이 나왔을까?"

"인터넷 검색해 볼게."

그리고 우리는 호텔로 향했다. 요 며칠 바쁘다는 이유로 관계를 못 맺은 지 열흘 정도 된 거 같다. 나는 죽음의 귀로에서 진정 개새끼가 되어 그녀의 봉긋함과 깊숙한 곳을 킁킁거리고 있다. 부장 개새끼가 이런 날 알고 개새끼라고 했는지도 모르겠다.

"자기야, 사랑해."

만감이 교차하며 그녀의 봉긋함과 부드러움에 묻혀 나약해진 내가 강하디강한 그녀에게 기대고 있다. 그리고 눈물을 흘리며 나의 혀끝은 봉긋함을, 꼭대기를 괴롭힌다. 내가 슬픔이 좋다고 한 게 이런 것인가 보다. 아까 식당에서의 눈물은 모욕감과 수치스러움에 의한 눈물이었다면, 지금의 눈물은 좋은 느낌의 눈물이라 해도 되겠다. 우리는 정육점 조명 아래에서 슬프지만 격렬한 사랑을 나누고 또다시 여러 번 나눴다.

"자기야. 내가 그 부장님을 생각해봤는데, 어쩜 악의가 없었을 수도 있고 무엇보다 내가 잘되게 하려고 고육지책을 사용한 건지도 모르겠어. 내가 순간 넘겨짚고 순간 기분 나쁘게만 생각한 건지도…."

"그래, 오빠. 시간이 지나면 다시 생각해보는 거지. 그 사람의 의중을 알기는 쉽지 않아. 영원히 알 수 없을지도. 다 어느 정도 숨기려 하니까. 우리 범죄 없는 도시에서도 여러 시선이 있고, 알고 있는 도덕이 있으니 가능한 거야. 그래서 어느 정도 법의 굴레가 존재하지. 그러니 진정하고 다시 생각해봐. 부장님을 죽이려 하거나 오빠가 그 부장으로 인해 자살을 생각하는 건 극단적인 판단이야. 돌아서서 시간을 가지고 생각하면 이성적으로 대처할 수 있는 거야. 오빠가 생각하는 긍정으로 오빠에게 채찍질을 했다 생각해."

"음…. 초긍정이라고 하는 것은 내가 욕설을 하는 것도, 폭행을 하는 것도, 살인을 하는 것도 나의 입장에서 긍정적으로 생각한다는 거지. 물론 내가 그런 인물은 안 되겠지만, 종교에서 말하는 음욕을 품는 것도 간음으로 간주하듯이 나의 악령은 언제나 준비되어 있다고 말할 수 있지. 헤헤헤."

"무섭게 그러지 말고. 오빠."

"가나야. 오늘 아침 뉴스 봤니? 나는 너의 영향과 부모님의 영향으로 악인은 아니라고 생각하는데, 어떻게 사람이 사람을 죽일 수 있니? 사람이 사람을 벌레 보듯이 보면 죽일 수도 있나? 헤어진 여자를 왜 죽이냐고. 우린 헤어지지 말자."

"왜? 헤어지면 오빠도 나 죽이려고?"

"그럴지도 모르지."

"으이그. 이리 와. 내가 오빠를 죽여줄게."

험악한 표정으로 내 목을 헤드락으로 꽉 끼워 내 목숨을 노리고 있다. 나는 허리춤을 잡고 죽는시늉을 하며 살려 달라 애원한다. 애원하니 날 살려주는 구나. 시신도 살려달라고 애원했으려나? 입과 손발이 묶여 있었으려나? 사람을 죽인 자를 나는 대면하고 맞설 수 있으려나? 범죄 없는 도시에서 살고 싶다는 생각이 더 드는 순간이다.

가나와 길을 가다 복성체육관에 들어가서 복성 다이어트를 하기로 했다. 7시 7분 8초. 저녁 먹기 전에 땀을 내고 밥맛을 높여보고자 첫 훈련으로 줄넘기 9분, 어깨 턴 9분, 스텝과 잽 9분, 원투 콤비네이션 9분, 기초 체력 단련인 윗몸일으키기 20회와 팔굽혀펴기 60회를 했다. 그런데 웃긴 일이 발생했다. 나는 왕년의 체력왕으로 천 번의 윗몸일으키기를 성공하곤 했는데, 윗몸일으키기 20개에 복근에 경련이 일어났다. 골프 선수 렉탐은 50파운드, 약 23kg을 메고 턱걸이 50여 개를 한다고 친구 임경변이 마라톤을 하면서 알려줬던 게 생각나는 대목이었다. 그 당시 마라톤 기록이 7시간 7분 12초였는데, 체력이 떨어진 상황에서였다. 나로선 상상도 할 수 없는 50파운드를 달고 턱걸이다. 가나도 운동을 곧잘 하였다. 기특하게도 관장님의 주문을 다 소화하니 같이 운동하기를 잘했구나. 오늘 하루가 뜻 깊었다.

가나와 다음에 만나기로 하고 헤어지고 택시를 타고 오는데 기사님 하시는 말씀. 먹고 살기 힘들다. 내가 응원했다. 한때는 선박이 침몰하면 분리되어 소형 배로 바뀌는 안전성과 침몰되지 않는 원형 요트로 승승장구하기도 했다고 하시면서 날 응원했다.

오늘 가나와 약속이 취소됐다. 가족여행을 가는 탓에 보지 못하니 갔다 와서 보자고 한다. 아쉬운 마음에 친구에게 전화를 해서 한잔하자고 하니 오라 한다. 차를 타고 가서 대리운전을 부를까 아니면 택시로 왕복할까 생각하다 택시를 타고자 대로로 나갔다. 그런데 택시 잡기가 하늘의 별 따기였다. 승차 거부도 있고 내 앞으로 왔다가 가버리는 경우도 있었다. 이유를 알 수가 없었다. 돈 벌기 싫어하는 것인가 하는 생각도 들었다. 답답하고 화가 났지만, 어쩔 수 없이 차를 가져가기로 했다. 지금 시간 6시 10분 26초이다. 나는 내 차를 가지고 간다만 지나가는 행인은 거의 택시를 잡지 못하였다. 그 광경을 보니까 예전에 택시 탑승을 거부하던 시절이 생각났다. 그때 국민들의 단합은 최고였다. 택시를 타지 않겠다고 단합하니 택시 타는 이들이 6개월간 한 명도 없었지. 그리하여 택시 조합에서 전 국민을 상대로 사죄하고 승차 거부가 몇 년간 사라졌지. 그러나 그때의 상황을 모르는 이들이 택시 회사에 입사하고, 그때의 충격을 세월이 무디게 만드니 승차 거부가 다시 도마 위로 올라오는 건 아닌가 생각해본다. 이 같은 분위기로 보았을 때 머잖아 다시 국민들의 택시 탑승 거부로 이어지리라 생각한다. 범없시의 택시 기사님의 친절과 새삼 비교되는 상황이다.

친구네 집 근처에서 술자리를 가지고 근황 토크를 하였다.

"요즘 낚시 좀 다니니? 며칠 전에도 갔었다며"

"갔는데 한 마리도 못 낚았지. 그래서 오기로 다음 날 또 가서 열 마리 이상 잡았지."

"같은 곳으로 간 거니?"

"응."

"같은 곳, 같은 시간대인데 조황이 그렇게 다를 수가 있냐?"

"그때는 내가 수심의 변화를 안 주고 했는데, 다음날엔 수심에 변화를 주면서 활동층을 찾았지. 그랬더니 아니나 다를까 입질이 계속 오는 거야. 그래서 정말 낚시의 재미를 느꼈지. 주변에서 부러워하는 시선이 느껴지더라고. 그래서 여덟 마리 낚아 올렸을 때 3마리는 회를 떠서 상추와 여러 쌈을 싸온 사람들과 겸상하며 회 파티를 벌였지. 옆에서는 소주를 준비해 와서 잔을 돌리니 이거 무슨 동창회 같더라고. 다 나보다 어른이지만 많아 봐야 10살 전후로 보여서 재미있게 수다 떨고 낚시하고 단술을 마셨지. 왠지 기분이 좋으면 술이 달잖아."

"야~ 어쩜 그때와 그리 다르니? 뻥튀기 같긴 하지만 내 친구니 믿어주지. 하하하! 야, 우리 나이트나 가자. 술 한잔 더하면서 몸 풀고 스트레스나 풀어보자. 너 요즘 몸은 건강하냐?"

발길을 돌리며 친구의 안녕을 물었다.

"보자, 내 건강 상태와 상황은…. 요즘 골반은 분리된 듯하고, 오른쪽 무릎이 삐걱거리고, 오른쪽 발등의 우측 상단에 갱글리온이라는 뼈 혹이 하나 나 있고, 직업병인지 오른쪽 어깨가 더더덕 거리고, 근육들은 전에 비해 처져 있고, 치아는 엉망이고, 라식 수술한 두 눈은 양호하고, 탈모는 오래됐고…. 음 또 항문도 시원하지는 않은 상태? 넌 어때?"

"나? 나도 너처럼 이야기해야 되냐?"

"그래, 니 마음대로 해."

"난 건강한 거 같아 비교적."

판사 정치상

나이트에 도착하여 룸으로 들어가서 술을 시키자 흐름대로 부킹이 이어졌다. 몇 명이 왔다 갔으나 조인이 되지 않았다. 친한 담당 웨이터의 뒷주머니를 채워주고 협상을 했다. 그러자 웨이터 왈

"형님 옆방에 미녀는 달라붙어가지고 떨어지지 않으려 하던데요. 아주 쪽쪽 빨고 핥고 난리도 아니더라고요. 내가 왔다 갔다 하는데 개새끼 보듯 멈추지도 않아요.

"오~ 그래? 부킹녀고?"

"네. 내가 아까 부킹해 줬어요. 애가 반반하니 예쁘긴 하더라고요."

"그래? 그럼 조인 안 되면 데려와 봐."

"네, 형님."

우린 술잔을 기울이며 대화를 계속했다.

"야! 넌 왜 문자 보고 씹냐?"

"씹으려고 씹은 게 아니고 좀 있다 답장한다는 게 깜빡하고 못 한 거지."

"읽씹을 하더니 며칠간은 안 읽씹을 하더라? 변론해봐."

"뭐? 지금 싸우자는 거야?"

"싸우자는 게 아니고 토론이라고 말해두지. 왜 읽씹을 하고 안읽씹을 하냐는 거지. 그것도 절친이라는 나한테."

"이야기하잖아. 일하는 중에 보긴 봤는데 바쁘게 일하다 보니 못 보낸 거라고."

"그럼 다음날부터 며칠간 안읽씹은 뭐냐?"

"그건 뭐… 그러게? 왜 안 봤지?"

"야! 사실대로 말해봐. '잘 모르는 사람도 아니고 내 문자를 씹었다는 건 용서 못 해!' 이런 문제는 아니지만 도저히 이해가 안 되더라고. 그러니까 그 잘난 헛바닥으로 날 이 자리에서 이해 시켜 봐."

"사실을 말하라. 음. 사실은 너한테 삐쳐 있었어. 삐쳐 있으니 대화하기가 싫더라고. 그래서 읽씹을 했고, 이후엔 문자 섞어봐야 뭘 하나 싶어서 안읽씹

을 한 거지."

"내가 뭘 어쨌는데? 너 내 눈을 젓가락으로 찔렀잖아."

"야, 뚫린 입이라도 말은 바로 해야지. 내가 네 눈을 언제 찔렀냐? 네가 술에 떡이 돼서 개신상을 부리기에 말리려고 널 위협한 거지. 내가 인제 내 눈을 찔렀냐? 눈이 찔렸으면 네가 눈뜨고 잘도 다녔겠다. 그리고 그게 언제적 얘기냐? 그리고 나도 할 말 있지. 너 그때 내 뺨을 때렸잖아. 그때 생각하면 오히려 내가 너에게 화내야 되는 거 아니냐? 내가 널 용서해준걸. 넌 새 생명을 얻었다고 생각해. 알겠냐?"

"네가 화도 낼 수 있지. 그때 내가 생각이 짧기도 했고 취중이라 미안하게 생각한다. 술이 문제라고 책임회피 하고 싶지만, 그 술을 마신 놈도 나니 할 말이 없구나. 그건 그렇고 너 요즘도 담배꽁초 아무 데나 버리냐?"

"언제적 얘기냐? 가나 씨와 너의 영향으로, 그리고 벌금의 영향으로 이제는 한적한 낚시터에 가도 담배꽁초는 안 버리지. 그리고 벌금을 많이 냈더니 나 같은 이들이 영향을 많이 받았을 거야. 벌금을 내거나 단속이 되기 전에는 진짜 차 타고 가다가도 주차장 어디에서도 낚시터나 등산할 때 인화 물질 금지 안내판을 보고도 담배 피고 침을 뱉어 담배불을 끄고 했지. 그만큼 세상도 변하고 나도 변하고 국민들의 인식도 변하게 되는 거지. 그러니 멕시코나 독일, 미국, 인도 등 여러 나라에서 일명 '국민의식 관광'을 오는 거지. 나도 거기에 일조했다고. 하하하!"

여기는 맥주를 박스로 주는 게 아니고 정수기나 주유소의 주유기처럼 우리가 따라 마시는 만큼 금액이 청구되는 시스템이다. 소주나 맥주나 마실 만큼만. 그러고 보니 신선도나 양을 따져도 효율적이었다. 일부 마니아들은 가스가 압축·밀봉된 캔을 선호하지만 이곳 압축·밀폐된 시스템에서도 신선도를 유지하는 기술이 발달이 되어 캔 맥주 이상의 신선함을 느낄 수 있었다.

"친구야, 주식은 잘 되고 있니?"

"야, 말도 마라. 요즘 원금은 반 토막에 반 토막 난 것도 계속 떨어지고 있다.

전문가들은 자기가 추천한 종목에 돈 넣고 존버하라 그러는데, 존버한 그 순간부터 얼음이 되어 녹질 않아요."

"얼음은 뭐고 존버는 뭐냐?"

"얼음은 올라오지 않고 그대로 멈춰 있다는 것이고… 야, 너 존버도 모르냐?"

난 갸우뚱거렸다.

"나도 책에서 봤는데 작가 이외수 선생님이 하신 말씀이야. 그 유명한 말을 모르다니 넌 참 우물 안 개구리구나. '존나게 버틴다.'를 주식에 접목해서 '존나게 안 팔고 존나게 버틴다.'라는 말로 통용되지."

"그 말에 나온 존이 영어의 zone은 아니지?"

"야, 장난하냐? 그 존이 그 존이게? 남성의 성기를 이야기하는 거 아니가. 알면서 묻냐?"

"나 몰랐는데. 주식 전문 용어인 줄 알았지. 그 좆인 줄은 몰랐지. 하하하!"

그리고 다시 웨이터가 와서는 색녀에 대해 다시 정보를 주었다.

"형님, 형님. 아주 떡을 치던데요. 진짜 떡이요. 그 계집애 대담하더라구요. 키스야 봐준다고 하지만, 옷을 벗고 떡을 치리라곤 생각 못 했어요. 우리 나이트 영업 종료나 내부 수리 때 사장님과 지인들이 와서 문 다 닫고 그렇게 문란하게 지랄한 적은 있어도 애들이 저러는 경우는 저도 처음 봅니다."

"그래? 어떤 연놈들인지 궁금하네."

그리곤 나와 치팔이는 나이트에서 어울리지 않게 정치, 경제, 스포츠, 사회 질서, 역사 등등을 논하며 술을 들이켰다. 그리고 화장실을 나서는데 가족 모임 한다던 가나가 내 옆을 지나가네. 나도 알아보지 못하고 그렇게 지나가는 가나의 어깨를 돌려세우고 어떤 영문인지 물었다. 하얀색 원피스를 천사처럼 입은 그녀의 머리는 다소 헝클어져 있었다. 가족 모임을 여기서 했나 생각이 드는데 가나가 나의 귀에다 상황을 설명하였다.

"오빠, 어떻게 왔어?"

"친구와 한잔하러 왔지. 넌 가족 모임을 여기서 한 거야?"

당황스럽지도 않은 듯

"가족 모임 끝나고 친구들 모임이 마침 있어서 바로 여기로 왔어. 오빠, 재밌게 놀고 가. 일찍 파하면 연락할게."

이렇게 그녀와의 우연찮게 만남 후 다시 룸으로 돌아왔다.

"가나도 친구들 모임을 여기서 한다고 하네. 금방 화장실 가다가 만났어. 참세상 좁아."

"친구들 같이 보자고 하지."

"아냐. 나도 너와 있듯이 친구들과 편하게 놀라고 하지 뭐. 놔둬."

그때 내 뒤를 웨이터가 따라오면서 눈에 레이저를 쏘며 묻는다.

"형님! 형님! 금방 대화한 아가씨, 아는 사람이에요?"

"응. 내 여자친구인데."

"네? 그래요?"

그리곤 말끝을 흐리며 눈에 레이저도 꺼버리고 고개를 돌린다.

"왜? 너도 아니?"

"그게 아니구요…"

"말해봐 어떻게 알아?"

"그게… 그러니까…"

한참을 뜸들이더니 충격적인 대답을 한다.

"아까 룸에서 그랬다는 여자가 그 여자에요…"

"섹스한 여자? 아까 이야기하던 그 여자? 떡친 여자?"

나는 알고 있는 것을 계속 물으며 확인하였다. 가나라면 그럴 수도 있는 인물이지만, 이렇게 현실로 받아들이려 하니 우선 뇌 한쪽을 망치로 한 대 맞고 생각을 하게 되었다. 우선 진정하고 오늘 뉴스에 나온 후배 녀석에게 전화를 했다.

"야, 너 무슨 일이니? 제자를 성폭행 했다는 게 진짜야?"

판사 정치상

「오빠, 그게 아니야. 아니라고.」

"그럼 뉴스에서 떠드는 건 무슨 얘긴데?"

「내가 인륜적으로 잘못했다고는 하지만, 우리는 서로 사랑했어. 그런데 그 애가 자기 친구들에게 이야기하고 소문이 나서 드러난 거뿐이지, 성폭행이라거나 그런 건 아니야! 아직까지 우리는 사랑하고 있어. 소문이 난 이상 우리가 패륜인 건 기정사실이 되어서 언론에서 가만히 놔두지 않겠지만, 우리가 사회적으로 봤을 때 패륜을 저질렀어도 드러나지만 않고 그 애가 졸업한 뒤 우리가 결혼했다면 우리의 패륜 행각은 세상에 드러나지 않고 스승과 제자의 사랑이라며 축하 속에서 결혼식이 거행됐을 거야. 오빠도 알잖아. 내가 어떻게 성인이 되지 않았다고 해도 무력으로 그 애를 제압하겠어? 오빠, 나도 지금 미칠 거 같아. 우리의 사랑이 이루어질 수 있게 확 어디론가 떠나고 싶어. 그리고 잊혀 졌을 때 돌아와 아무렇지 않게 살고 싶어. 흑흑.」

"울지 말고. 내가 내일 찾아갈게. 그때까지 견디고 있어 봐."

「잠깐만. 더 통화해줘.」

"그래, 말해봐."

「사람들은 그루밍 성폭력이라고 말하는데, 우리 관계가 부적절한 관계인 건 인정하지만 그런 표현은 적절하지 않잖아. 오빠가 말한 대로 결과론에 의한 그루밍 성폭력이지, 성과 관계가 없다면 그루밍이 나쁠 이유가 없잖아. 관심을 가지고 대하는 건 이 친구뿐 아니라 전교생이었을지도 몰라. 그러나 내가 사랑으로 접근한 게 이 친구였을 뿐이야. 알려지지 않고 내년이 되면 우린 결혼을 하려고 했어. 사제 간의 사랑으로 축복 속에서 결혼을 하려고 했던 거야. 오빠! 오빠 친구 중에 기자 오빠 있잖아. 기사를 수정해서 올려달라고 부탁 좀 해줘. 사회적인 물의를 일으킨 것에 대해선 죗값을 받겠다고. 그렇지만 악의적으로 성욕을 채우려 접근하고 안도감을 주고 헤어나지 못하게 환경을 만들어서 성폭력을 계획한 건 아니야. 따뜻하게, 친절하게, 대해주는 건 당연하지. 그러다가 어림에도 불구하고 관심이 생기고, 그 관심이 커져서 사랑으로 변한 거지. 우리 사회에서는 학생과 성인이 교제하는 것은 가능하나, 성관계를 갖는 것은 당연히 안 되는 거 아니냐고 해. 그러나 우리가 어렸을 적 생각을 해봐. 어른들과 사회는 성인이 되기 전에 섹스를 허락하지 않지만, 오빠나 나나 가나 언니나 오빠 주변인들은 언제 첫 경험을 했는지. 그리고 으레 첫 섹스 경험을 빠른 친구들일수록 자랑하잖아. 나도 그건 인정하지. 나도 그랬으니까.」

"내가 내일 찾아갈게."

「아냐, 오빠. 조금 더 통화하고 담에 보자. 그리고 그 기사 쓴 기자와 면담도 하고픈 거야. 때려죽일 만한 범죄였는지. 자기는 첫 섹스 경험을 언제 했는지. 우리 주변에서 성인이 되기 전에 섹스 경험이 없는 이들 찾기가 더 어렵다잖아. 그리고 6시 6분 27초 1,150프레임에 나온 기사에 보면 어느 포럼에서 어느 병원 어느 학과 팀의 연구 결과를 보면 10세 전후에 성 경험이 있다고 조사한 게 있어. 지금 나는 저 조사가 사실인지 재조사를 해봐야 한다고 생각하는 입장이거든. 그렇게 첫 섹스 경험을 했을 때 상대자는 모두 친구였을까? 아닐 거 아니야. 난 그 친구가 고 3때 경험한 상대 인물에 불과하다고. 결코 내가 잘했다고 하는 건 아니지만, 이렇게 사회적으로 불거져서 문제가 된 것이지 우리 둘의 문제는 되지 않아. 오빠 이해하지?」

"그럼. 나야 완전 네 편이지. 우선 진정하고 이후에 한번 만나자. 지금 친구와 같이 있어서 끊을게."

「알았어. 오빠 잼 나게 놀아.」

"어… 그래. 재미만 있지는 않겠지만."

「끊을게 오빠.」

'그나저나 가나를 어떻게 생각해야한단 말인가? 본인은 죄책감을 느끼지 않을 테지만, 내 눈치는 봐 왔으니 큰소리는 치지 않겠지. 허나 내가 이 건을 계기로 나무란다거나 옳고 그름을 이야기하면 나를 떠나버리면 그만이라고 할 거고, 나는 그걸 받아들여야만 하는 상황이 될 터. 머릿속이 복잡하다.

판사 정치상

내가 가나를 만나면서도 친구 일란이와 또 뭇 여자들과의 관계가 없었던 건 아니지만, 공개한 적이 없고 가나 또한 알지 못해. 내 일은 감춰져 있지만 가나가 벌인 지금 상황은 적나라 하게 알고 있으니 머리가 복잡하구나. 우선은 모른 척하고 가나를 대해야겠다. 아, 가나 이년…'

"치팔아. 우선 내가 알아서 할 테니까 넌 모르는 일로 해주라. 내가 고민 좀 해보게."

"야, 내가 간섭해야 하는 거 아니냐?"

"아서라, 아서. 생각 좀 해보게."

"그래. 오늘은 그만 헤어지자."

"무슨 소리? 우리도 부킹하며 놀자고."

"참… 너나 가나나."

"나도 그럴지 모르지만, 남자가 돈을 많이 벌어다 주면 여잔 남자가 마누라 앞에서 팔짱 끼고 다녀도 못 본 채 한다잖아. 물론 그런 사람들 얘기겠지만. 나도 마누라가 억만장자라면 마누라가 내 앞에서 애인과 다녀도 눈감아 줄려나? 의심되긴 한다."

이렇게 나이트 사건이 우리의 광란의 밤무대로 마무리 되었다.

출근하는 길에 신차가 내 앞에 있다. 유리를 지탱하는 기둥이라 할 수 있는 철재들이 없고 전투기의 원형 유리로만 이루어져 있다. 지붕은 개폐식으로 썬 루프로 되어 있고 시야가 360도 확보되는, 조금의 사각지대도 없는 구조였다. 그 옆에는 럭셔리 오토바이가 네발자전거처럼 보조 바퀴를 내려 최대한의 폼을 잡고 신호 대기 때 다리를 내리는 평범함을 버리고 럭셔리 함에 부족함을 충족해 주는 기능성을 보았다. 신제품을 눈앞에서 보니 모터쇼에 와 있는 기분이 들었다. 신호를 기다리는 것이 모터쇼로 변한 상황. 그리 지루한 신호대기 시간은 아니었다. 오늘 일어나서부터 잠깐 동안 즐긴 모토쇼를 제외하면 가나에 대한 생각이 머릿속을 떠나지 않았다. 난 아마추어 소설가로서 살인을 하지 않았지만, 살인을 경험한 듯 주인공의 살인 장면을 그 누구보다 잘 표현했다 생각한다. 반대로 내 삶에서 나의 성심은 선하지 않은데, 선한 것처럼 보이려고 지독하게 노력하는지도 모른다는 생각을 해보았다. 살인이라는 내용을 담는 소실가가 다루는 살인자는 이미 나왔던 이와 앞으로 나올 이 외에는 없는, 주위들은 얘기인 것이다. 사실적이라 해도 그건 어디까지나 망상에 지나지 않을 것이다. 일상에서 흉폭·난폭한 내가 살인을 저지르는지, 냉소적이고 비열한 나란 놈이 살인을 저지르는지, 아니면 조용하고 얌전한 고양이 같은 내가 살인을 하는지, 이미 살인을 저지른 자가 아니라면 앞으로 나올 살인자는 어떤 종자인지 알 수 없을 것이다. 나의 소설 속에서 9천만 명을 극악무도하게 살인한 내가 이제 한 사람에게 초점을 맞추고 있는지도 모른다. 그러나 살인 장면을 쓰기 위해 펜을 굴릴 때도 떨리고 긴장됐는데, 실제로 칼을 들고 사람을 겨눌 수 있을지는 두고 봐야 할 것이다. 게다가 용서하는 것도 생각하고 있으니 살인은 내 생에 없을 수도 있고….

나는 여자들을 많이 만나봤지만 몰래 만났기에 여자들은 내가 자기만 생각하는 줄 알았는데, 가나의 그런 파격적인 행동을 보니 내가 만났던 그녀들을 다시 봐야겠단 생각을 하게 되었다. 언젠가 가나가 농담조로 다른 남자 만나도 되냐고 던진 말은 농담이 아니었던 것이다. 내가 지금 모르는 척하지만, 조만간 나이트 건에 대해 얘기를 해보려 한다. 생각만 해도 너무 떨린다. 내가 실제로 살인을 할 수 있을지. 사랑하는 그녀를.

감옥에 있는 내 친구가 생각났다. 그 친구는 살인을 계획하고 살인하는 게 무서워 살인 계획을 경찰에 알리고 자수를 하였다. 그리하여 감형되어 지금 15년째 수감 중이다. 왜 그 친구가 생각나는 걸까. 나도 나의 천성을 알기에 살인을 계획하더라도 겁먹고 실행하지 않을 걸 미리 알고 있는 것일까? 마음은 이미 자수하여 수감생활을 하는 것 같은 기분이 드는 건 왜일까? 나의 직장이란 법의 테두리가 쇠창살과 같이 느끼는 것일까? 법원의 테두리나 감옥의 테두리를 같이 느끼는 것일까? 그녀의 살인계획을 세운 것 자체가 이미 살인한 것이나 다름없다 생각하고 죄책감을 느끼는 것일까? 조금 진정하고 일상으로 돌아가자. 일터에 도착하고 일상으로 돌아갔다.

요즘 범없시를 작은 단위의 단체에서 많이 적용하고 있다. 일부 학교, 일부 회사, 일부 아파트 단지 등등. 보기 좋은 현상이다.

가나와 저녁을 먹었다. 밥을 먹고 술을 마셨다. 언어는 발전하고 퇴보하고 변화한다. 가나에게 나이트 건에 대해 조심히 말을 꺼낸다.

"가나야. 저번 나이트에서 네가 한 일을 난 알고 있어."

대꾸가 없다.

"내가 어떻게 알았는지 궁금하지 않아?"

체념한 듯 평온하게 대답을 한다.

"어‥ 어떻게 알았어?"

"너를 부킹 시켜 준 친구가 내가 아는 동생이야. 그 동생도 내가 너의 애인이라니까 말을 안 하려고 하더라고. 기어코 이야기 끄집어냈지. 하지만 난 믿지는 않았어. 믿고 싶지도 않았고. 그런데 시간이 지나자 믿음으로 밀려왔지. 나도 며칠이 지나서야 마음먹고 이 자릴 마련한 거야. 사실 말하는 지금도 떨려. 우리, 어떻게 하면 되겠니?"

"오빠한테 달렸어. 난 사실 오빠밖에 없다고 말하지는 않을 거야. 그러나 오빠는 좋아. 맞는 게 많으니까. 그리고 사랑해. 사랑을 뭔가 하나로 묶고 싶지는 않아. 서로 놓아주며 사랑하고 싶어. 오빠 아는 동생이 30살 연상의 유부남 만난 것을 보고 오빠는 시대를 초월했다고 했잖아. 나도 그런 타입이야. 하지만 현실의 상황을 고려하며 대처하려고 할 뿐이지. 우리 사랑하고 자유롭자. 응?"

그렇다. 내로남불이란 신조어는 시대에 맞게 만들어진 말이지만, 예전에도 없던 행위는 아니지 않는가. 내로남불이란 말이 요즘 나온 거지, 그러한 행위 자체는 성경에서 간음한 여인에게 돌을 던지지 않은 사람들 때도, 그 이전에도 있었을 것이다. 그 이전은 동물이었을 수도 있지만. 가나는 과거인인가? 미래인인가? 한참의 침묵이 흐르고 그 침묵 속에서 나의 살인 충동은 깨끗이 녹은 듯했다. 나는 가나를 인정하기로 했다.

"그래…그럼 난? 나는 어떻게 하지?"

"나를 두고 나보다 괜찮은 여자가 있으면 만나봐. 사람을 알고 만난다는 건 축복인 거야. 우리가 인류란 틀을 만들어서 살다 보니 그렇겠지만, 고대 왕조들은 어땠는지 보면 알 수 있잖아. 우리가 지킬 건 지키고 음지에서의 일을 서로 이해하는 한 그렇게 살아도 되는 거야. 보여주는 것이 있으면 음지에서의 일은 문제가 되지 않아 오빠."

"그건 네 생각이지만… 나도 생각해보지. 내가 이런 너를 이해하게 될 줄은 몰랐어. 그렇다고 100% 다 이해한 건 아니야. 너도 죄책감은 가지고 있어야 돼!"

"오빠, 죄책감이 아니야. 우리의 겉모습인 거지. 우린 그렇게 하지 말자고. 난 이렇게 밝혀져서 나의 생각을 오빠와 공유하자고 하는 거지, 오빠가 알지 못했다면 무덤까지 이전의 오빠가 아는 나로 지냈을 거야. 그런데 오빠가 알고 있는데 여기서도 속이고 싶지는 않아. 이런 날 이해하겠어 오빠?"

"그… 그래…"

내가 설득을 당한 거 같다. 100%는 아닐지라도 내가 숨기려 하는 걸 가나는 아는 게 아닐까. 외도를 한 사람들이 이런 부분이 가나와 통하는 것이겠지? 이것은 생리인가? 본능인가? 현실에서 적용 가능하단 말인가?

나의 살인 계획은 눈 녹듯 녹아버린 거 같다. 그렇게 결판을 내려 마련한 자리가 화해의 장이 되고, 나는 어김없이 가나를 안고, 하고, 한다. 나라는 놈.

6시 10분 27초 236프레임. 어느 책 구절에 보니 아랫사람이라는 이유로 업무와 상관없는 심부름을 부탁받아 살짝 짜증이 올라올 때는 자꾸 생각하며 짜증 내지 말고 상사가 부탁한 심부름을 그냥 해주라 한다. 짜증 내면 별일도 아닌 것이 몇 배로 힘들어지고 큰 스트레스가 되지만, 그냥 해주면 바로 잊을 수 있다고 한다. 음… 여기서 그러는 건 그 사람이고 그 사람 마음이라 생각한다. 당사자인 나는 부탁이 짜증 나지 않을 수도 있고, 명령이 짜증 날 수도 있다. 해줄 수도 있고 노동부에 부당 업무 지시라며 신고할 수도 있을 테다. 그러한 모든 것은 당사자인 내 마음대로 하는 것이다. 그 책의 저자는 좋은 게 좋은 것을 이해시키려 한 것이겠지만, 개개인의 감정은 다 다를 수밖에 없고, 그 모든 것을 존중하고 받아들여야 하는 게 아닐까 한다.

갑자기 내가 문학평론가인 양 떠들어 버린 것 같군. 결국 어떤 이의 책 제목처럼 '그래, 니 마음대로 해'가 정답일지도 모르겠다.

'크다'는 건 무엇일까? 문득 휴대폰을 만지작거리며 한 손으로 하기엔 너무 크다는 생각이 들었다. 결국 두 손으로 컨트롤해야 하는 이 휴대폰이 상당히 크다는 걸 느꼈다. 한 손으로 컨트롤하기 위한 악세서리가 나오기도 하지만 말이다.

친구네 집 평수가 60평인가 80평인가. 하지만 더 큰 데로 간다나 뭐라나. 난 지금 옥탑방에서 낭만과 고양이와 함께 지내는데, 집이 좁다고 이사를 하니 집이 좁다는 것 역시 마음에 달린 듯하다.

모처럼 집안 행사가 있었다. 을를과 치상, 치자, 명자, 정자, 만자, 균자, 현자, 희자, 정식, 경식, 진식, 정용, 문식, 순식, 갑식, 광식, 진용, 선식, 희식, 현식, 나식 등 초등학교 친구들 모두가 어머니의 팔순잔치에 와서 축하를 해주었다. 모두 가족을 동반하고 오니 인원이 장난이 아니었다. 보통 3명이나 4명에 사돈, 형제자매의 가족까지 온 친구들은 10명에서 20명이 왔으니 우리 어머니께서는 대단한 축하를 받으신 셈이지 않나 싶다. 나의 팔순 때는 주경기장에서 잔치를 하고 싶다. 10만 명은 오려나? 망상을 해 본다. 애들은 애들대로 이리저리 끼이고 끼여서 서로를 소개하고 알아가기도 하고 우리는 음주가무를 맘껏 양껏 즐겼다. 뜻이 통하니 어울릴 수 있는 게 아닌가 생각한다. 이 기회에 모두에게 가나 씨와 범씨도 소개하니 다들 신기하다고 탄성을 자아냈다. 순간 나도 친구의 애인이 자랑스러웠다. 나는 술을 마시면 느껴지는 몽환적인 느낌이 너무 좋다. 마약을 해보지는 않았지만 마약을 한 듯한 기분. 그러고 보면 마약 하는 사람들도 이해가 될 것 같다.

아침에 일어나니 불은 꺼져있고 누나들이 쑥덕쑥덕 이야기꽃을 피우더라. 그 분위기에서 난 눈은 떴지만 바로 대화에 참여할 수가 없어서 자고 있는 척하며 누나들 얘기를 들었다. 이런저런 이야기를 나누는 와중에 갑자기 끼어드니 너 안 자고 있었냐며 이야기꽃을 피울 때도 아주 재미있었다. 대화가 그리 재밌다는 걸 새벽 시간에 알게 되었다. 나도 거들었다.

"누나들, 훅라이에 대해 아세요?"

"훅라이? 들어서 알지만 정확히는 모르겠는걸."

구력이 오래된 큰누나가 간략하게 설명하였다.

"발끝이 오르막에서 훅이 나지."

"역시 큰누나. 그럼 각도까지 생각한 적 있나요?"

"야, 우리가 프로니? 그냥 감으로 치는 거지."

"제가 연습하면서 통계를 내봤는데요, 10도 오르막 라이에서 7번 아이언으로 100미터 보낼 때 몇 도 정도 우측으로 오조준하는지 1도씩 차이 날 때마다 우측 오조준을 얼마나 참고해야 하는지 실험과 측량을 통해 데이터를 가지고 있는 상태에서 홀을 공략하는 것과 그런 정보가 없는 상태에서 홀을 공략하는 건 알고 모르고의 차이입니다. 물론 누나들은 명랑 골프를 치니 대략적으로 참고만 하시면 되지만, 우리 프로들은 내리막과 오르막의 경사 정도에 따라 다 계산된 상태에서 클럽을 선택하지요. 그렇게 클럽 선택을 끝낸 후에는 누나들과 똑같이 그냥 칩니다."

"누나들에게 너무 많은 것을 바라지 마라. 명랑 골프 칠 거니까. 호호."

"그렇지요. 참고만 하시라고요. 하하하. 문득 예전에 할머니께서 하신 말씀이 생각나네요. 우리가 건강 생각해서 약주 조금만 드시라고 술을 치우면 노발대발 막걸리 병을 던지시면서 '이 마한 놈들이요!' 그리고 언제나 자랑처럼 '다 내 새끼라 다 내가 낳았어. 주워온 놈 한 명도 없어!'라시며 어깨를 들썩이곤 하셨죠. 할머니 생각나네요."

매형도 어느새 일어나셨는지 거드신다.

"허빵이라."

"안 잤어요?"

큰누나가 묻자

"그렇게 말을 많이 하는데 잠이 오겠습니까?"

싸울 듯 격앙된 목소리지만 우리 매형의 친근함의 표현이다. 친하면 욕하는 경상도식이라고나 할까. 그렇게 아침을 맞이하고 슬슬 다시 놀 분위기를 만들고 가족들과 축하객 모두 주변 관광을 떠났고 그길로 헤어졌다. 다음을 기약하며.

이렇게 아는 친구를 초대하고 모두가 오니 이것 또한 인생의 참맛이었다. 사람을 안다는 것. 사람을 만난다는 것. 그렇게 생겨먹은 인간인 것을 새삼 느낀다. 나는 곧 산으로 가 홀로서기를 할지라도….

모두 헤어지고 나와 치상 일행만은 같은 방향이라 함께 이동하였다. 치상은 애인 가나 씨와 절친이라는 나라 씨와 함께 왔는데, 차로 이동 중에 뜬금없이 치상이 나와 나라 씨를 엮어주려 한다.

"야, 나라 씨 어떠냐?"

"아주 미인이신데. 헤헤헤."

"아니, 애인으로 어떠냐고."

내가 쭈뼛쭈뼛하니 가나 씨가 안 된다고 나라 씨를 팩폭한다.

"오빠 안 돼. 얘 꽃뱀이야. 유부남 킬러라고."

나라 씨는 부인하며 가나 씨를 쏘아보며 웃는다.

"야, 내가 뭘?"

"야, 이년아. 네가 나한테 자랑한 오빠라는 남자만 몇 명이니? 그 남자들 다 유부남이잖아."

"다는 아니야."

"그래, 자랑이다! 호호호. 오빠, 그래도 만나 보시겠어요?"

"뭐 지금 만나는 사람이 없다면 괜찮아요."

"오빠, 헤어지는 건 각오해야 할 거예요. 호호호."

가나 씨는 계속 웃는다. 나는 용기를 내 나라 씨에게 질문했다.

"나라 씨, 나이 든 유부남을 만나는 이유가 뭔가요? 위험성도 있을 텐데."

늘 조용한 스타일인 그녀가 수줍게 얘기한다.

"전 사실 봉사라고 생각해요. 나야 홀몸이니까 연인과 만나고 헤어짐이 있지만, 결혼한 남자들은 딴 여자를 모르고 오직 한 여자만 바라보고 살아야 하잖아요. 전 그들에게 몰래 사랑의 쾌감을 선사하고 싶어서 유부남을 만나는 거예요. 그래서 제가 봉사 한다고 하는 거고요. 그들이 나를 만나고는 '내 삶의 활력소'라고 기뻐하니 위험을 감수하고 그들과 만나주는 거지요. 그렇다고 당당하게 생각하지는 않아요. 가나에게는 많은 애인이 있다고 자랑하지만, 대외적으로는 공개하지 않고 공개할 수도 없겠지요. 그 오빠들은 절 펫으로 생각하고 있어요. 어떤 오빠는 거리에 애완견 대변을 비닐봉투에 담아서 애지중지 챙겨가는 걸 보고 개도 키우는데 사람 못 키우겠냐면서 저를 만난다고 하더라고요."

"개와 비교당하면 기분 나쁘지 않나요?"

"전혀요. 그 오빠 너무 잘해주는 걸요. 그 오빠가 말하기를 '내가 지금 바람피고 있으니 자기도 만나고 싶은 사람 있으면 대놓고 만나지 말고 눈치껏 만나. 내가 마누라 눈치 보듯이.'라며 나를 가장 편하게 대해줘요. 이런 나와 교제할 생각이 있음 연락 줘요. 섹스는 아니어도 데이트라도 생각 있으면요."

"얼레? 나라 씨. 이놈마저 꼬시는 건가요?"

치상이 사귐이 성사된 양 설레발을 쳤다. 왠지 기분이 나쁘지만은 않았다. 우린 그것으로 대화를 끝내고 서울에 도착했다.

판사 정치상

궁예 빙의 살인

"구형하세요."

"피의자 활금석 씨는 지나가는 행인의 후두부를 가지고 있던 망치로 20여 회 타격하여 그 자리에서 숨지게 한 혐의를 인정하였습니다. 이유는 길거리에 담배꽁초를 버렸다는 것인데, 경범죄로 다스리는 담배꽁초 투기에 살인을 한 것에 대해 사회봉사 5만 시간과 징역 50년을 구형합니다."

나는 정치상 검사의 구형 선고를 듣고 피의자에게 질문하였다.

"피의자는 왜 지나가는 행인이 담배꽁초를 버린 것에 이렇게 극단적인 행동을 하였습니까?"

그 질문에 피의자는 광기 어린 표정에서 진정된 표정으로 바뀌어 갔다.

"예전에 아파트 층간 담배 연기로 방화 살인을 한 기사를 본 적이 있을 거요. 그 범인이 저올시다."

순간 공판실이 술렁였다.

"내가 죄를 지은 만큼 페이스오프를 하고 얌전하게 살아가려고 하고 있는데요. 낚시를 하러 가기 위해 이동하다 신호대기를 하고 있을 때 앞차에서 담배연기가 딱! 전부! 빠짐없이 내 콧구멍으로 들어 왔소. 난 창문을 올리는 대응을 했소만, 창문 밖에 나와 있는 손모가지와 팔모가지를 자르고 싶었소. 그러나 담배를 안 피는 내가 인내해야 한다며 참았지라. 그런데 그렇잖아도 불쾌해하고 있는 와중에 손가락을 굴밤 치듯이 튕기며 담배꽁초를 버리지 뭐요. 그래서 그놈을 따라가서 트렁크에 있는 망치로 두들겨 패버렸지. 얌전하게 살려고 한 내가 아무 상관도 없는 지나가는 행인에게 매번 그런 짓을 했다면 나는 지쳐 죽었을 거요. 다 쳐 죽인다고 지쳐 죽었겠지."

나는 죄를 뉘우치지 않는 이 살인자를 내 트렁크에 있는 샌드웨지 골프채로

처 죽이고 싶었다.

"선고합니다. 정치팔 씨에게 징역 250년을 선고합니다."

날로 바둑계는 뜨거워지고 있다. 이돌환과 마창리제의 등장으로 최고조에 다다른 느낌이다. 우승 상금이 5,000억에 이르니 시장이 그만큼 바뀌었다고 보인다. 일각에서는 돌맹이 하나씩 놓는 일을 그렇게 거액으로 유치하려 하는 것을 비판하는 목소리도 나오지만, 어디까지나 일부에서다. 시대의 흐름을 역행할 수는 없다. 예전과 달리 바둑의 세부 장르도 많이 생겼다. 종합 격투기에서 2:1로 싸우는 것이나 같은 체급끼리만 붙는 대신 체급 설정 없이 싸우는 것처럼, 예전에 시간의 장르가 있었고 페어 바둑이 있었다면 지금은 정통 바둑이 건재한 가운데 바둑돌 다섯 개씩 열 개를 심판이 바둑판 위에 뿌려서 서로 마음에 드는 포석이 이뤄지면 그때부터 시작하는 대회가 생겼고, 19줄 바둑판에서 25줄 바둑판에 10개씩 총 20개를 던져 포석을 자연적으로 만들고 그때부터 시작하는 바둑대회도 생겼다. 바둑 팬으로써 정말 반가운 대회들이다. 내가 추구하는 자연스러운 포석들. 목진수 구단이 제일 반길 것 같다. 바둑 대국장도 예전엔 주경기장이나 축구장, 야구장에서 하던 걸 전용 대국장까지 생겼다. 격세지감이다.

6시 12분 8초 날이 아주 차다. 어제 가나와 여러 친구들과 바둑 경기장에 다녀오고 왠지 확 트인 바다가 보고 싶어 동해로 가나와 여행을 떠났다. 난 개인적으로 섬이 많은 남해와 서해를 좋아하지만 오늘은 왠지 모르게 동해가 가고 싶어 이동하였다. 언제나 그렇듯 바다가 주는 흥분감이 있다. 그 흥분감과 가나가 나를 감싸는 따뜻함을 안고 동해로 이동하는 순간순간이 행복이었다. 요금소에 다다랐을 때, 가나는 나를 놓아주고 허리를 세워 바로 착석한다. 우린 처음 만났던 그 횟집을 찾아가려 했으나 실패하고 결국 조용한 횟집에 자리하였다. 물고기 회가 메인이라 하더라도 나는 멍든 게가 최고다. 멍게 아재 개그로 봐주기 바란다. 하긴, 내가 처음 가나를 만났을 때도 내가 유혹했는지 유혹당했는지 모를 일이다.

"가나야, 처음 내가 널 유혹했을 때 생각나니? 몸을 못 가눌 정도의 널 내가 이 근처로 데려왔잖아."

"오빠, 무슨 소리야? 내가 오빠를 데려온 거거든?"

충분히 그럴 수 있다. 내 코가 꿰인 것일 수도 있지만, 코를 꿰였다는 사실이 나쁘지 않다. 나이트 건으로 약간의 흠집이 나긴 했지만, 그래도 생각을 고쳐먹고 긍정적으로 생각한다.

"자기야, 요즘 범없시 홍보는 잘 되니?"

"응. 오고자 하는 사람들이 많이 늘어나고 있는 상황이라 범없시청에서 분주하게 주변 지역과 연계해서 면적을 넓혀가고 있지. 초창기 땐 아버지께서 협상에 어려움이 많았다고 하시는데, 지금은 시청 관계자들이 절차만 밟으면 된다고 말씀하시네."

"그리고 준 공인인 널 알아보는 사람들도 많지 않니?"

"우리 범없시에서는 어린 친구들 말고는 거의 알 테고… 우리나라에서도 인지도가 있지 않겠어?"

"그런데 너 그런 돌발행위는 신경 쓰이지 않아?"

"우리 범없시에선 이해하고, 우리나라 몇몇 사람들은 악성댓글을 달긴 해. 하지만 딱히 신경 쓰진 않아."

"걱정되는데 네가 신경 안 쓴다니 다행이기도 하네."

"나의 이런 사고는 아빠의 영향이 컸지. 어찌 보면 엄마는 피해자 같지만, 엄마도 아빠를 이용했다고 표현하시고, 또 최종 표현은 사랑이래. 사랑하면 다 용서하고 이해할 수 있다는 양. 꼭 마지막은 사랑하니까 그랬다고 하시는 거야. 호호호. 두 분의 영향이라 말할 수 있지. 한번은 가족 모임에서 엄마가 아버지의 욕정에 대해 한마디 하시니 아버지께서 하신 말씀이 가관이야. '난 당신 젖 만지는 것도 힘들고 귀찮은 사람이야. 당신 좋으라고 주물럭거렸지, 난 사실 힘들다고.' 아빠의 그 발언에 우리 가족 모두는 파안대소하고 말았지."

집에서 그런 대화를 한다고? 참 그 자식에 그 아버지란 생각이 들었다.

"집안 모임에서 그런 대화를 한다고?"

"우리 가족만 있고, 애들은 없고, 취기는 있으니 19금 비슷한 대화를 하는 거지."

"참 대단한 집안일세."

그리고 우리는 차를 타고 한적한 곳을 찾아갔다. 전망이 좋은 곳이지만 어둠으로 인해 별만 반짝거렸다. 우리가 나름의 무드 속에서 서로를 하나하나 벗겨가다가 흥분의 출발점에서 서서 '땅!' 출발 신호도 없이 결승점에 가까워지고 있는데 먼 하늘에서 레이저쇼가 펼쳐지더니 곧 우리 차를 정면에서 비추고 있다. 우리는 순간 얼음이 되었고 흥분은 바다 속 깊이 뛰어들었다. 내 차에 GPS가 장착되어 있나? 이곳에서 우릴 아는 사람이 없을 텐데, 식당 주인이 우릴 찾아왔나? 경찰들이 수색하는 건가? 정말 별별 의문이 다 떠오르고 심장이 쿵쾅 대서 내 가슴을 열고 나올 것만 같았다.

"오빠, 어떡해?"

"잠깐 있어 보자. 우리 같은 애들이 왔을 수도 있으니까."

그렇게 라이트를 정면에서 비추고 있으면서 상향등까지 반짝거리며 위협했다. 신성한 천연해변에서 무엇을 하냐는 신의 신호인가? 나는 이미 죽었고, 나는 긴장됨의 흥분을 즐기고 있다 말하고 싶다. 라이트를 껐다 켜기를 두어 번 하더니 눈길을 돌려 갑자기 나타났던 것처럼 홀연히 사라졌다. 천당이라는 곳과 지옥이라는 곳을 1분이 채 안 되는 시간 동안 경험한 우리는 서로 놀란 가슴을 쓸어내렸다. 그렇게 태풍이 지나가고 고요함이 몇 초 흘렀다. 우리는 돌아갈까 망설였지만 결국 본능을 억누르지는 못했다. 죽었던 나는 향기롭고 따뜻한 해변의 맑은 공기와 뒤섞여 다시 살려냈고 살아나고 있었다. 거사가 끝나고 배부르게 먹었던 저녁이 어디 있는지 없고 다시 저녁 먹었던 집에 가서 또 저녁을 먹었다.

판사 정치상

"신기하네. 그렇게 먹고 또 먹을 줄이야."

"큰일 했잖아, 오빠."

"넌 안 힘들잖아."

"오빠 밑에서 지탱하는 게 더 어려운 거야. 참 나 원. 참."

"알았어. 사랑해. 그대, 당신, 자기, 너야."

소설 이야기를 잠깐 했다.

"친구로부터 집필 권유를 받고 아마추어 작가로 소설을 쓰고 있는데, 처음으로 하는 거라 대충 줄거리를 잡고 마무리는 여주인공을 살해하는 걸로 했어. 그런데 집필을 하다 보니까 언제 죽여야 할 지 갈피를 못 잡겠더라고. 일찍 죽이면 글이 너무 짧게 나올 거 같고, 안 죽이자니 끝이 없고. 작가는 아무나 하지 못하겠더라고."

"오빠, 웃기지 말고 하는 일이나 열심히 해. 뭐 디자이너가 된다느니 작사가·작곡가가 된다느니 그런 소리 하지 말고. 당구 프로, 바둑 기사, 골프 프로, 볼링 프로, 축구선수도 한다고 하지 그래?"

"아니야, 들어봐. 인생 백종 경기라고 들어 봤니? 내가 법조계에서 영향력이 세계 몇 위쯤인지는 모르지만 상위에 있다고 봤을 때, 바둑의 세계 랭킹은 50억 위쯤 될 거라 보고 축구 랭킹 또한 1억 위 정도 안 되겠니? 경제 랭킹은 76억 위 정도로 점수는 좀 깎이겠군. 그래서 100종목의 평균으로 인생 대상을 수상하려고 해."

"세계 인구가 몇인데?"

"어디 통계를 보니 중국이 약 14억. 인도가 의외로 많더라고. 약 13.5억. 미국이 3억 정도고 우리나라가 약 5천만 명으로 세계 27위라고 하더라고."

"그런데 오빠 경제랭킹이 몇 위?"

"76억 위."

"꼴찌 아니야?"

"꼴찌는 아니겠지. 내 뒤에 빚쟁이들이 더 있을 거야. 하하하."

수다를 떨고 일어나기 직전, 가나가 나를 똑바로 보면서 한마디 건넨다.

"오빠 소설 속에서 살해한다는 여주인공이 나는 아니지?"

나의 눈동자가 흔들렸는지도 모르고 가나는 호탕하게 웃고 일어선다. 어떻게 알았을까? 나이트 건으로 스스로도 생각했겠지. 흔들리는 눈동자의 나를 보며 한마디 더 한다.

"내가 오빠 구원해준 거 알지?"

무슨 뜻일까?

"오빠처럼 못난 사람을 만나주는 게 구원해준 거지. 호호호."

얘는 마음을 꿰뚫어 본다는 관심법을 하나? 오히려 내가 얠 조심해야겠어.

저녁을 먹고 다시 술이다. 이번엔 실제 배인지 아닌지 모를 레스토랑에서 태훈 형님과 재회하였다.

"어떻게 왔는가?"

"날 좋고 형님 생각나니 이곳 동해까지 왔지요."

"날 좋고 동해를 오니 내가 생각난 게 아니고?"

어라? 관심법 학원이 생겼나?

"아, 형님 뵈러 왔다가 회를 먹는 거지요. 헤헤헤."

"재수씨도 어서 와요."

"네. 오랜만이네요. 요즘도 서울투어 오세요?"

"서울투어라니요?"

되묻는다.

"저번에 뵈었을 때 나이트투어 하셨잖아요. 전국을 상대로 투어 하는데 이번에 우리 오빠 보러왔다가 나이트 한번 들리셨다면서요."

"형, 그리고 보니 형이 가르쳐줬네요. 선 볼일. 후 재회. 하하하!"

"아~ 그때 나이트클럽 한창 다녔었죠. 그러나 지금은 가끔씩 갑니다."

이 형이 나보다 나이가 12살 많은지 13살 많은지 모르지만, 10년 이상 나이가 많으면 어렵게 느껴지기 쉬움에도 너무 편하다. 아주 편하다. 그리고 돌싱이 된 지 오래라 나이트투어를 한다고 했다. 나도 부러워하긴 했으나 나의 에너지로는 역부족이었다. 여자를 좋아하는 나지만 과정은 싫은 나이기도 해서다. 그러나 이 형은 결과를 맺는 것보다 만나서 교감할 때 가장 희열을 느낀다고 한다. 이해할 수 없는 말이었지만 이해하려 한다. 이 형은 내가 아니니까.

"그때 형 따라 저도 많이 갔는데요."

"넌 나이트를 많이 갔다고 하면 안 된다. 넌 몇 번 가봤다고 하는 게 맞는 표현이야."

"전 쉼 없이 갔다고 생각하는데요."

"그때 난 인생을 즐김에 이성만 한 게 없다고 생각했지. 그래서 4~5년을 투어했던 거 같아. 진짜 안 가본 곳이 없을 정도로. 새로 개업한 곳만 안 가봤겠다. 아마 집을 열 채는 팔았을 거야."

"요즘은 그렇게 안 다니시나 봐요?"

"요즘은 한 달에 한두 번 갑니다. 전에는 거의 인생 목표였는데, 이제는 좋은 것에 지쳤다고 해야 할까요? 이제는 계획적이 아니고 즉흥적으로 회포를 풀 때 한 번씩 가지요."

"좋은 것에 왜 지쳐요?"

"난 애초부터 섹… 이런 말 해도 되냐?"

"아우~ 앤 형보다 더하니까 걱정 마세요."

"뭘 더해?"

"아무튼 형님, 말해보세요."

"섹스가 힘들더라고. 나를 위하는 건지 파트너를 위하는 건지. 노동처럼 느껴지고부터 기피하게 됐다고 보면 될 거 같아. 예외도 있긴 하지만."

"그러면 요즘 인생 목표는 뭔가요?"

"요즘은 낚시와 붓글씨를 해보고 있어. 인생 목표는 아니지만 네가 말한 인생 100종 경기에서 우승하려고 무엇이든 즐겨보려 하고 있지. 서예작품을 출품한 것 중에 입상한 게 있어. 나만의 흘림체로 좋은 글귀를 적었더니 운 좋게 입상을 했지 뭐야."

"상금은 얼마에요?"

"자유로운 영혼상이라고 하면서 5억원을 받았지. 그리고 무엇보다 중요한 것은 작품을 사려 한 사람이 나왔는데, 200억에 내 작품을 산다는 거야. 나는 흔쾌히 승낙했지."

"누가 형님 작품을 그렇게 고가에 산다는 겁니까?"

"범죄 있는 도시 건설사 회장이라나 뭐라나?"

"네? 범죄 없는 도시요?"

"있는지 없는지 범죄라고 그랬던 거 같아요."

가나가 휴대폰 단축번호를 누르며 통화를 시도한다.

"아빠, 서예 작품 사려는 거 있어요? 아~그러세요? 그 작가가 치상 오빠 아는 형이라네요. 네. 올라가서 뵙겠습니다. 아버지 사랑해요. 끊어요."

"재수씨가 범죄 도시 회장님의 딸?"

"전에 소개했잖아요. 그리고 범죄 도시가 아니고 범죄 없는 도시예요."

"그런가? 그거나 그거나지. 나 요즘 치매기가 있는지 깜빡깜빡해. 죽을 때가 되었는지 모르겠네. 지금 골프장 건설 중인 것은 마무리하고 죽어야 되는데. 이렇게 갑자기 죽진 않겠지?"

"별말씀을요. 골프장 건설은 어디까지 진행되었습니까?"

"지금 9홀은 완성되어서 가오픈해서 영업 중에 있고 27홀은 보름 후에 완공 예정이고. 1달 후 그랜드오픈식 하니까 또 와."

"형, 어떻게 골프장을 건설할 생각을 했습니까?"

"내 친구가 먼저 시작을 했는데, 나도 도전해 봐야지 하며 투자자를 모으는데 5년 걸려서 지금에 이르렀지. 내 친구는 우여곡절을 많이 겪었지만, 그 친구의 경험을 간접적으로 경험한 나는 비교적 쉽게 진행되었지. 그 친구는 사기죄로 고소도 당하고 검찰에서 매번 서류 압수해 가고 그랬거든. 그러면서 투자자 대하는 방법을 알려주니 난 비교적 쉽게 진행했지."

"설계도 직접 했다면서요."

"응. 내가 가본 골프장은 거의 같은 디자인으로 보이던데, 난 좀 파격적으로 코스를 만들어 봤지. 가장 이색적인 홀은 대형 징을 설치했어. 30미터 지름의 징을 맞히고 튕기면 아주 단거리 세컨드 샷이 남고, 그렇지 않으면 돌아가게 만든 홀이야. 그리고 또 헤저드는 아름다운 연못으로 꾸몄지만 대부분 양식장으로 관리하고 있어. 미꾸라지부터 민물 장어, 바닷장어, 감성돔, 방어, 멍게, 갑오징어, 조개류, 킹크랩 등 바다 어류까지. 이곳 양식장을 낚시터로도 활용하니 낚시터 찾는 사람들도 많이 있지. 회 떠주고 오픈 노래방도 설치하니 PGA투어 피닉스 오픈을 방불케도 하고. 나름 골퍼와 피셔가 공존한다고 봐야 될 홀이 몇 홀 돼. 그것도 특징 중 하나지."

"좋은데요? 형, 골프장 완공하고 나면 뭐 할 생각이세요?"

"그다음? 나 자수할 거야."

"뭘 잘못하셨는데요?"

"중앙선 침범과 신호 위반, 담배꽁초 투기, 지하철 불법 촬영, 낙서 등 하루에 두어 건씩 평생 위반해 온 것을 자수하고 광명 찾으려고."

"전에도 그런 소릴 하더니. 감옥에 가고 싶어요?"

"그래. 예전에 며칠 살고 오려고 경찰서 앞에서 보란 듯이 담배꽁초를 버렸더니 범칙금만 나오고 실형은 아니라고 그러더라고. 그런데 내 살면서 범한 모든 범죄를 자수하면 범칙금으로는 안 끝나겠지. 못해도 몇 년은 살 수 있을 거야. 그렇게 나를 깨끗하게 정화하고 나오면 범죄 없는 도시에서 깨끗하게 살 수 있을 거야. 지금의 나는 깨끗하고 투명하지 못하니 말이야."

"투옥 중에는 뭐하게요?"

"어찌 보면 난 그게 하고 싶어서 일지도 몰라. 집필!"

"나 참. 수감되면 형님 보고 '선생님 어서 오십시오!' 하고 서재 한 켠 내줄까 봐요?"

"뭐. 할 건 하겠지만, 여가 시간을 집필에만 몰두하고 싶어서. 내가 살았다는 이름 석 자는 남겨야 하지 않겠니? 산으로 가서 할까도 생각해 봤는데, 내가 혼자 있으면 의지가 부족해지는 것을 느끼게 되더라고. 옆의 죄수나 간수가 보고 있으면 보여주기식으로라도 할 텐네, 혼사 하니 의시박악아처럼 뭘 안 하려고 하고. 집에선 줄넘기, 윗몸일으키기, 팔굽혀펴기, 이런 기본 운동도 안 하더라니까? 그래서 좋게 생각하려는 거야."

"장하십니다. 저도 곧 따라가겠습니다."

"넌 오지 마. 면회 올 사람도 있어야지. 하하하."

웃는 게 정말 웃겨서일까? 참 알 수 없는 형이야.

이렇게 저녁과 음주를 하며 즐거운 시간을 보내고 있는 와중에 이 형이 갑자기 종업원에게 언성을 높이는 것이다. 음식에 머리카락이 나왔다며 고래고래 고함을 치고 다른 걸로 바꿔 달라고 땡깡을 부리고 있다. 당연한 건지 그러면 안 되는 건지 정해놓은 것은 없을 법 하나 오버스러운 것은 사실이었다.

"형, 얘기하더라도 부드럽게 말하지 왜 그렇게 언성을 높여요?"

"여긴 전에도 그랬어. 상습적으로 관리가 안 되는 곳이야. 다 여기를 위해서야."

결국 '여길 위해서'라는 것은 해석하기 나름이지만, 이 형이 그 불쾌하다는 사전적 의미를 가지고 스스로 이용하려는 것도 한 몫 할 것이다.

"그러다가 종업원이 음식에 침이라도 뱉으면 어쩌려고요? 영화에서는 맘에 안 들면 가래침도 뱉어서 나오잖아요. 나 음식 나오면 안 먹어야지."

"설마 그러려고?"

"설마가 사람 잡습니다."

그리고 음식이 나왔다. 눈에 보이지 않기에 먹긴 먹었다만, 영화에서 나온 적나라하게 침 뱉는 상황이 계속 떠올라 나의 특별한 미각이 살아나지 않았다. 가나와 비빔밥 키스도 하였으나 남의 재채기 방향에 있는 음식도 꺼려지기 나름 아니려나. 음식점의 점원이 침 투하 방지 입 가리개를 하는 시대인데 가래침을 상상하니 입맛이 오려 하지 않음은 당연하다 하겠다. 그러나 둘이 맛있게 냠냠 먹는 모습을 보니 어느새 나도 모르게 맛에 빠져들고 있었다.

"범죄의 도시에 대해서 설명 좀 해주세요. 가나 씨."

"범죄 없는 도시라니까요."

"그래그래 범죄어브스는…"

"네. 우리 범죄 없는 도시는 범없시라고도 하고요, 해외에서 깨끗한 거리를 보고자 단체 관광을 많이 와요. 우리 범없시의 명성을 알고 관광객들도 질서를 잘 지켜줍니다. 이곳에서 무질서는 떠오르지 않죠. 우리 범없시에서 특별한 행사도 하는데요, 그 특별한 행사는 차 없는 거리에서 쓰레기 버리기 체험 프로그램이 준비되어 있어요. 이곳에서 태어난 어린 친구들은 커가면서 범없시 외 지역에 쓰레기가 있는 것을 보고 나서야 '쓰레기나 담배꽁초 등을 버리는 이들이 있구나.' 하고 생각하지요. 이곳에서는 자기 자신의 사고가 생기기 전에는 버려지는 것이 아니고 손에서 놓치는 것이라고 알고 있었기에, 버린다는 것을 직접 체험하고 깨끗한 거리가 관광 상품이 된다고 생각하게 되기도 하지요. 그리고 우리 범없시의 특징 중 하나는 섹스 어필을 할 수 있다는 거예요. 저도 그 부분은 참 마음에 들지요. 제 친구들 중에 몇몇은 반사적으로 거절하더라고요. 그리고 하는 얘기가 '좀 전에 그 남자 괜찮은 스타일이던데.'라며 아쉬워하기도 하고 그렇더라고요. 우리 범없시에서는 맘에 들면 서로 대화 후 이어지기도 하거든요. 그리고 또 하나, 집에 잠금장치가 없다는 것도 특징이지요. 더 궁금한 거 있으세요?"

"가나 씨의 설명을 들어도 상상이 안 되네요."

"형, 가보면 겉은 완전 똑같은 우리나라인데 사람들의 마인드가 좀 다르다고 보면 되요. 어찌 보면 그곳 사람들보다 더 열린 마음으로 우리나라에 사는 사람들도 아주 많아요. 근데 그 범없시에는 그런 사람들이 모여 사는 곳이란 게 다른 거지요."

"오~ 그래?"

"지금 범없시가 계속 넓어지는 걸 보면 범죄 없이 살고자 하는 이들의 이동이 계속 생겨나고, 사람들의 의식이 바뀌면 우리나라뿐 아니라 전 세계가 악과 범죄가 없는 곳이 될 거라는 게 우리 아버지의 예언이었고, 끝까지 남은 악인들은 영화에서처럼 우주로 향할 것이라 하셨습니다. 그 말씀에는 공감하지 않지만, 그래도 지하 세계로 쫓겨 갈 거 같긴 해요. 이렇게 범없시가 넓어지는 걸 보면요. 악이 설 자리가 없어지고 지구에서 최후의 배수진이라 생각 드는 암흑세계의 핵심인 지하세계로 말이죠. 터미네이터를 보면 악이 세상을 지배하고 선이 지하세계로 쫓겨났지만, 우리 범없시의 추세를 보면 그 반대예요. 어쩌면 완전 뿌리가 뽑혀 악이 멸종할 수도 있지요. 지금 생각이 드는 게, 그 정도로 몰린 악을 세계기구에서 보호하진 않을까 모르겠네요. 멸종위기종이라고. 일부 악은 보호하며 관리 할 수도 있겠죠? 호호호! 너무 갔나요? 나만?"

가나의 헛소리가 끝나고 우린 독서 토론을 하였다.

"너 요즘 읽는 책 있니?"

"전 법전이나 보지요. 형은요?"

"난 요즘 멀티 리딩에 관심을 가지고 몇 권을 같이 보지. 처음엔 두 권으로 시작했는데 지금은 다섯 권으로 보고 있어. 멀티 리딩의 좋은 점이 뭐냐면, 흐린 기억 속으로 보내는 걸 더디 하면서 그 책의 감흥을 오래토록 가져갈 수 있더라고. 지금 다섯 권을 하지만 한 권씩 계속 늘려가며 10권, 20권에 도전해 보려고 생각 중이야."

"책 내용이 들어오겠습니까?"

"음… 뭐랄까, 양다리를 한 기분? 다섯 명을 동시에 만나 보진 않았지만 다섯 명을 같이 만나는 기분? 열 권이면 열 명이겠지. 하하하! 저도 너무 갔나요?"

"아~ 저도 도전해 보겠습니다. 하하."

어릴 적 기억이 떠올랐다. 비디오 자기인지, 쟈키인지, 여보인지.

"예전에 영화 소개 코너에서 두 영화를 번갈아 보여주는 프로그램이 있었던 기억은 나네요."

"맞아. 나도 거기서 영감을 얻었지. 처음엔 일부러 2권을 보려고 한 건 아니고 화장실에 비치하고 거실에 비치하고 서재에 꺼내 놓은 책들을 보다 보니 이제는 독서 시간이 되면 기본적으로 몇 권을 곁에 두고 로테이션으로 보는 거지. 몇 권의 책이 다 기억에 맴도니 독서를 하면서 처음 경험하고 느끼는 감정이었어. 이 독서 방법이 좋다 나쁘다라는 의견을 제시하기보다 그런 독서 방법으로도 해봤다는 게 의미 있는 경험이라고 생각해."

독서 토론을 하고 화제를 바꾸어 옛 사색에 잠깐 잠기었다. 우리 중에서 가장 연장자인 형이 대중교통에 대해 말문을 연다.

"내가 어릴 적 동해에서 부산을 가려면 5시간이 걸리고, 그 당시 버스 안에서도 담배를 피우고 그랬지. 완전 너구리 소굴이 따로 없었지. 맨 뒷좌석에서 운전석 쪽이 안 보였으니 말이야. 그런데 요즘은 집에서도, 아파트 단지에서도 담배를 못 피우니 얼마나 격세지감이니. 낭만적으로 아파트 벤치에서 한 모금 빨면 세상이 그리 평화로울 수 없는데 아파트 단지 전체가 금연구역이라니. '아~ 옛날이여.' 그 노랠 부른 가수가 생각나네."

"형님. 저번에 금연한다고 하지 않았나요?"

"그렇지. 계획은 제법 했을 거야. 내 생에 서른 번 정도는 금연계획을 했다만, 번번이 실패했지. 의지박약인지도 모르고 말이야. 내 기준에서 또 다르게 해석하기도 하지. 좋은 게 좋은 거다. 난 흡연이 좋지 않다는 걸 지식으로는 알고 있지만, 현재 안 좋아지고 있는지를 피부로 느끼지 못하니까 나에게는 긍정적이지 않다. 긍정적으로 생각하고 다시 피우는지도 몰라. 내가 식사 후 담배 한 모금을 어디서 무엇과 어떻게 바꾸겠나? 예전 일주일 선생은 담배로 인해 고통을 겪었지만 지금의 난 아니니 이게 내게 보약인가도 싶고 마약인가도 싶은 게지. 나에게는 좋은 것일 수도 있다 생각한다. 하지만 또 걱정을 하고 또 금연을 계획하겠지."

"'그래, 니 마음대로 해.' 딱 그거네요."

"그렇지. 7시 6분 전후에 빨강 파랑 태극 정성을 담은 옷을 만들어 입고 다니다 과거 사또나 도령, 포졸이나 임금이 입던 두루마기나 도포를 생각한 남성용 원피스를 만들었지. 내가 이걸 입고 다니니 나를 변태 보듯 보는 거야. 물론 보는 이들은 변태 보듯이 보는 게 아니거나 패션리더 보듯이 본 것일지도 모르지. 어찌됐건 시선은 상당히 따갑고 밝고 맑고 그러했지. 나로 인해 남성미 뿜는 패션이 유행을 타고, 빨강 파랑으로 물들길 바란다. 그리고 원피스도 남녀가 같이 입길 바라지. 남자도 편함을 느끼며 살아도 되지 않나 생각해 본다."

"그래도 아직 남자가 치마를 입는 건 받아들여지지 않겠는데요. 물론 제 생각이지만요. 저도 아는 형님이기에 고개를 끄덕이는 것이지, 다른 사람이면 욕했을 거예요. 적당히 하세요. 형님."

"그래. 한번 두고 보자꾸나. 귀추를 주목해 보지."

그리고 형님과 나는 화장실에서 앞굽이 쏴를 하고 들어왔다.

"내가 살아가는 동안 내 힘으로 할 수 있는 것은 다 해보려고 해. 그게 무엇이든 벼를 심어서 가꾸고, 수확해서 내 손으로 거둬서 밥을 해 먹는 것을 기본으로 내가 가위와 빗을 사서 나의 앞뒤좌우상하의 머리카락을 정돈하고 맘에 드는 옷감을 사서 내가 반짇고리를 이용하여 옷깃과 소매를 만들고 거기다 내 이름의 로고도 넣는 거지. 또 나의 육성을 통해 나의 흥얼거리는 멜로디로 작사·작곡을 해보고, 내가 그린 도면의 골프장을 만들어 보고. 살면서 그 모든 걸 다 해보지는 못하나, 할 수 있는 한 해보려 함이지. 과일을 따 먹는 맛이 있지. 똑같은 과일일지라도 손수 따먹는 맛이랄까? 전문성은 없어도 성취감이 생기지. 누구는 흉볼지라도, 다른 누구는 그 용기만으로도 칭찬하는 그런 일 말이야. 이번 골프장이 완공되면 휴식으로 충전하고 산의 속을 드러내 돔식, 동굴식 축구장과 야구장, 바둑 대국장이 되는 다용도 경기장을 만들 거야."

"산에다 어떻게요?"

"말하자면 수박에 작은 구멍만 내고 속을 다 비워서 경기장을 만드는 거지. 그럼 지붕의 개념이 산꼭대기가 되겠지 능선 쪽은 벽면 정도 될 것이고. 다용도 편의시설을 만들고. 또 서울의 한강 남북에 대표적 도로인 올림픽대로와 강변 북로의 강에다 휴게소를 만드는 것도 내 인생 목표 중 하나지."

"하고픈 거 다 어찌하고 삽니까?"

"그렇지. 영향력을 미치고도 싶고, 하고도 싶고. 그런 거란 거지. 7시 1분 8~9초경 뉴스에 성폭행 관련 보도가 있었는데, 그렇게 보면 예전 네 친구인지 후배인지 불륜설이 있었던 친구도 있잖아. 그 친구를 생각하니 '예전은 틀리고 지금은 옳다.'라고 한 말의 반대도 생각나는 거야. 말인즉슨 '과거는 사랑이고 지금은 폭력이다.'라는 생각까지 들더라고. 물론 서로 자기가 옳다고 하니 드러나 봐야 알겠지만. 결과가 나오면 한 사람은 거짓일 테니까. 그래서 난 누군가의 결과론을 맹신하지. 철저히 결과론이란 것을."

"너무 결과에 집착하면 과정을 무시하게 되는 거 아닌가요?"

"말한 이의 의도는 그게 아니야. 결과를 좋게 하기 위해 과정에서 최선을 다하는 것이지. 글쓴이가 말하려는 건, 그럼에도 불구하고 사회나 직장 내에 부조리가 있다는 건 그들은 결과를 위한 과정에 최선을 했다고 보지 않는 것이지. 눈앞에 보이는 이윤을 찾으려니 결과가 안 좋은 것이지."

"음 어렵네요. 하하하."

"결과만 생각하면 지금이 결과지. 지금이 나중이 되면 과정이 되는 거니. 간단한 거지."

"그러고 보니 지금에 충실하라는 말과 같은 말이네요."

"그런 셈인가? 자체는 그런 셈이지. 헤헤헤. 그런데 이제 두 분은 어디로 가나요?"

"네. 형님과 회포를 풀었으니 바람 좀 쐬고 서울로 가야죠."

양손으로 의자를 뒤로 밀면서 일어섰다. 서로 인사를 나누고 우린 해안도로를 드라이브하면서 그녀의 마지막 누울 자리를 선택할 수 있도록 배려하고자 부드러운 혀를 놀렸다.

"자기야, 오늘 밤은 특별한 날로 만들고 싶으니 자기가 가고 싶은 곳으로 가자."

"뭔가 이벤트라도 준비했어, 오빠? 기대해도 되는 거야? 그럼 가는 길에 와인 좀 사 가자. 분위기에는 와인이 최고인 것 같아."

"그래. 니 마음으로 해."

웃으며 천사의 표정으로 악마를 감춰본다. 내가 이 여자를 죽여야겠다는 마음이 든 이후로 운전할 때도, 심지어 손잡고 걸어갈 때도 심장이 두근두근거렸다. 호텔의 복도를 걸을 땐 언제나 좋은 흥분으로 걸었으나, 지금은 두려움이 감도는 흥분이다. 이것도 좋다는 표현을 해도 될지 모르겠다. 내가 슬픔을 좋아하듯이 세상에 드러낼 수도 없고, 드러날 수도 없지만. 장인이 될 김 회장이 뭐라 설명할 수 없는 이유지만 죽었으면 하는 생각을 하듯이 말이다. 장인에 대해서는 훌륭하다는 평가가 전부이지만, 가나와 엄마를 보면 '사랑이 사랑이었는지, 사랑을 돈과 명예로 산 것인지.'란 부정적인 의식도 마음 한켠에 있고. 그래서 저 노인네가 그냥 비명횡사했으면 하는 마음도 있었다. 또 나의 속내 중 '그러면 그 재산을 내 부인이 물려받고, 또 남편인 내가 수혜를 받고 우리는 슬퍼하며 좋으면 되는 것'이기에 그런 생각을 하기도 하였다.

그러나 지금은 이 여자를 죽이고자 하는 생각에 떨림과 괴로움을 좋은 느낌으로 승화시키고 싶다. 아니, 지금 모든 감정이 좋다. 황금색으로 된 호텔의 문손잡이를 부드럽게 내려 문이 열림과 동시에 가나를 안으로 밀어 넣듯 안내하고 우리 둘은 누가 먼저랄 것도 없이 부둥켜안고 키스와 애무로 실내를 데웠다. 나도 여신을 좋아하지만 얘는 나이트 사건이 말해주듯 남신을 너무 좋아한다. 천사 같은 가나가 접대부처럼 행위 예술을 하며 대해주니 녹지 않을 이가 없을 것이다. 나이트에서 횡재한 그 남자의 황홀함에 질투가 난다. 살인을 목전에 두고 이런 섹스라니. 이별 섹스를 황홀하게 해보았지만, 이건 또 다른 이별 섹스이다. 영원히 이별이다.

1차전을 하고 우리는 나체인 채로 서로의 뱃살을 지적하며 마주 앉아서 와인으로 취하기를 청하였다. 이곳에서 제공한 와인 잔은 밑에서 기포가 올라오며 와인이 끓는 모습을 하고 있다. 공기와의 접촉을 통해 더 맛나게 해준다나 뭐라나. 나야 와인 맛을 모른다만 그러하다니 맛나 보인다.

"오빠 어쩐 일로 이렇게 무드를 잡아? 오늘 천국 보내주길 바래? 봉사해줘?"

"나야 천국에 가고 싶지. 오빠가 너한테도 천국을 보여줄게."

그 말이 아직도 살인을 계획하는 진담인지 황홀한 오르가슴을 생각하는 천국인지 헷갈려 떨림이 더 배가 되고 있다.

"오빠, 덩 좀 사고 올게."

"크크. 자기야. 굳이 그런 말은 안 해도 되는데. 오빠가 잡은 무드 자기가 다 놔줄 거야?"

"오빠, 우리에겐 이게 무드인 거야. 우리만의 무드. 남들은 덩 사러 간다는 건 무드를 깨는 거지만 우리에겐 더 흥분감을 선사해 준다고. 덩 사고 구석구석 깨끗하게 씻고 올게. 오빠, 내 항문을 부탁해. 싸랑해."

역시 가나는 가나다. 유유히 화장실로 향하고 나는 TV를 켰다. 아시안컵 축구를 하기에 우리나라를 응원했다. 그러고 보니 언제부턴가 축구 경기가 골대를 10분마다 좌우로 옮겨서 하기 시작했는데, 마치 골프 경기에서 티잉 그라운드 위치를 옮기는 것 같았다. 그렇게 하니 전술이 시시각각 변하는 게 더 박진감 넘치는 축구 경기가 된 듯하다. 농구처럼 교체도 하고. 축구 대표팀이 7시 1분 22초 연장까지 가서 어렵게 8강에 진출하는 중에 난 살인을 계획하고 있다. 생각할수록 더 가슴이 떨려온다. 가나가 실오라기 하나 걸치지 않은 채 내게로 와서 키스를 하고, 다시금 자리로 가 와인 잔을 들어 건배를 제안했다. 우리는 기포가 나오는 와인 잔의 맑고 청아한 소리를 들으며 마시기를 반복했다. 취기와 무드가 오를 대로 올라 있었다. 떨려서 그런지 살인을 해야 함에도 어울리지 않는 피곤함이 몰려왔다. 빨리 가나 이년을 죽이고 좀 자야겠다. 시신은 컨디션을 회복하고 처리하고자 생각하고 내 살인 계획을 진행시켰다.

"자기야, 오늘 내가 뿅 가게 만들어 줄게."

한 번씩 사용하던 밧줄을 이용하여 가나의 양 손목과 양 발목을 묶어 침대에 고정시켰다. 꼼짝도 못 하는 이년에게 다가가서 마지막 작별의 키스를 황홀하게, 피곤하게 하고는 취기로 눈을 지그시 감고 있는 이년을 두고 나는 가방에 준비되어 있는 강력 접착 청테이프를 꺼내어 다시 침대 맡으로 와 '준비 땅!' 하는 스스로의 신호와 함께 이 년의 입을 틀어막았다.

앗! 순간 스르르 졸았던 난 사지가 묶여 있고 입이 막혀 있음을 느끼고 의문이 들었다. 내가 치상 오빠를 알기에 해코지할 건 아니라 생각하지만, 입 막음은 지금껏 없었던 행동이라 어떤 해괴한 오르가슴을 선사할지 기대감과 불안함이 동시에 느껴졌다. 기대감이 더 크다고 해야 할까? 불안함이야 답답한 마음에 그렇기도 하고. 이놈이 허접한 소설 속 여주인공을 빨리 죽여야 하는데 못 죽이고 있는 상황도 알고 있어서 날 죽여야 할 그 여주인공으로 생각하나란 생각이 들기도 하지만. 실제로 이놈이 날 죽이기는 일은 현실적으로 없을 거라 생각하기에 불안감과 기대감이 공존할 뿐이다.

'이놈, 도대체 무슨 짓을 하려는 거지?'

부스럭부스럭 가방을 뒤지는 소리가 나고, 이놈이 '고요한 밤 거룩한 밤 어둠에 묻힌 밤' 휘파람을 부는 소리가 난다. 꼭 살인을 암시하는 듯한 휘파람 소리다. 이 휘파람 소리를 들으니 공포감도 들었다. 분위기는 괴기스러웠다. 뒷모습만 보이고 있고 휘파람만 불고 있으니 기대감보다 공포스러운 마음이 더 크게 다가왔다. 녀석이 오이를 가져온다. 그리고는 싱크대 쪽으로 가서는 오이를 씻고 음흉한 눈빛으로 다가온다. 그러면 그렇지. 이놈은 날 해코지할 위인이 되지 못할 터이다. 오이와 이 녀석의 표정을 보니 마음이 한결 놓이고 다시금 기대와 흥분으로 무장하기 시작했다. 잠깐 고음의 허밍으로 입을 막은 청테이프를 떼 달라 부르짖었지만 들은 채도 안 하는 저놈을 믿어 보기로 했다. 그리고 머리가 띵해져 더 이상 하지 않은 이유도 있겠다고 하겠다. 녀석이 내 눈앞까지 다가와 개처럼 굴기 시작한다. 귓볼부터 뺨으로, 눈두덩이로, 목덜미로 나를 요리한다. 싫지 않다. 다만 평소와 다르기에 긴장감도 함께여서 피곤함도 있을 뿐이다. 그리고 이놈은 오이를 가지고 나의 계곡에서 한참을 날 위하고 있다. 나도 좋았다. 그러다 이놈이 안 하던 짓을 한다. 오이를 한 입 와그작 베어 먹는다. 그런데 세상에! 한 입 베어 물어 날카로워질 대로 날카로워진 오이를 나에게 들이민다. 아프다. 죽겠다. 와그작거릴 때부터 생긴 공포가 극도로 느껴지는 순간이다. 피가 흐르는지 흥건하게 느껴졌다.

도대체 이 새끼 무슨 짓을 하는 거야. 대체 왜 이래? 무서워. 떨려.

"자기야, 좋아? 난 언제부턴가 궁예를 이해하기 시작했어. 사람이 어떻게 저렇게 180도 바뀔 수가 있을까 했는데, 내가 그러고 있더라고. 궁예처럼 행동으로 옮기지 않았을 뿐이었던 거지. 하라고 해도 그렇게 할 용기는 없었던 거야. 그런데 지금 내가 한포기 잡초 앞에서는 대중 앞에서 만큼의 용기가 없어도 될 듯해. 왠지 궁예가 될 수 있을 것만 같아. 아니, 실험이라도 해보고 파. 뭐라고 하는 사람이 없으니 가나라도 옆에서 말리거나 말을 한다면 난 또 가나의 말을 들을 수 있겠지. 그러나 내 옆에 사랑하는 가나는 없어. 그냥 풀 한 포기, 파리 한 마리, 개미 한 마리가 있을 뿐이지. 내가 쥐를 무서워해도 목숨을 걸고 쥐와 싸운다면 지는 일이야 만무하겠지만, '저 쥐를 잡아야 하나?'란 의문이 든다면 난 쥐와의 싸움에서 지기도 할 거야. 질 수도 있을 테고. 내가 쥐에게 물리고 놓치면 진다고 할 수 있겠지."

혼자 무슨 말을 그렇게 하는 거야? 독백하나? 궁예라 함은 인두를 사용해 음부를 지져 입에서 연기가 나와서 왕비를 잔인하게 죽인 그 궁예를 말하는가? 지금 오이를 가지고 있다만, 한 입 베어 문 흉기를 들고 있다고 생각하는지 칼을 가지러 가려는 건지. 나의 심장은 이미 제대로 숨을 쉬지 못할 만큼

뛰고 있다.

"자기야, 걱정하지 마. 내가 자기를 죽이기야 하겠어? 잠깐 궁예를 빙의하려는 것뿐이야. 잠깐이면 돼."

다시 나의 귓볼에서 멀어지고는 뒤적뒤적 하더니 칼을 들이민다. 난 처음으로 흉기가 내 앞에서 광기 서린 빛을 내고 있는 걸 보고 있다. 이 칼로 설마 나를 해치진 않겠지? 그렇지만 이 새끼의 눈은 거의 풀려 있어. 나를 애인으로 생각하는지, 사람으로 생각하긴 하는지. 아까 독백 중에 풀 한 포기, 파리 한 마리, 개미 한 마리로 보고 내 숨을 거두려고 하는지 모르겠다. 지금 나의 심경은 극도의 공포와 입이 막힌 탓에 느끼는 답답함이다. 그리고 심장이 500미터를 전력질주한 것처럼 쿵쾅거려서 정말 죽을 거 같다. 심장마비 같은 것이 찾아올 것 같다.

이 새끼가 다시 내 다리 사이에 자리 잡고 궁예를 빙의하려 한다. 그 날카로운 칼날이 나에게 들어오고 나가기를 반복하고, 나는 핏물을 토해내고 있다. 입에선 게거품이 나오고 정신이 혼미하다. 나의 음부는 아프지 않은 듯하다. 칼로 나의 살점을 도려내도 아프다라 못 느낀다. 하지만 나의 정신은 희미해지고 난 정신을 잃었다. 나는 다시 정신을 차리고 이 새끼를 보았다. 나의 손발은 풀려 있고 입에 테이프도 제거되어 말도 가능하고 이 새끼의 행동을 말리기도 하였으나 이 새끼는 나의 간청은 듣지도 않고 내가 말려도 꿈쩍하지 않는다.

나는 죽어 있다. 한참을 고통 속에서 죽어간 나에게 이 새끼는 아직도 쓱걱쓱걱 거리고 있다. 피가 흐르다 못해 순대 선지처럼 굳어가고 있다. 이 새끼는 그런 선지를 입으로 가져가며 풀린 눈을 찌푸리다 풀다를 반복하며 나의 붉은 흔적을 조금씩 집어 삼킨다. 증거를 없애려 하는 건가. 그럼 몸의 흔적은 어찌한단 말인가?

"그렇게 신음하더니 죽었나? 싱겁게 벌써 죽어버리다니…. 꿈틀거림이 없는 건 아쉽고, 살인을 한 것은 무섭네⋯. 무서운 건가? 시신 처리를 어떻게 해야 하나? 귀찮은 건가? 숙제를 하지 않았는데 숙제검사를 하는 선생님께서 한 발씩 다가오는 두려움 앞에 나 스스로를 내려놓은 것인지 모르겠네. 내가 왜 이랬을까? 죽이려고 했을까? 장난만 치고 말려고 했는데 이런 게 죽어 버린 걸까?"

살인을 하고도 장난이라는 말이 나온단 말이냐? 내가 널 다는 몰랐구나. 사람의 속이 겉과 다르다 하더라도, 그래도 내가 사람은 잘 봤다고 생각했더니 결과적으로 믿는 도끼에 발등 찍힌 상황 아닌가. 아니 발등이 아니라 목숨을 찍혔구나. 이런 씨발. 내가 저런 놈에게 목숨을 맡겼다니. 아이 짜증나. 이놈 봐라? 뭐 하려는 거지? 그건 시체라고 미친놈아! 뭐 하는 거야! 미친놈 아니랄까봐! 으이그 미친놈!

"자기야, 내가 더 좋게 해줄게."

옷은 왜 벗는 거야. 옷을 벗고 하려는 거 아니지? 내가 아무리 섹스 여신이었다 해도 그건 사람이 아니라고. 시체라고, 이 미친놈아! 네놈 말대로 풀 한 포기, 개미 한 마리라고 이 미친놈아.

그러더니 연신 혼잣말을 해댄다. 두려움과 불안함을 해소하기 위한 것이다. 자기 스스로를 미쳤다고 인정하고픈 것이겠지. 정신병자라서 난 이렇게 하는 거라고 말하고 싶겠지. 난 검사 정치상이 아니고, 지금 이 순간 정신병자이자 미친 사람이기에 이렇게 하는 거라 말하려는 거겠지. 너란 놈 참나. 이제 보고 있는 내가 지친다, 지쳐. 어디 보자 네놈을. 내 몸뚱아리는 회로 뜨고 있는 우럭 한 마리 같았다. 늘씬하고 야들한 게 벵에돔인가? 그 벵에돔 가슴을 피 묻은 손으로 이리저리 두어 번 하더니 나의 턱을 잡고 흔들고 귀를 잡아 뜯을 듯이 당기고 살짝 벌어진 입술로 손가락을 집어넣어 아랫니와 턱을 잡고 아래턱을 요리조리 흔든다. 아, 이빨은 동물에게 하는 명칭이지. 꼭 동물이 아니어도 이를 낮잡아 부르는 표현인데 죽어 있는 나에게는 어울릴 듯도 하네. 마치 벵에돔 대가리를 요리조리 흔들듯이 나의 아랫 이빨 안쪽과 아래턱을 잡고 흔들기를 반복하는 게 죽은 벵에돔 대하는 것 같다.

이 새끼 기어이 시체에다 행위를 하고 자빠졌다. 소리치는 나도 어찌할 수 없음을 알고 지켜만 보고 있을 뿐이다. 이놈은 계속해서 행위를 하고 '또 고요한 밤 거룩한 밤 어둠에 묻힌 밤' 휘파람을 분다. 이놈이 행위를 마치고 내 몸에서 떨어지나 싶더니 핸드폰을 가져와서 만지작만지작 거린다. 그러면서 섹스 동영상을 켜놓고, 핸드폰을 내 가슴골 사이에 거치하고 다시 행위에 들어간다. 내가 죽어 반응이 없음에 흥분이 안 되어 시각적으로라도 흥분을 하려는 건지 폰 액정을 보며 피스톤 운동 중이다. 조금 하는 듯하더니 이내 사시나무 떨듯 파르르 떤다. 그리고는 동작이 느려지고 나와 분리되어 깊은 한숨을 내쉰다. 다시 유방 골의 핸드폰을 만지작만지작하더니 축구시청을 한다.

"젠장. 시작했잖아. 좀 더 일찍 죽일 걸 그랬네. 시간이 이렇게 되었을 줄이야. 내가 항상 법전 공부를 하기 전에 준 의무적으로 바둑을 뒀지. 전화기를 들고 있으면 어머니께 전화를 먼저 드렸듯이. 바둑의 유혹을 뿌리칠 수가 없어서. 자기야. 듣고 있니? 바둑만큼 좋은 게 축구야. 예전에 자기와 약속을 미루고 일 핑계를 댔을 때도 난 친구들과 축구를 하러 갔어. 영국에서 6부 리그 팀이 와서 우리 팀과 친선경기를 가졌을 때 자기와의 약속을 뒤로하고 축구를 하러 갔지. 용서해 줄 거지? 이해해 줄 거지? 고마워, 자기야."

축구 해설이 들려온다. 난 이 새끼와 바둑 대국장은 수차례 갔지만 축구를 보러 간 기억은 거의 없다. 국대 경기만 손에 꼽힐 만큼 가보았다. 애가 하는 말이 보는 거보다 하는 것을 좋아한다나 뭐라나.

"과거에 축구는 11명이 90분을 뛰며 단 3명만 교체를 하였는데, 오늘날 선수 교체와 시간은 180분을 4피리어드로 나눠 뛰고, 선수교체에 제한이 없고, 농구나 아이스하키처럼 휴식 후 다시 투입되는 선수 운영을 다시 과거의 시스템으로 돌려야 한다는 입장을 밝힌 레전드가 있었죠. 차박손 전 감독은 강력하게 과거의 축구로 돌아가야 한다고 연일 강조하고 있습니다. 세계에서도 인정받고 있는 차박손 전 감독의 이 같은 발언이 세계 축구사에 얼마나 영향을 미칠지 귀추가 주목됩니다."

축구 해설 사이사이 지가 감독하고 해설도 한다.

"아서라 아서. 앉아 있는 이가 없도록 뺑뺑이 돌려서 계속 싸워야지, 무슨 3
명 교체냐? 쉼 없이 뛰라고. 내가 축구할 땐 다리에 쥐가 나야 뛴 거 같았다
고. 검투사가 안 싸우고 빙빙 돌기만 하면 되냐? 그러니 조별 리그에서 저주
기가 나오지. 언제나 토너먼트 해야 한다 차박손아."

그냥 네가 축협 회장 하고 피파 회장 해라.

그리곤 나의 가슴을 만지는지 스치는지 지나가고 나의 아버지를 모욕한다.

"자기야, 나는 네 아버지도 마음에 안 들어. 범없시라고 만들어 놓은 것도
맘에 안 들고, 너의 엄마가 아빠와 나이 차가 많이 나는 것도 마음에 안 들
고, 너의 엄마가 네 번째인가 다섯 번째 부인인 것도 마음에 안 든다고. 정
작 네 아버지는 범없시를 만들어 하고 싶은 대로 다 하고 사는 거 아니냐고.
공식 부인이 대여섯 명이면 도대체 첩이 몇 명이란 말이야? 현대 사회에서
좀 사회적으로 경향을 미쳤다고 공식적으로 일부다처를 자행하는 것은 맘
에 안 든다니까? 능글거리는 말투와 부처라고 자평하는 것도 재수 없고. 뒤
에서 호박씨는 다 까고 말이야. 너만 봐도 그래, 이년아. 재수 없는 년. 그래
서 그 아버지에 그 딸이란 말이 나오는 거야 이년아. 나도 '밤과 음악사이' 가
서 여자를 만나고는 했지만, 너처럼 즉석에서 만나 즉석에서 섹스 파티를 하
지는 않았다고. 어찌 보면 너도 나 몰래 한 것인데, 어떻게 내가 알아서 문제
가 된 것이겠지만? 참 넌 대단한 애야. 내가 너의 오픈 마인드를 인정한다고
말했지만, 저 가슴속 어디에서는 불만이 있었을 거야. 그러니 오늘의 결과가
나왔겠지. 미안해, 자기."

사람을 죽여놓고 미안하단 말을 하는데, 정말 미안하긴 한 걸까? 전혀 미안
하지 않는데 멘트만 날리는 것이겠지. 네가 미안했다면 죽이지 않았겠지. 아
니면 정말 사고였을 수도 있겠지만, 너의 앙금을 보면 우발적이라는 생각은
할 수가 없어. 그리고 궁예에 빙의한다는 것도 궁예라는 광자를 등에 업었을

뿐 행위를 하는 것은 너잖아. 네 속에 궁예보다 더한 치상이가 숨어 있잖아.

"아니야 자기야. 난 악하지 않아. 지금껏 살아오면서 악하게 굴며 살지 않았어. 나란 유전자는 악하지 않아. 난 언제나 배려하고, 배려하려고 해. 취중에 택시를 타고 갈 때 네가 말하는 신상 짓을 하는 것도 택시 기사님께 이벤트를 선물해주려는 거야. 나도 취했으니 그냥 자면서 와도 되지만, 너에게 추태를 부리는 연기를 하며 에로를 선물해 드리려 하고, 혼잣말을 하며 정신병자인 듯 중얼거리는 걸로 대화를 유도하려 한 거지. 물론 택시 기사님 중에도 조용히 가고자 하는 이가 있을 테니, 그럴 경우는 내 배려가 부족하다 말해도 되겠지. 그리고 길거리 헌팅의 경우에는 내가 그 상대에게 '누군가 나에게 대시하더라고. 기분이 이상했어.' 또는 '기분이 좋았어.' 또는 '예쁜 건 알아가지고'라면 그 이상함은 좋은 건지 불쾌한지 알 수 없지만, 일상이 아닌 특별한 경험을 겪게 해주려는 나의 배려가 있는 거야. 드라마의 똑같은 상황에서 그 좋은 감정을 느끼게 해주고자 하는 게 불쾌했다면 그것까진 내 몫은 아닌 거지. 그렇다고 아무 말도 안 하면 우리 사회는 삭막해지겠지? 그래서 내가 좋은 의도면 낭만을 위해 행해야 한다고 생각하는 거지."

그건 네 생각이지. 아무나 나에게 커피 한잔하자고 하면 내가 좋을 거 같아?

"나도 모든 이가 날 좋아하리라 생각하진 않아. 하지만 좋고 싫음은 애초에 사건이 없다면 존재하지 않으니 난 누군가에게 멘트를 던져보는 것이지."

그래. 니 마음대로 해.

"자기야, 『더 기버』라는 소설이 있는데, 어찌 보면 너희 범없시와 그 소설 속 배경이 비슷한 거 같아. 내가 보기에 천년 후의 미래 같긴 한데, 범없시는 일찍이 그런 제도를 비슷하게 적용했으니 말이야. 『더 기버』의 환경을 저자는 달갑게만 바라보지 않은 듯하지만, 좋은 점이 많았던 거 같아. 내가 꿈꾸는 범없국이 범없세가 되니 말이야. 그러나 난 지금 너의 시체 앞에 있으니 참 아이러니하지. 때릴 거 다 때리고, 부술 거 다 부수고, 할 거 다 하고, 죽일 거 다 죽이고, 미안하다 하고, 죄송하다 하고, 밝은 사회가 되었으면 하고…."

판사 정치상

사람이란 참 알 수 없는 거 같아. 실미도란 영화에 비교되는 교관 두 명이 나오는데, 뭐가 현실적으로 좋은 교관인지 헷갈린다고. 나야 철저히 결과론 자이지만, 그 결과 또한 꼬리에 꼬리를 무는 연결고리니 말이야."

야! 과정이 좋아야 결과가 좋은 거지, 어떻게 결과만 보느냐 말이야!

그리고 다시 나의 젖가슴을 귀찮은 듯 스쳐 가며 말을 이어간다.

"내가 사건사고만 지금껏 지켜봐 왔잖아. 그 사건이 모두 그러할 줄 몰랐다는 반응이야. 그러할 줄 몰랐다는 것은, 그런 사람으로 비치지 않았다는 말이지. 우리의 모든 면면을 보면 다 그러한 것이지. 실미도의 두 교관도 평소에 한 사람은 악마 같고 한 사람은 천사 같은데 영화의 결말을 보면 악마가 천사가 되고, 천사가 악마가 되는 상황이 발생하지. 물론 교육생이 범죄자란 시선에서였지만…. 나도 나를 돌아보면 내가 사회에 함께 묻어가는지, 실려 가는지, 떠내려가는지…. 이 직장과 동네를 다닐 때도 신사 양반처럼 다니지만 틈만 나면 청탁에 귀 기울이고 비리에 연루되는 거 보면 나 스스로를 숨기며 살아가는 인생인 것 같아. 스스로를 가감지인이라 생각하지만, 결코 나는 여기저기 붙어 다니는 기생충에 불과하지는 않았던 거지. 여기선 너에게 알랑방귀 끼고, 저기선 부장에게 굽신굽신 거리고, 친구에겐 친하게 지내자 아양 떨고. 참 나란 놈도. 자기야, 난 널 데리고 산으로 갈 거야. 네가 없어져서 날 조사하러 올 수도 있겠지만, 난 문명이 닿지 않는 오지로 잠적해 사람이 아닌 짐승으로 살아갈 거야. 아마 너를 죽음으로 몰고 와 내가 설곳이 없다는 걸 알고 계획하는 것이겠지. 너의 시체가 앞에 있다는 것에 두려움과 귀찮음이 공존하는구나."

그러더니 이놈이 내 몸을 손가락 마디마디부터 발가락 마디마디, 그리고 관절 하나하나 나를 분리하고 가져온 캐리어에 나를 차곡차곡 담는다. 이미 내가 죽어있어 고통은 없다만, 저 육체는 얼마나 아플까. 마지막으로 몸통과 머리를 분리하고 입막음했던 청테이프를 제거한다.

나는 소리쳤다.

"오빠, 뭐 하는 거야? 오이 왜 먹어? 좋다 말았잖아. 그리고 할 건 해야지 왜 그만두는 거야?"

가나는 살짝 짜증이 난 투로 징징거렸다. 내가 잠깐 졸았나? 상상했나? 꿈 꿨나?

"그래. 이제부터 시작하려 그랬지."

난 다시 가나의 사이로 가서 열심히 봉사했다. 마치 연장근무를 하는 것 같았다. 내가 계획을 하고 살인을 한다는 건 내 인생에는 없다고 봐도 될 거 같다. 지금 상상한 살인을 이후에 할지 모르겠지만, 아마 없을 것 같다. 모르긴 몰라도…. 그렇게 동해 여행의 마침표를 찍고 체크아웃을 하려는데, 이 년이 한 번 더 하자고 하네. 힘들어 죽겠는데.

"오빠가 서울 가서 해줄게."

"오빠! 오빠만 했지 난 아직이란 말이야."

할 수 없이 잠깐의 휴식 후 난 다시 노동 착취를 당하였다. 나 스스로도 섹스 중독자라 생각하지만, 오늘 해괴한 망상으로 인해 지금의 나는 아주 피곤한 상황이다. 섹스가 즐겁지 않은 일일 뿐이다. 가나가 위로 와 기마자세로 달린다. 나는 거들 뿐. 참 이년 섹스 좋아해. 사랑스러운 년.

힘겨운 노동의 시간이 지나고 서울행을 준비한다. 나는 화장실에서 앞굽이 쏴를 하고 나오고 가나는 타올로 온몸을 가리고 씻으러 들어온다.

"같이 씻어. 내가 씻겨줄게."

귀찮았지만 따르기로 하고 같이 들어갔다. 이년은 또다시 천사로 돌아왔다. 가마니처럼 가만히 서 있는 나의 앞에 쪼그리고 앉아서 얌전히 죽어 있는 나를 또다시 일으켜 입으로 가져가 달래준다. 뜨겁게 달구어진 용광로 안에서 망둥어는 이리저리 날뛰다 기어코 뛰쳐나왔다. 다시 이곳저곳을 헤매다 제집을 찾아 들어갔다.

따뜻한 봄 햇살처럼 평온함의 최고봉에서 나는 울고 말았다. 울음을 그치고 집을 나와 다시 하던 샤워를 마저 하고 좀 더 구석구석 씻고 온다는 가나를 기다리며 TV를 보았다. 7시 7분 26초. 스티브 호말도가 축구를 하는데 명성만큼 못하였다. 축구장 안에서도 인간성, 인성이 필요하다고 포르투갈 방송에서 중계를 하고 있다. 어쩌면 우리나라에 스티브 호말도법이 생길 거 같기도 하다. 후에 다시 호말도와 친해질 수도 있지만. 그리 되려면 눈물의 아웃스타그램 방송을 100만회 게시를 해야 할 듯도.

가나가 나오고 우린 나왔다.

"오빠 나 시계 사줘."

"어, 그래."

퉁명스럽게 말했더니 핸드폰을 보여주면서 2억짜리를 가리킨다.

"물건에 우위를 두지 마."

"그래도 저런 거 하나 있으면 손목이 빛나잖아."

"자기야, 행복은 어디 있다?"

멀뚱거리며 말한다.

"내 마음먹기 달렸지."

"그래, 그런 거야. 내가 볼 때 저 시계 9000억 정도 하겠는데."

"장난치지 말고."

"넌 그러면 누구보다 우위에 있다고 생각하는 거야? 명품을 두르면? 자기한테 실망한다. 난 지금 하늘 밑에 있지만. 내가 과거에는 인간 조종 신이었어. 그래서 인간들을 다 조종했어. 다시 인간계로 와서 예전 내 친구인 인간조종 신에게 조종 받고 있는 거야. 자기야, 너무 집착하지 마. 그 사람에게 그건 2억짜리고, 나에게는 9000억짜리고. 내가 너에게 꽃반지를 끼워주면 그건 9조 원짜리인 거야. 알겠습니까?"

"그래. 니 마음대로 해. 으이그"

자고 일어났더니 밤새 가나의 키가 커졌다. 180㎝는 되는 거 같다. 160㎝가 안 되는 아담한 가나가 슈퍼모델이 되어 있네. 운전을 하는 중 차내에 놓인

책을 보며 질문하는 가나.

"내가 오빠한테 상처를 준 적 있어? 나이트 건 때문에? 잊었댔잖아."

"그럼. 넌 나에게 상처를 줄 수 없어 난 그런 일로 상처 받지 않아. 상처 받아도 안 받았다 말할 거니까. 하하하."

"그래. 니 마음대로 해."

우린 종족번식의 본능을 가졌지만 인식이 날로 발전하며 본능적인 것이 쇠퇴하기도 한다. 우리 인간이 9억 광년 후에는 사라질 수도 있다. 그전에 지구가 사라질 수도….

나는 살아 있다. 고로 나는 선하고자 한다. 내면의 깊숙이 자리한 악을 억누르고….

사회적 동물임을 인지하기에….

"구형하세요."

나는 오늘도 일상 위에 있다. 죽고 싶다. 죽음을 좋아하는 단 한 가지 이유는 어머니와 아버지, 할아버지와 할머니, 단군 할아버지와 신사임당, 이 세상을 다녀간 모든 이를 볼 수 있어서이다. 그러나 나는 좀 더 살다가 가려고 한다. 지금이 아니라 신체가 늙어가는 걸 사이보그로 전환하여. 오천만 년은 길 것 같고, 오천 년만 살다가 가려고 한다.

즐기는 삶. 꼭 즐기지 않아도 되는 삶. 되시게나.

살아서 또 보자고. 치상.

판사 정치상

글을 마치고

지금까지 저의 글을 읽어 주신 독자 여러분께 감사의 인사를 올립니다. 좋은 글귀는 없었을지라도 부족함에서도 배운다 생각해 주시면 감사하겠습니다. 앞으로도 더 나은 글로 인사드릴 것을 약속드리며 저의 작은 몸부림이 조금이나마 긍정적인 영향을 미쳤으면 하는 바람입니다. 또한 여러분께서도 글을 써 보지 않으신 분들이 계시다면 느긋하게 장기적으로 책 집필을 해 보시기를 권유합니다. 아마추어인 제가 이 책이 나오기까지 3년여의 세월이 걸렸습니다. 일기 형식의 글을 모아서 엮으니 작품이 나왔습니다.

저는 자식을 가져보지 못하였지만 처녀작 '그래 니 마음대로 해'와 지금 이 놈 '그래 니 마음대로 해2 판사 정치상'을 낳아 보니 자식을 갖는다는 것을 조금은 이해하게 된 듯합니다. 제 자식이 큰 대업을 이루거나 부모에게 효도를 하거나 건강하게 자라지 못하였을지라도, 내 새끼이니 사랑스럽습니다. 인간으로 태어나 적어도 남에게 피해를 주지 않으면 기본은 하는 것이라 생각합니다. 내 새끼인 이 두 녀석도 사회에 폐가 되지 않았으면 합니다. 그래도 내심 대업도 이루고 효도도 했으면 하는 바람이네요.

정치상 어록이라고 떠드는 게 있습니다.

살아선 보아요. 살아 있다면 뵙겠습니다.

여러분! 살아가는, 사는 삶 되십시오.

2019. 10. 2 단풍이 아직인 가을에

정치상 올림.